AF139292

01
Homöo Faber

Trägen. War doch nicht wahr. War doch einfach nicht wahr. *Bei Ihrem niedrigen Gewicht haben Sie natürlich einen trägen Stoffwechsel.* War doch einfach nicht wahr.

Woher eigentlich "Stuifen"? *"Faber Bernhard, Dr. med., Stuifenweg 14".* Mittelhochdeutsche Lautverschiebung. Oder sonst eine Lautverschiebung. Es gab glaub' mehrere. Ich bin ja Neuere deutsche Literatur. Mediävistik hätte ich machen müssen, die lernen das.

Bei Ihrem niedrigen Gewicht haben Sie natürlich einen trägen Stoffwechsel. Natürlich. Natürlich, weiß doch jeder.

"Stuif-" musste die ursprüngliche Lautung gewesen sein. Wo wir heute "Staufen" sagen.

Jetzt rückten sie damit raus. Nach zehn Jahren Therapie waren wir glücklich so weit, dass ich auch mal erfahren durfte, wo mein Stoffwechsel abgeblieben war.

Verschliffen. Laute werden verschliffen, so viel wusste ich auch ohne Mediävistik. "Notte". Dass sich im Italienischen alles verschliffen hat. Nox, noctis, femininum: die Nacht.

Nocturnus nocturna nocturnum war korrektes Latein, statt dessen sagen die Italiener nur noch "notte". Bei den Zahlen genauso.

330 hatte ich vorher für br1 gehabt. *br1, br2, mi, n, a* - Bezeichnungen, die sich über die Jahre weg etablieren. Man entwickelt da so seinen eigenen Code. *breakfast 1, breakfast2, mittags, nachmittags, abends.*

Von ui nach au. Demnach hätte es ganz früher auch mal "Huis" und "Pfluimen" geheißen. "Frühstück" traf es einfach nicht.

Uns ist in alten maeren
wunders vil geseit
vom huis em stuifewech –
hörte sich ziemlich echt an.

"Breakfast" traf es einfach besser. "Frühstück" hieß etwas Anderes. In Landpensionen hieß es "mit Frühstück". Brötchenkorb, blau-weiß kariertes Tischtuch, Silberlöffelchen für die Erdbeermarmelade. Wundervolle Tage damals am Tegernsee.

"Schulfrühstück" hieß es. Seit das blaue Köllnflockenheft erschienen war, hatte es bei uns jeden Morgen echtes Bircher Müsli gegeben: 5 Esslöffel Kernige Köllnflocken, 1 geriebener Apfel, 1 Esslöffel gehackte Haselnüsse, Rosinen, Honig und Milch, genau nach dem kleinen blauen Köllnflockenheft. Wegen der Vitamine. Weil ich mehr leisten konnte, wenn ich viel Vitamine hatte. Besser lernen und als Erster durchs Ziel. Halb hellblau, halb dunkelblau das Titelblatt, wie die Köllnflockentüte. Dann, wenn es drauf ankam. Ich im blauen Rollkragenpullover. In der fünften Stunde, dass ich da nicht nachließ. Dass ich in der Klassenarbeit bis zur letzten Minute voll konzentriert war. Ovomaltine, der gesunde Start in den Tag. Ich brauchte Kraft abends beim Schwimmen. Ich war Schwimmerin. Ich schwamm in der zweiten Mannschaft des SSV Ulm 1846. Ich wollte in die erste Mannschaft berufen werden.

Omis himmelblauer Ratgeber aus den Sechzigern: *"Die Ernährung unserer Jugend".* Mein Lieblingsbuch, als ich noch nicht lesen konnte, wegen der vielen bunten Zeichnungen. Frühstück: großes weißes Milchglas, brauner Brotlaib, roter Apfel. Eine Waage wog in kleinen Säckchen Eiweiß, Zucker und Fett, und auf Seite 25 in der Mitte die Kinder waren so dick geworden, weil sie zu viele Bonbons gegessen hatten.

br1, br2, mi, n, a - das war auffallend, bemerkenswert. Ich arbeitete viel mit solchen Kürzeln, ganz typisch für mich. Das hat sich in London bei mir so entwickelt, wissen Sie.

Puppen saßen in Puppenstuben beim Frühstück.

Woher hatte ich das, mich ständig erklären zu wollen? "Wissen Sie ...", und erklären zu wollen?

Nocturnus nocturna nocturnum: zur Nacht gehörig, nächtlich. Sechste Klasse Latein: da hatte ich noch gefrühstückt

"Staufen" ging einfacher auszusprechen. Das war ja das gewesen, was beim Griechischen passierte: Die Griechen hatten diese vielen unbequemen Doppellaute, wo die Römer später zu faul waren, die auszusprechen. Die Römer hatten Griechenland erobert, so war's gewesen, die Römer eroberten Griechenland, und die Römer verbreiteten dann die griechische Kultur über ganz Europa.

Die Römer hatten ja kaum was Eigenes gemacht. Die Römer hatten die griechische Kunst nachgeahmt; die römische Plastik hatte sich epigonisch an der griechischen Bildhauerei orientiert. Was wir aus der Antike an Kunst kannten, stammte praktisch durch die Bank weg von den Griechen.

Wo die Römer gut drin gewesen waren, das war das Militärische: Brücken schlagen, Nachschub, Verwaltungsorganisation, das Rechtswesen, das römische Rechtswesen zum Beispiel hatten wir ja im Prinzip noch immer, Anklage und Verteidigung, Wasserversorgung, Infrastruktur im Allgemeinen: die öffentlichen Thermen, die Aquädukte, der Limes stand zum Teil bis heute. Zu Beginn unserer Zeitrechnung errichtet, um Jahrtausende zu überdauern.

Keine Vierzig. Homöopath, aber bestimmt noch keine vierzig.

Als ob sich das ausschlösse.

Gefühlsmäßig schon.

Cornflakes. Die Kelloggsfamilie im Fernsehen setzte sich an den Frühstückstisch. Hinten auf der Packung war manchmal ein Bastelbogen gewesen.

Und über das Lateinische hatten wir dann die griechischen Wörter übernommen.

"Verschliffen" konnte man andererseits schlecht sagen bei von -ui- nach -au-.

Frühstück: Zwei Brötchen mit Butter und Marmelade, ein weichgekochtes Ei. In der Zwengelmannbroschüre war abgebildet gewesen, wie ein Frühstück aussah. Zwengelmanns Zwangbroschüre von der Krankenkasse, wo drin stand, was ich essen würde, wenn ich erst eine erwachsene Frau wäre und als Sekretärin arbeitete.

Nach neun Jahren, wenn man es genau nahm. Nach neun Jahren ziemlich genau. 1977, jetzt schrieben wir '86. März/April '77 war ich in der Klinik gewesen, jetzt schrieben wir Mai '86. Mit 13 war ich in der Klinik gewesen. Meinen vierzehnten Geburtstag hatte ich auf Maskur verbracht. '77/'78 Achte, '78/'79 wäre Neunte gewesen, die hatte ich übersprungen, also '78/'79 Zehnte, '79/80 Elfte übersprungen, '79/80 Zwölfte, Sommer '81 Abitur. Studienbeginn Wintersemester 1981/82, Ludwig-Maximilians-Universität München, Hauptfach Neuere deutsche Literatur, Nebenfächer Theaterwissenschaft, Kommunikationswissenschaft. Da reichte die Zeile immer nicht aus.

Hiermit bewerbe ich mich um ein – ☐ Einzelzimmer ankreuzen.

"Heidenheimer Straße 95" wurde auch regelmäßig knapp. Die machten die Zeile für den Wohnort länger als für die Straße. Wo sollte es dermaßen lange Orte geben. Bei Preisausschreiben genau dasselbe: Nie konnten wir einen Coupon für ein Preisausschreiben ausfüllen ohne das Gequetsche hinten. Als wollten sie uns rausekeln. Dabei: "Franz-Joseph-Straße" zum Beispiel - genau kein bisschen anders. "Studentinnenwohnheim Sophie-Barat-Haus, Franz-Joseph-Straße 4, 8000 München 40", genau kein bisschen anders. Neunzehn inklusive Bindestriche.

Bitte, da sehen Sie's doch sozusagen am eigenen Leib.

Wogegen hinter "7900 Ulm" die Zeile so leer und beschämend endete wie eine ungelöste Matheaufgabe.

Fachsemester: wievieltes wollten die Studentenwohnheime immer wissen. Fachsemester wievieltes wusste ich aktuell nicht. Ich wusste ja noch nicht, ob sie mir das Jahr in London anrechnen würden.

Und hernach würden die sagen: "Ulm, was wollen Sie? Ulm liegt nahe genug." Da würden die sagen, es sei zumutbar. Unter zwei Stunden Fahrtzeit ist es für einen Studenten zumutbar, dass er mit dem Zug zwischen Wohn- und Studienort pendelt.

Du musst halt um sechs Uhr aufstehen.

Ich hätte um Dreiviertelzehn in Ulm losfahren müssen, dann wäre ich elf Uhr in München gewesen. Elf c.t. Universität an, elf c.t. bis dreizehn Seminar.

Kurz vor sechs kann ich dich wecken, dann frühstücken wir zusammen ...

Also bis zwanzig nach neun Fahrrad fahren und dann was mitnehmen für im Zug.

... dann kannst du um acht an der Uni sein und in deine Lehrveranstaltungen gehen.

Dass ich den Tee vorher in die Thermoskanne gefüllt hätte.

Um acht hast du doch wahrscheinlich deine erste Vorlesung?

Fünf vor acht Tee vorkochen, acht bis zwanzig nach neun Fahrrad fahren und br2 hinterher im Zug nach München, das wäre realisierbar gewesen.

Was du hier in den Semesterferien treibst, wird ja wohl kaum dein Tagesablauf als Studentin sein.

Meinen Tee kochen, ehe ich Rad fahren gegangen wäre, und den Tee in die Thermoskanne und für hinterher die Sachen abwiegen und in eine Dose, gegebenenfalls das Kuchenmesser mitnehmen für Schokolade. Oder die Schokolade hätte man vorher geschnitten. Schokolade oder Kuchen vorher fein schneiden. Wodurch zum Beispiel Mars entfallen wäre. Generell alles, was beim Schneiden auslief, entfiel. Mars, Weinbrandbohnen.

Du hättest es genossen, mich wieder jeden Morgen zur Schule zu schicken, nicht wahr?

Mon Chérie, Mon Chérie ganz extrem. Mars, Weinbrandbohnen, Likörpralinen, Mon Chérie. Unter der Woche wäre man eingeschränkt gewesen auf Sachen, die einfach handzuhaben waren. Smarties. Smarties waren einzeln. Einzelnes, wo man dann im Zug von Ulm nach München die Dose oben in die Aktentasche legte und die Tasche stellte man auf eins von diesen Ausziehbrettchen auf dem Gang, und dann entnahm man sie Stück für Stück.

Dass ich Günzburg anfinge. Günzburg war dieser Schrotthaufen. Kurz nach dem Bahnhof, von Ulm aus gesehen, kam dieser große Schrotthaufen. Dass ich also sagen würde: Günzburg Bahnhof an, dann noch so lange warten, wie wir Halt haben, und dann noch, bis wir an dem Schrotthaufen vorbei sind, und dann die Tasche auf so ein Ausziehbrettle stellen und von da bis München ist br2.

Andere machen's ja auch. Der Ralf ist ein ganzes Semester lang täglich mit dem Zug nach Stuttgart.

Unter der Woche Sachen, die einfach handzuhaben wären. Morgens abwiegen und einpacken, sodass ich nach dem Radfahren fliegender Wechsel machen konnte: runter vom Fahrrad, gepackte Tasche unter den Arm und zum Bahnhof, ohne Zwischenstopp.

Der Ralf. Dann konnte der Ralf das eben. Es gab Leute, denen lag das. Reisen. Vertreter waren den halben Tag unterwegs.

Umziehen musste ich mich dann auch noch. Oder die Sachen zum Umziehen mit in die Aktentasche und mich dann im Zug auf der Toilette umziehen. Dann würde ich nach dem Seminar in die Mensa gehen und von der Mensa über die Innenstadt zum Hauptbahnhof, mit dem Zug zurück, im Zug wieder umziehen, dann hätte ich also wieder die Fahrradmontur an, da wäre ich, wenn ich um zwei aus der Mensa käme, eine Stunde mindestens brauchte ich für die Stadt, einkaufen, beim Karstadt durchgucken und alles, also drei, viertelnachdrei Hauptbahnhof, viertelnachvier, halb fünf Ulm an, dreiviertelfünf wäre ich oben bei uns gewesen, fünf bis halb sechs Fahrrad – es wäre realisierbar gewesen, aber ich musste das Fahrrad anderswo abstellen. Falls sie zu Hause war, dass ich nicht nachmittags um fünf daherkam und das Rad aus dem Keller holte, während sie dachte, ich säße noch in München in der Uni.

Wem sein Studium so wichtig ist.

Dass ich morgens mit dem Fahrrad eine Route gefahren wäre mit Zielpunkt Ulm Hauptbahnhof, dort das Fahrrad am Fahrradständer abstellen, dann in den Zug, im Zug umziehen, München, Seminar, Mensa, Bahnhof, im Zug zurück wieder in die Fahrradklamotten und ab Ulm Hauptbahnhof von fünf bis halb sieben die Abend-Fahrradrunde.

Außer der Uni hast du schließlich nichts zu tun.

Wo man später deren Biografie las: "... sah der junge Student sich gezwungen, täglich mit dem Zug ..."

Für abends zum Hochschulsport würde ich mich in Ulm einschreiben müssen. Aber wenn ich um halb sieben erst vom Fahrrad käme, da käme ich zeitlich nicht hin.

Den Ralf hatte ich gern gehabt. Es gibt Typen, für die schwärmt man, aber mehr abstrakt gewissermaßen, so aus einer gewissen Distanz, und mit dem anderen liegt man einfach auf derselben Wellenlänge.

Deine ehemaligen Klassenkameraden überholen dich eines Tages alle.

Als Kind hatte ich davon geträumt. Student sein. Faust I. Der Student von Prag. Der war uralt, der war noch in Schwarzweiß gedreht. Das Peter-Schlemihl-Motiv, in der Romantik so ein wie nennt man das, ein Motiv, das immer wieder auftaucht, eine fixe Idee, würde man in der Psychologie sagen. Dass einer seine Seele verkauft. Timm Thaler. Sein Lachen, also im übertragenen Sinn praktisch die Seele. E.T.A. Hoffmann, obwohl bei Hoffmann eher der Doppelgänger. Der Student von Prag eigentlich auch, da war praktisch das Spiegelbild der Doppelgänger. Das Bildnis des Dorian Gray.

Pendler, eine Stunde unterwegs, um überhaupt zur Arbeit zu kommen. Bahnhofshalle, Zeitungskiosk, Lautsprecherdurchsagen, Zigarettenkippen.

Thematisch lag das alles auf einer Linie: Das andere Ich wird zum Verbrecher, diese innere Spaltung. Der Werwolf passte da auch rein. Dr. Jekyll und Mister Hyde.

Manager, die ständig ins Ausland jetten.

Elektrotechnik, irgendwas Technisches an der TU Stuttgart, und wenn er seinen Dipl.-Ing. hatte, übernahm er vom Vater das Ingenieurbüro.

"Immatrikuliert": Ich stehe in einer von flackernden Kerzen erleuchteten Säulenhalle. Zwölf Aufseher tragen schwarze Talare. Mozart war Freimaurer, vielleicht kam ich von daher drauf. Kerzenlicht, und man hatte geheime Rituale einzuhalten. Urkunden in Frakturschrift. Ich war immer für Cambridge gewesen. Wenn bei der Olympiade Rudern im Fernsehen gekommen war, hattest du von der Regatta Oxford gegen Cambridge erzählt, und für mich kam selbstverständlich nur Cambridge in Frage. Also wenn ich später studieren würde.

Das war immer die große Angst bei uns gewesen: eines Tages kann ich nicht studieren. Dass alles vergeblich gewesen wäre, weiß gar nicht was. Meine guten Noten. Viel mehr. Gang zuende. Aus und vorbei. Nicht studieren können.

Selbst wenn die erst um acht anfingen: dass ich dann auch noch auf n und meinen Tee verzichtet hätte, um sofort nach dem Abendfahrrad zum Hochschulsport losfahren zu können. Schaustellerbetriebe.

Eiserner Wille. Sitzen. Fünf Dreiviertelstunden hatte ich gesessen, jeden Vormittag. Dicke, schwabbelige Vormittage. In diesem altbackenen Rollkragenpullover, den Kleinkinderturnbeutel am Haken unter der Bank. Fünf Dreiviertelstunden. Nach Hause, Mittag essen, Hausaufgaben. Sitzen, nichts als sitzen.

Ein hochbegabtes Kind, und dann scheitert alles am Geld.

Opfer bringen. Menschen, die später die Glühlampe erfinden.

Höchstens, dass ich in Ulm am Bahnhof ein Schließfach gemietet hätte, da die Sportsachen reingetan, und dass ich in München nach der Mensa – ich hätte ein Zweitrad am Bahnhof stehen haben müssen, also vor der Mensa aus zum Hauptbahnhof, von da mit dem Rad auf dem kürzesten Weg raus aus der Innenstadt, Englischer Garten, Isarauen, zurück, Fahrrad abstellen, n wäre dann wieder im Zug gewesen, n wieder Mitgenommenes. Dass ich gesagt hätte, ich kaufe n immer in München beim Bäcker. Aber noch nicht bei dem in der Hohenzollernstraße. Besser noch nicht in der Hohenzollernstraße zum Bäcker, besser erst die Hohenzollernstraße runter, die Hohenzollernstraße runter nachdenken, was vom Sättigungsgrad am gegenwärtigen Tag angemessen wäre, die Möglichkeiten im Kopf durchspielen, ehe ich zum Bäcker kam, um dort vor der Auslage auf Anhieb die richtige Entscheidung zu treffen. Sonst würde ich hinterher den Zug verpassen. Dann bezahlen, Bäckertüte in die Collegemappe, mit der U-Bahn zum Hauptbahnhof, Collegemappe aufs Rad, Englischer Garten, Isarauen, Zeit ab Hauptbahnhof mitstoppen, damit ich hinterher nicht den Zug verpasste. Dass ich gesagt hätte: fünfzehn zehn Bahnhof ab, fünfzig Minuten geradeaus, wenden, zurück, wobei man wahrscheinlich geringfügig nachhing gegenüber der Hinrunde, sozusagen, dass man die Durchschnittsgeschwindigkeit vom Hinweg nicht ganz hielt, folglich etwa sechzehn fünfundfünfzig München Hauptbahnhof an, Rad abstellen, abschließen, durfte man nicht vergessen, kostete ja ebenfalls Zeit, zum Zug, viertelnachfünf bis halb sieben Zugfahrt, in Ulm ans Schließfach, Sportsachen raus – und da stünde dann mein Ulm-Fahrrad. Ich hätte ein Rad für München und ein Rad für Ulm gebraucht, und mit dem Ulm-Rad würde ich dann je nachdem, in welcher Turnhalle der Kurs stattfand - obwohl es eigentlich egal war, in welcher Turnhalle. Halb sieben an, eine halbe Stunde hatte ich Zeit bis oben am Kuhberg. Bestimmt war es wieder oben am Kuhberg. Neubau, blitzblank. Von oben von der Galerie sahen die Turnbänke wie Strohhalme aus. Herzklopfen. Von der Galerie zu stürzen. Getränkeautomaten an der Wand. Runterzuspringen. Die Basketballkörbe wie Fingerhütchen. Blitzblanke Fußböden, in der Garderobe die Bänke, die Duschen, die Spinde blitzblank. Degenklirren. Der Uhrzeiger, dass es gleich sieben war, dass ich hier oben weg musste. Ich konnte nicht weg, keinen Zentimeter. Mich umziehen, in die Halle.

1978, Winter '77/78. Ein halbes Jahr nach der Klinik hatte ich mit Fechten angefangen, und von November an hatten wir in der neuen Turnhalle gefochten. Sportzentrum Kuhberg, ganz oben, am Ende der Welt. Ich gehörte wieder dazu, und alle spielten das Spielchen mit. Vereinsausweis, Vereinsbeitrag, Vereinsnachrichten im Briefkasten. Maske, Fechthose, Fechtschuhe, Fechthandschuh, Kabel, Brokatweste. Dehnen, Hopserlauf. Einzellektionen. Als ob ich dran bleiben würde. Vorankommen, zielstrebig, leistungsfreudig. Baldmöglichst Wettkämpfe bestreiten.

In einer Viertelstunde vom Hauptbahnhof auf den Kuhberg. Zwanzig Minuten vielleicht, höchstens.

Andere machten das auch.

Die ersten Minuten draußen bei Dunkelheit steif, Kehle zugeschnürt. Wie ein Kind, Angst im Dunkeln. Ulm Hauptbahnhof, das Rad aus dem Ständer schieben, die ersten paar Minuten bis zum Warmwerden, bis Römerplatz ungefähr würde es dauern, wie ein Kind: Angst vor der Dunkelheit. Nie länger als die paar Minuten einfahren, und es passierte ja auch nichts. Dass man sich das endlich merkte. Dass man diese Empfindung neutral zur Kenntnis nahm: Unter bestimmten Voraussetzungen entstand eine Art Druckgefühl in der Kehle, wahrscheinlich von meinem schwachen Kreislauf her, und dieser Druck erzeugte ein Empfinden, als werde im nächsten Moment das Herz stillstehen. Dass lediglich mein Gehirn es war, das dieses Signal fehlinterpretierte.

Stuifenweg, da an der Ecke war die Milchfrau gewesen. Obwohl: Was hatten wir da eigentlich gekauft? Den mit dem Edelweiß drauf mochte ich als Kind doch nicht.

Fünf Minuten vom Bahnhof bis Römerplatz. Beim Vorbeifahren an der Gaststätte nicht daran denken, dass eine volle Stunde dauert und dass ich hinterher noch bis nach Hause muss. Ab Römerplatz die Pedaltritte mitzählen bis Bölckekaserne. Auf Höhe Bölckekaserne Staffelstabübergabe. Ab Bölckekaserne wäre ich ein neuer Fahrer, frisch und ausgeruht. Eine

Fahrradstaffel bis Schulzentrum Kuhberg, und wer sich dort qualifizierte, wäre startberechtigt für die Endausscheidung des Kombinationswettbewerbs.

Zeitlich wäre es machbar gewesen. Ich musste eben auf die Minute genau durchorganisiert sein. Tee in die Thermoskanne, br2 abwiegen, bis zwanzig nach neun Fahrrad, halb zehn Ulm ab, halb elf München an, elf bis dreizehn Seminar, bis vierzehn Mensa, bis fünfzehn zehn Innenstadt, bis sechzehn fünfundfünfzig Englischer und Isarauen, siebzehnfünfzehn bis achtzehndreißig Zug, neunzehn bis zwanzigdreißig Sportzentrum Kuhberg, zwanzigfünfundvierzig Heidenheimer Straße an, bis einundzwanzig fünfundvierzig *a, br1* vorbereiten bis zweiundzwanzigdreißig. Das täglich abspulen, wie ein Uhrwerk.

Zur Schule war ich nie den Stuifenweg gegangen. Zur Schule ging's "unten lang" oder "oben lang". "Unten" den Rechbergweg oder "oben" den Rosensteinweg.
Oberhalb vom Rosensteinweg war die Große Kurve gekommen. Die Große Kurve war nur Straße gewesen, nur hässlich. Für die Autos, die die Umwelt kaputt machten. Genau so hässlich hatte die nämlich auch ausgesehen.

Ich würde in der Küche keinen Lärm machen dürfen. Da wachte das ganze Haus auf, nachts um zehn. Dreiviertel zehn. Zwanzigfünfundvierzig Heidenheimer Straße an, bis einundzwanzig fünfundvierzig *a, br1* vorbereiten bis zweiundzwanzigdreißig. Die alte Hexe von oben. Stand in der Hausordnung: "keine handwerklichen Tätigkeiten nach 20 Uhr". Ich verstieße gegen die Hausordnung. Das Geschirr vor allem. Rosenthal-Porzellan. Konnte man den Nachbarn unmöglich zumuten.
Merseburger Zaubersprüche:
bên zi bêna, bluot zi bluoda,
lid zi geliden, sôse gelîmida sîn.
Das waren so die ältesten Belege deutscher Dichtung gewesen.
Von -uo- nach -u-, Wegfall der Dativendung von geliden und zweimal von -i- nach -ei-.
War doch aber nicht wahr. Man hatte einen Grund- und einen Arbeitsumsatz. Der Grundumsatz war das, was der Körper in Ruhe verbrauchte. Grundumsatz gleich Körpergewicht mal 24. Für jedes Kilo eine Kalorie pro Stunde, gut zu merken.
Dass ich das Puppengeschirr verwenden würde. Dass ich künftig ausschließlich Geschirr aus Plastik verwenden würde.
Vergiss nicht nachzufragen, ob das, was das er dir verschreibt, überhaupt von der Krankenkasse übernommen wird.
Gartenmauer, schmiedeeisernes Tor, schiefes Steintreppchen – wenn man's wusste, sah man's. Stuifen. Minnesänger. Hexen. Quacksalber. Im Wartezimmer an der Decke hatte er diese aparten Leuchten gehabt, die mir so gut gefielen, wie heißen die, wo das Gewinde in keine normale Lampe reinpasste - Halogenlampen. Wie lang war ich jetzt bei dem drin gewesen? Wenigstens hatte er nicht so ewig gemacht.
ich han min lehen,
al die welt
ich han min lehen
Krummer Zwetschgenbaum in einem verwilderten Garten, der Rasen mindestens zwei Zoll hoch. Tasteless, isn't it? Selbstportrait des Autors als britischer Snob.
Nein, er hat mir nichts verschrieben. Dann würde wieder der Blick des Hauses kommen für: "Du lügst". *Hat der dich denn nicht untersucht?* Wenn er mich anständig untersucht hätte, hätte er mir ein Mittel aufgeschrieben, von dem ich zunehme. *Dazu ist er als Arzt ja da.*
Bein zu Bein, Blut zu Blut,
Glied zu Glied,
als ob sie geleimt wären.

Ursprünglich Stuif, und später war daraus der Hohenstaufen geworden. Wir hatten hier lauter Straßen nach Bergen. Rechbergweg, Rosensteinweg, unten am Krankenhausparkplatz lang Messelsteinweg, bis zu der Wendeplatte, und da hinten, wo's auf die verwilderte Wiese mit dem Schrottauto ging, der Dingsweg, ganz ähnlich wie die niederträchtige was war die gewesen, Schwägerin, also die Schwester meines Vaters, oder seine Schwägerin, da hatte ich beim Zuhören nicht aufgepasst, Helfensteinweg. Die den Meineid gegen uns geschworen hatte.

Alles auf der Schwäbischen Alb vermutlich.

Sowas machten die oft. In Pfuhl mit den ganzen Blumen; die ersten paar Male, wo ich da durch war, hatte ich gedacht, das sei Zufall - Geranienweg, gleich dahinter Rosenweg, Kasperles Abenteuer in Blumenhausen. Aber wenn man in die Seitenstraßen abbog, das war ja Absicht: Rosen, Geranien, Nelken, Veilchen, Astern, Dahlien, ein kompletter Balkon. Omi hatte den mit dem Edelweiß gemocht. Omi war immer mit mir zur Milchfrau, und dann hatten wir Edelweiß gekauft. Das war so ein Käse gewesen, wenn man alt war.

Fachsemester neuntes. Sofern sie mir England anrechneten. Ich musste mich sputen, sonst verlor ich mein zwei Schuljahre Vorsprung. Abitur mit 17, 1981 Münchens jüngste Studentin. In Bonn bei der Studienstiftung, die warteten jetzt.

Nachts um zehn in unserer unbewohnten Küche. Don't touch. Wir waren unser eigenes Museum. Die gelben Gummihandschuhe am Haken. Citrusfrische, sparsam dosierbar, Spülbürste. Nylonborsten waren hygienischer als Naturborsten. Zwei Schwämme im Schwammkörbchen. Geschirrhandtuch, Händehandtuch. Nie mit dem dreckigen Händehandtuch an die sauber gespülten Teller. Auf dem Kühlschrank die Thermoskanne, auf der Thermoskanne der Kaffeefilter, im Kaffeefilter die Filtertüte, Normgröße Nr. 101. Du im Schlafzimmer gegenüber. Keine handwerklichen Tätigkeiten nach 20 Uhr.

Ich würde die Kühlschranktür unter leichtem Gegendruck öffnen, wegen der Flaschen. Damit die Sprudelflaschen nicht klapperten. Am Griff ziehen, gleichzeitig oben leichter Gegendruck mit der Hand, jede Erschütterung vermeiden.

Die Disseration parallel zur Magisterarbeit beginnen, damit ich da verlorene Auslandsjahr wieder reinsparte. Englische Seminare anzuerkennen, da war sich unsere erhabene Münchener Ludwig-Maximilians-Universität doch garantiert zu gut dafür. Ich würde Schiller nehmen, nicht Goethe.

Den Kühlschrank kein zweites Mal öffnen.

Ein Kombinationswettbewerb, der neuerdings auch die organisatorische Komponente einbezog. Längst fällig im Grunde. Bestimmte Materialen vorzuverarbeiten beziehungsweise in einer organisatorisch zur Verarbeitung sinnvollen Reihenfolge bereitzustellen. Wobei Sie imstande sein müssen, vollständig von den realen Objekten zu abstrahieren. Eine nervliche Zerreißprobe. Konnte man ohne Weiteres sagen. Normalerweise neigte man ja dazu, einen Gegenstand gewissermaßen in seiner Gesamtheit wahrzunehmen. Eine Scheibe Brot, damit verband man Vorstellungen: taktile, aromatische, eine bestimmte Temperatur, eine bestimmte Konsistenz, Erregungen der Lippen, der Zuge, des Gaumens. Diese Reize lösten ein bestimmtes Verhalten aus. Und darin bestand eben die Schwierigkeit dieses letzten Wettbewerbsabschnitts, dem gegenzusteuern.

Odysseus, wissen Sie. Die Sirenen bei Odysseus, sich deren Betörungen nicht hinzugeben. Man brauchte einen besonderen Blick für die Vorbereitungen, jeder Koch wahrscheinlich. Anders waren solche Berufe überhaupt nicht realisierbar.

Gleiches mit Gleichem, das war der Dreh. Gleiches mit Gleichem heilen, daher kam das Mittelalter. Wieso ich bei "Homöopath" automatisch an Mittelalter dachte. "Gleiches mit Gleichem", was die Alchimisten im Mittelalter praktiziert hatten. Die mystischen Beziehungen zwischen Elementen. Beziehungsweise gerade nicht zwischen unseren heutigen Elementen, gab es ja noch nicht. Es gab vier Elemente. Es gab Feuer, Wasser, Luft und Erde. Die Welt hatte sich aus "den vier Elementen" zusammengesetzt.

Die Milchfrau war blond gewesen. Ganz hell blond, weißblond.

Feuer, Wasser, Luft und Erde.

Ein kleiner, enger Laden, mitten im Sommer. Gar kein richtiges Geschäft. So ein Kinderkaufmannsladen, klein und eng, und es hatte sich fremd angefühlt. Ich hatte mich fremd angefühlt. Fremd und unwirklich, seit Miez winkend auf dem Bahnsteig in Stuttgart zurückgeblieben war.

Von oben von der Tür her hatte es gebimmelt, wenn man reinkam, rein in diesen süßsäuerlichen Geruch, wie ungewaschene Füße. Links die Lagnese-Truhe und auf Augenhöhe die Glastheke und unter der Glastheke die runden dunkelblauen Schachteln mit dem blöden Edelweiß. Bei Omi hatte das Einkaufen so unerträglich lang gedauert. Alles hatte bei Omi unerträglich lang gedauert: vom Bett aufstehen, die Zähne aus der Schale auf dem Nachttischchen einsetzen, den Stiefel über den bösen Fuß ziehen, und bis sie dann ihre Rosinen eingecremt hatte und bis es endlich vorbei gewesen war, bis endlich die unerträglich langen Sommertage in Ulm vorbei gewesen waren und ich wieder nach Hause zurück gedurft hatte.

Feuer, Wasser, Luft und Erde, das waren die Elemente gewesen. Aus unserem Astrologiebuch die. Wo ich als Dreijährige meine ersten Hieroglyphen auf die Seitenränder gekritzelt hatte. Wo ein ganzes Kapitel über mich drin kam: *Widder, 21. März bis 20. April.* Mindestens zehn Seiten. Alles, was man über mich wissen musste. Frühlingsanfang. Das Leben erwacht, die primitive, ungebändigte Natur. Der mit den aufgerollten Hörnern, der nicht abwarten kann. *"Er schießt zu früh los"* - genau, was man wissen musste. Dass unter allen zwölf Sternzeichen ich dem Urmenschen am nächsten stand.

Da hatte keiner bisher ein Wort gesagt mit meinem Stoffwechsel. Statt dass sie einem das rechtzeitig sagten.

Als wir später nach Ulm umgezogen waren, hatte der Milchladen leer gestanden. Rollo vor der Tür, vom Schaufensterrahmen splitterte schmutzighimmelblauer Lack. Aber unwillkürlich hatte ich vor der verrammelten Ladentür die Luft anhalten müssen und dieses Kitzeln in der Nase gespürt.

Adolf-Reichwein-Weg, Johann-Gottfried-Herder-Straße, Place de la Concorde - auch genau kein bisschen anders.

"Rosinen", so haben wir diese bräunlichen Altersflecken genannt, wissen Sie. Da handelt es sich meines Wissens um eine Pigmentstörung. Dass die Haut im Alter die verkehrten Pigmente produziert.

Obwohl ich das lustig gefunden hatte. Ich hatte das Blödsinn gefunden, die unbedingt wegcremen zu wollen.

Dass ich Stipendiatin der Studienstiftung des deutschen Volkes war. Weil das einen guten Eindruck mache. Das irgendwo in die Bewerbung mit reinschreiben.

Hinterher war ich mit meinem Fünfzigpfennigstück in der Hand zum Metzger, 1970 war das gewesen, 1970 waren wir nach Ulm gezogen, und im Sommer, wenn wir im Sandkasten fertig gewesen waren, war ich hinterher mit meinen fünfzig Pfennig rauf zum Metzger und hatte mir ein Capri gekauft.

Wobei wiederum Stipendium schlecht war wegen sozialer Indikation. Stipendium, da hatte man Geld. Stipendium war nicht mehr "soziale Indikation". Wenn eine jeden Monat ihr Stipendium kassiert und dann geht die her und nimmt anderen das Zimmer im Wohnheim weg.

Ich hätte gern ein paar Rosinen gehabt. Bei Omi auf dem Schoß hatte ich manchmal meine Hände verglichen, ob ich nicht auch endlich welche bekäme.

Daher der Irrtum mit dem Goldmachen. Man könne Gold nach so einer Art Zauberformel erzeugen. Wenn man sich nämlich alle Materie als Mixtur der vier Elemente dachte. Böfingen waren zum Beispiel lauter DDR-Länder: Thüringenweg, Mecklenburgweg, Ostpreußenweg, Schlesienweg - oder so diese slawischen Landschaften. Pommernweg.

Sudetenweg. Oder Vögel: Amselweg, Drosselweg – Eselsberg, da oben die Gegend. Das machten die gar nicht so selten, wenn man genauer hinsah, regelrechte Sammlungen.

Ich hatte bloß einen Haufen unvollständiger Sätze gehabt. Die ganzen alten deutschen Sätze von Omi, die wir dann im Waschbecken vom Umschlagpapier abgelöst und auf Küchenbrettchen getrocknet und im Lexikon glattgepresst hatten. Drei Zigarrenkästen voll.

Man konnte Gold nicht "herstellen". Man konnte Gold nicht bei Neumond aus Blei und Rattenkadaver zusammenbrauen, weil Gold ein chemisches Element war.

Dabei: Der Grundgedanke war ja derselbe wie beim Impfen. Bei einer Impfung praktizierte man im Grunde auch Gleiches mit Gleichem: Man injizierte den Erreger, der die Krankheit verursacht hatte, und löste damit eine Immunreaktion aus. Ganz normale Medizin.

Hitler in Rosarot und Himmelblau, und dann war dieses rororo-Taschenbuch über Motivsammlungen gekommen, und demnach sammelte man so gar nicht Briefmarken. Anfangs vielleicht noch. Aber der Kenner bestellte beim Spezialversand ein Album mit Blanko-Seiten, und darin ordnete er die Marken thematisch an.

"Geschichte der Technik", "Heimatliche Singvögel", "Heraldische Symbole".

Meins war ein Einsteckalbum gewesen. Dem Versandhaus hätte man extra schreiben müssen, nach Köln, irgendwo weit weg jedenfalls.

Verbindungen konnte man synthetisieren, aber keine Elemente. Soundsoviel Atome A plus soundsoviel Atome B, die ließ man miteinander reagieren und erhielt die Verbindung C.

In dem Buch der Autor hatte sie teilweise diagonal arrangiert oder so, dass vier Marken ein Kreuz bildeten, richtig professionell eben. In Klemmtaschen. Ein erfahrener Sammler steckte jede Briefmarke in eine eigene Klemmtasche.

"Sie haben einen niedrigen Grundumsatz": das konnte er sagen. 40·24, da hatte er Recht, in Ruhe lag ich da extrem niedrig. Aber deshalb ließ ich mir noch lange keinen "trägen Stoffwechsel" unterstellen.

Ich hatte nur zeilenweise aneinanderreihen können.

Ich war ein Härtefall. Ich nahm denen keine Zimmer weg, ich war ein Härtefall. Wir waren immer Härtefall gewesen. Wo man beantragen musste, dass die Stadt einen Zuschuss bezahlte für meine Geigenstunden. Wo man zur Geigenstunde gegangen war und hatte gar nicht gewusst, ob man überhaupt Geigenstunden nehmen konnte, so lange, bis der Bescheid eingetroffen war.

Ein Spezialversand in Köln oder wo, und da säße der Versandhausdirektor am Schreibtisch und würde meine Bestellung überprüfen. Wo ich doch nicht einen einzigen vollständigen Satz gehabt hatte, und alle waren schon geklebt gewesen und bei manchen hatten Zähne gefehlt.

Inzwischen konnten wir Atome spalten. Das war damals gewesen, dass man gesagt hatte: Das Atom ist die kleinste chemische Einheit, unter einem Atom geht nichts mehr.

Unter zwei Stunden Fahrtzeit, aber Härtefall. In Härtefällen würde auch unter zwei Stunden Fahrtzeit ein Zimmer bewilligt werden können. Für Härtefälle gälten gesonderte Regelungen.

Daher der Name, daher nannte man das Atom "Atom", von wie das eben auf Griechisch hieß, "tomos", "tomoi", eins von denen musste so viel wie "teilen", "zerteilen" bedeuten und "a-" davor für "un-", für die Verneinung, also "A-tomos": das Unteilbare.

Das ist doch vorbei, Herr Dr. Faber! 1977 hatte ich diesen trägen Stoffwechsel gehabt. Anfang 1977, Januar bis Mitte März 1977, bevor ich in die Kinderklinik kam. März/April '77 stationäre Behandlung in der Kinderklinik Ulm/Michelsberg, sah er ja in meiner Krankenakte, Mitte März '77 stationäre Aufnahme, 37 kg, Entlassung Ende April, 48 kg, ambulante psychotherapeutische Nachbetreuung bis ... - das stand wahrscheinlich nicht in der Akte, wann wir die abgebrochen hatten, das war ja nie so offiziell gewesen, ich war dann halt nicht mehr hin, wie lange war das gewesen, dass ich zum Harnisch in seine Privatpraxis gegangen war, halbes Jahr vielleicht, als sie mich in die Studienstiftung aufgenommen hatten, war ich nicht mehr beim Harnisch gewesen. Da hatte ich diesen trägen Stoffwechsel gehabt.

Ich hatte ja auch ständig gefroren. Frieren war doch das Symptom. Wenn jemand ununterbrochen fror, lag das daran, dass der Stoffwechsel nicht funktionierte. Das war ja nicht mehr.

"Träge" konnte auch gar nicht sein. "Träge" bezog sich auf die Geschwindigkeit eines Ablaufs. In der Natur, wenn Sie da vergleichen: die Kleinen, Dünnen sind grundsätzlich diejenigen mit den schnellen Abläufen. Mäuse, Spinnen – überhaupt, Insekten: Ameisen waren imstande, das Dreißigfache ihres Körpergewichts zu transportieren. Da wurde dem Stoffwechsel viel, viel mehr abverlangt.

Ludwig-Beck-Straße. Das Gäu da oben auch, die ganzen Industriellen: Ludwig-Beck-Straße, Eugen-Bolz-Straße, Eberhard-Finck-Straße, Julius-Leber-Weg, die ganzen Klassenkameraden, wo die Eltern sich alles hatten leisten können. Kathrin hatte da oben gewohnt. Industrielle, Politiker. Das hatte zusammen gehört. Ludwig-Beck-Straße, Eugen-Bolz-Straße, so Namen, die man normalerweise gar nicht gekannt hatte, und dass das reiche, mächtige Leute waren und Kathrins Vater ja auch.

Einfamilienhäuser, weiße Bungalows. "Eine ganz ruhige Lage", hatten die Erwachsenen gesagt. "Eine ganz ruhige Lage, da hat der Anschütz ..." - Sonntagnachmittags beim Kaffee, der Kuhlenkampff mit seiner Kandidatin gestern, der war ja wieder so drollig gewesen, aber einen solchen Ärger mit den Ameisen dies Jahr, und wo jetzt auch noch aufs Sparbuch die Zinsen runter waren und dass der Anschütz vom Jägerstammtisch in einer ganz ruhigen Lage ein Haus oder hatte er eines wollen. Die Schwarzwälder, dass von der bloß nichts aufs Tischtuch ging. Sonntagnachmittags, die Erwachsenen beim Kaffee, da hatten sie Ulm eingeteilt in solche Lagen und solche Lagen.

Also viel mehr in Relation zum Körpergewicht. Wenn ich schmal war, musste ich mich viel mehr anstrengen. Und meine Sauerstoffsättigung war ja auch 100 Prozent gewesen.

Die hatten sogar ihre eigene Schaukel im Garten aufgestellt. Kathrins Geburtstagsfeier, als ich da oben gewesen war, das wusste ich noch: die Schaukel im Garten. Dass man einfach so, privat, eine eigene Schaukel haben konnte. Wie auf dem Spielplatz, wo der Platz der Stadt gehörte. Schaukel und Rutsche und Klettergerüst, was normal der Öffentlichkeit gehörte. Bundesstraßen. Eine Bundesstraße im eigenen Garten.

Sackhüpfen hatten wir gemacht und Eierlauf. Ich sah das Bild noch vor mir: Das wackelnde Ei auf meinem Löffel. Das Ei in der Mitte, aber das Ei nur in den Augenwinkeln, also während man unten auf den Weg geachtet hatte, hatte man dazwischen im Augenwinkel das Ei fixieren müssen. Schielen. Den eingebauten Radar mitlaufen lassen. Meine spezielle Blicküberblendungstechnik.

Gold war ein Element. Ein Element hatte man entweder oder man hatte es nicht.

Bloß nicht wieder als Letzte ankommen. Bloß nicht als Erste keinen Stuhl mehr erwischen nachher bei der "Reise nach Jerusalem". *Wenn sie dich eingeladen hat, musst du sie nächstes Mal auch einladen.* Die mit ihrer eigenen Schaukel im Garten, und da schenkte ich ihr auch noch das Buch, das mir selber beim Vorherlesen so toll gefallen hatte.

Sauerstoffsättigung, die war wohl so dessen Zaubertrick. Dieses Apparätle für die Sauerstoffsättigung des Blutes. Ohne Blutabnahme. Aber woran wollte er's sonst gemerkt haben?

Nicola war sauer auf mich gewesen, weil ich mich zwischen sie und ihre Busenfreundin geschoben hatte. Hars, Helble, Hellwig. Im Klassenbuch in der Grundschule hatte Hellwig gleich hinter Hars gestanden, dann hatte ich mich dazwischen geschoben.

Ich war Feuer. Widder war ein Feuerzeichen. Widder, Löwe und - Das ging nämlich genau auf: Feuer, Wasser, Luft und Erde, und zu jedem Element gehörten drei Tierkreiszeichen. Dabei hatte ich ein paar tolle Wochen lang gedacht, ich sei ihre beste Freundin. Als sie nach dem Schwimmen die Tüte mit den Trabenzuckerherzen mit mir geteilt hatte. Ich war noch nie jemands beste Freundin gewesen.

Also dass man vielleicht beliebige Atome hätte spalten und die einzelnen Elektroden entsprechend arrangieren können.

Später waren die dann wieder nach Norddeutschland umgezogen. "Hars" war ja auch ein ganz norddeutscher Name.

Hundert Prozent. Hatte er selbst gesagt: Sauerstoffsättigung 100%. Mehr konnte der Körper gar nicht aufnehmen.

Man hatte lange darüber nachgedacht, wie man die Sammlung logisch aufbaute. Man hatte sich Seite für Seite erarbeitet. Motivsammeln war ja etwas Inhaltliches. Dass man da zeigte, man verstand etwas vom Thema, man brachte das erforderliche Hintergrundwissen mit. Dass man – angenommen, ich spezialisierte mich auf Pflanzen, dass ich eine gesonderte Abteilung "Orchideen" anlegte, und ich hätte mich dann auch ausgekannt, welche Marken zu den Orchideen gehörten. Mit Klammern dahinter. Diese Klammern hinter Tieren und Pflanzen. Versiegelte Bücher. Hundertjährige Schildkröten. Dass man etwas Lehrreiches in der Hand hatte für später.

Gehen wir das Jahr mal systematisch durch: Januar ist Steinbock. - Was ja nicht stimmte. Das Jahr begann mit dem Frühling. Das Jahr begann nicht im Januar, das Jahr begann im März, deshalb stimmten auch unsere Monatsnamen nicht: September bis Dezember hieß übersetzt "der Siebte" bis "der Zehnte", hatte nie einer drüber nachgedacht. Also systematisch: Steinbock war Erde, Wassermann war ...- "Wassermann war ...?" war eine Fangfrage. Weil man natürlich sofort dachte, wegen "Wasser-", also wenn man es nicht de facto wusste, wenn man einfach sagte, wie man dachte, saß man drin.

Bei meinen hatte ich nie etwas dazu geschrieben.

Fische nämlich. Fische war Wasser. Danach Widder Feuer, Stier wieder Erde, Zwilling Luft. Das wechselte turnusmäßig, also man brauchte bloß durchzählen. Auf jeden Fall Löwe war Feuer. Nach Zwilling verwechselte ich ständig wer wann, aber Löwe war Feuer.

Wobei "Elektrizität und ihre Anwendungen" wieder eine andere Schriftart erfordert hätte als etwa "Berühmte Maler". Sachlich. Dass es sachlich aussah. Einen schnörkellosen Schrifttyp, und kursiv wäre selbstverständlich nicht in Frage gekommen. Durchgekreuzt, doppelt. *"Simila similibus"*, hieß das Prinzip.

Wie gute Motivsammler beschrifteten und wie schlechte Motivsammler beschrifteten: immer ein gutes gegen ein schlechtes Beschriftungsbeispiel, das schlechte über Kreuz durchgestrichen. Weg damit!!

Eigentlich war das Buch erst für Ältere gewesen.

"Simila similibus": Gleiches mit Gleichem.

Außerdem hätte ich eine Schablone gebraucht. Ohne Schablone erzielte man nie ein vollkommen regelmäßiges Schriftbild.

Schütze war auch noch Feuer.

Garantiert hätte ich die Kursive verwendet. Ich war acht gewesen und das Taschenbuch war erst für ab 12. Hatte ich oft getan, Bücher für Ältere gelesen. Keinem war das aufgefallen, ich hatte ja alles verstanden. Aber jetzt mit der Kursivschrift würden sie's natürlich merken.

Wenn man das mal zusammengestellt hätte: Eine Studie, welche Sachgebiete in der Benennung von Straßen Umsetzung fanden und in welchen Stadtteilen diese Sachgebiete auftraten.

Wasser war zu einfach. "Wassermann zu welchem Element?", da spürte man sofort die Gefahr im Nacken, das war zu einfach, da lauerten sie.

Die Korrelationen. Ob eine Korrelation bestand, dass vielleicht in ärmeren, sozusagen, nur als Arbeitsbegriff "ärmeren", also in sozial schwächeren Stadtteilen vielleicht Vögel verwendet wurden und dem gegenüber - Ulm-Weststadt zum Beispiel war sozial schwach. Dass man da untersucht hätte, wonach in der Weststadt die Straßen benannt waren und dies in Beziehung setzte beispielsweise zum Braunland, zu Böfingen. Die vom Jägerstammtisch mit den Zinsen im Keller unten, eine ganz ruhige Lage, Einfamilienhäuser, weiße Bungalows - dass man da untersucht hätte, ob eine Korrelation bestand.

Widder war eindeutig das beste Sternzeichen gewesen

Ein Schaubild zeichnen. Also auf der letzten Seite käme das Schaubild. Weil man sich die Korrelationen ja zeitgleich zu denken hatte. Rote, blaue und gelbe Balken sähe man gleichzeitig. Konnte ich mit Wörtern ja nicht machen. Wörter standen eins nach dem anderen. Nie kam das hin, Wörter. Nie hatte ich das Wichtigste erklären können, weil ich nicht gut genug zeichnen konnte. Ich konnte nur gut mit Wörtern umgehen, und mit Wörtern konnte man nur eins nach dem anderen.

Durchschnittliche Niederschlagsmenge pro qkm in Abhängigkeit von Temperatur und Bodenbeschaffenheit

Zwölf hellblaue Säulen, Kopf-an-Kopf-Rennen zwischen Juli und August. Sooft ich den Atlas aufschlug, ein kobaltblaues Wettrennen. Bei den Niederschlägen war ich für Juli gewesen, bei Kohleförderung für 1969. Wissen Sie, man ist sich ja klar darüber, im Alter von 11 Jahren, dass es im Atlas nur so und nicht anders steht, heute keinen Deut anders als gestern, dass die Daten so gelten, aber man spielt eben das Spiel. 1969, dass die doch irgendwann einmal die 1970 überholen könnte.

Das Messgerät hatte meinen Blutdruck in einzelnen Ziffern angezeigt. Blinkende rote Ziffern, Leuchtreklame für "101/62". Er hatte einen Monitor auf dem Schreibtisch gehabt. Einen weißen Monitor und eine Tastatur und diese Matte mit der Sowaswiefernbedienung davor und meine Patientendaten hatten auf dem Bildschirm geflimmert. Er schummelte. Als Alchimist. Gab es alles noch nicht. Ein Alchimist auf Zeitreise.

Inwieweit es gelang, die jeweiligen Themen abzudecken. Welche Auslassungen toleriert wurden. Dass beispielsweise der Fink regelmäßig ausgespart, möglicherweise unbewusst vermieden würde. Hätte nämlich durchaus an der Tag kommen können.

Dass man vor allem auch die Abweichungen geklärt hätte. "Bei der Pilzbuche" zum Beispiel. In Böfingen mitten unter den DDR-Ländern "Bei der Pilzbuche". Solche Phänomene. Dass man die aufarbeitete. Wie zog man Grenzen? Wo ein Motiv endete und das nächste begann. Hoch sensible Stellen. Antikörper. Sich anknurren, Drohgebärden. Zwei Ordnungen berührten sich. Kam es da zu Überschneidungen, etwa in Gestalt doppeldeutiger Namen? Da war ich erst kürzlich dahinter gekommen, dass sie das bei den VW-Modellen so gemacht hatten: Bei VW hatte es den Passat, den Scirocco und den Golf gegeben. Aha, hatte man gesagt, die VWs nehmen sie lauter Luftströmungen dafür. Dann hatte jemand den VW Polo erfunden. Polo? Polo war ein Sport. Bloß weil polospielen wahrscheinlich das wie hieß das, "Jet Set", diese Atmosphäre suggerieren sollte: Aufsteiger, Erfolgsmenschen, Golf zu Pferd – und da war mir der Zusammenhang klar geworden: Golf zu Pferd, also schloss Polo an an Golf, also war Golf das Missing Link, beziehungsweise die Weiche, bei Golf wurde die Weiche gestellt, weil Golf beiden Bildfeldern zugehörte, die Schnittmenge gewissermaßen. "Golf" bildete die Schnittmenge, das tertium comparationis. "Golf" meinte einerseits den Golfstrom, das griff zurück auf die Schiene "Passat – Scirocco", und sozusagen am anderen Ende bezeichnete "Golf" die Sportart Golf. Mit "Golf" vollzog sich der Paradigmenwechsel, sozusagen.

Man hatte es schon an der Farbe gesehen. Ungefähr ab den Hundertfünfzigern; die Hundertfünfziger, Hundertachtziger, Zweihunderter, Zweihundertvierziger, dass bei denen schon allein die Farbe besonders gewesen war. Ganz andere Farben als bei denen zu ein, zwei, fünf, zehn Pfennig. Nicht direkt dunkler oder heller, nicht so, dass ein Nichtexperte es wahrgenommen hätte, nur weil ich eben über diesen Briefmarken-Sonderröntgenblick verfügt hatte, deshalb hatte ich immer auch die Besten eines Satzes gekannt, die Supertrumpfmarken, die von allen Mitmarken bewundert wurden. Die Klassenersten, die Weltmeister. In jedem Satz hatte es welche gegeben, die waren besonders schlau und jeder mochte sie.

Hier ließe sich nämlich erkennen, wie der Mensch sprachlich seinen Umgang mit der Realität organisierte. Die Übertragung eines Systems auf ein anderes. Die Bäume beispielsweise, da nahm man eine botanische Systematik, und die übertrug man auf einen Stadtplan, auf eine, hätte man sagen können, "raumplanerische Einheit". Das war eine gedankliche Leistung, das war nicht selbstverständlich, völlig verschiedene Systeme, das machten sich die Leute nicht klar, dass es hier um eine spezifisch menschliche Art und Weise ging, Realität gedanklich zu strukturieren.

Oder eben hier oben bei uns die Namen von Albbergen.

Omis alte deutsche Sätze, die hätten doch wertvoll sein müssen. Vorkriegszeit. Deutsches Reich, Deutsche Post, alles vor dem Krieg, dann war der Krieg gekommen, nachher war ja alles im Eimer, da hatte es doch keine Briefmarken mehr gegeben, nur Omi hatte unsere auf der Flucht aus Schlesien rübergerettet, zigarrenkistenweise. Duftmarken. Tabakduftmarken. Überseehandel. Segelschiffe. Tressenbesetzte holländische Kapitäne. Delfter Kacheln. Wie in der linken Schublade die Küchenbrettchen.

Wie einfach das gegangen war, reichwerden: Die Papierschnipfel in der Aufwaschschüssel ins Wasser legen, die Marken ablösen, auf dem Küchenbrett trocknen und im Lexikon glattpressen. Die einzigen, die es noch gab, und ausgerechnet in unserer Aufwaschschüssel. Bis ich sie Stück für Stück mit der Preisliste im Michel verglichen hatte, und aus dem ganzen großen erlösversprechenden Michel hatten mir gerade die gehört, die zehn Pfennig wert waren, und die, die zehn oder zwanzig oder noch mehr Mark wert gewesen wären, ausgerechnet die fehlten.

"Rech" war übrig gewesen. Unter "Rosen" und "Stein" und "Berg" hatte man sich sofort was vorstellen können, "Rech" war übrig gewesen. "Rech" war gewesen, wie der Rechbergweg aussah. Unten lang. Das Gegenteil vom Rosensteinweg.

Eidechsen. Der träge Stoffwechsel war bei Eidechsen. Eidechsen, wenn's kälter wurde, weil Eidechsen Kaltblütler waren, deshalb wurden Eidechsen bei Kälte langsamer. Bei Reptilien überhaupt, dass deren Stoffwechsel sich in der Kälte verlangsamte, und wenn es noch kälter wurde, erstarrte die Eidechse. Darin lag der Unterschied zwischen Warm- und Kaltblütlern, dass Kaltblütler erstarrten, weil deren Stoffwechsel von der Außentemperatur abhängig war. Bei Warmblütlern passte sich der Stoffwechsel aktiv an, deshalb erstarrten Warmblütler nicht. Im Donautal leuchtete das ein. Wenn man irgendwo ein Industriegebiet hinstellte, leuchtete das ein. Fabriktore, Lagerhallen, Drahtzäune, Flachdächer, Betonwände, und dann hießen die Straßen nach Konzerngründern.

Unter Garantie der Fink. Ich hatte diese Intuition, dass es der Fink sein würde.

Auslöser war die Dampfmaschine gewesen. Die Erfindung der Dampfmaschine, dadurch war es möglich geworden, Massengüter zu produzieren. Fließbandarbeit. Die hatten teilweise zehn-, zwölfjährige Kinder in die Fabrik gesteckt. Wie hieß das, Taylorismus, also dass die einzelnen Arbeitsabläufe des Produktionsprozesses radikal ökonomisiert wurden. Wenn ein Handwerker ein Auto zusammenbaute, war das unökonomisch. Viel zu viele verschiedene Handgriffe durcheinander. Man hatte das wissenschaftlich erforscht. Man hatte solche Arbeitsabläufe mathematisch zerlegt: Beim Umschalten zwischen unterschiedlichen Handgriffen ging zu viel Zeit verloren, jeder Wechsel praktisch ein Zeitverlust. Also teilte der Fabrikbesitzer den Produktionsprozess in lauter Teileinheiten auf, und statt dass von zwanzig Arbeitern jeder ein ganzes Auto zusammenbaute, montierte einer zwanzigmal das rechte Vorderrad und der nächste zwanzigmal die linke Hintertür. Hatten wir in der zweiten Volksschulklasse praktiziert. Reihen schreiben: Von Aufgabe eins bis fünf erst alle ersten Summanden untereinander, nächste Spalte alle Pluszeichen, dritte Spalte alle zweiten Summanden, vierte Spalte alle Ist-Gleich und erst dann hatte man gerechnet. Instinktiv hatte man als Zweitklässler gewusst, dass das viel rationeller war.

Weil der Stoffwechsel sich anpasste. Deshalb hatten ja auch die Säugetiere die Eiszeit überlebt und die Dinosaurier nicht.

Die industrielle Revolution, Ende 19. Jahrhundert, die Entstehung des Proletariats. Karl Marx, auf der einen Seite das Kapital und auf der anderen Seite die Arbeiter, die Entfremdung des Menschen vom Produkt seiner Arbeit.

Ich hatte das Problem für mich gelöst, indem ich regelmäßig Sport trieb. Ich brauchte eben regelmäßig Sport, um meinen Stoffwechsel zu reaktivieren. Hinterher fror ich nicht mehr, und dann ernährte ich mich auch. Es ist immer so ein Geben und Nehmen, wissen Sie.

Man durfte sich das nicht angewöhnen mit dem Reihenschreiben. Da dachte man nicht mit. Immer eine Spalte senkrecht untereinander, da dachte man die Aufgabe nicht mit, da lernte man überhaupt nichts.

Wenn man zum Beispiel selbst in diesem Bereich arbeitete. Da fühlte man sich verpflichtet. Direktionszimmer, wo deren Portraits über dem Schreibtisch hingen. Graf-Arco-Straße, Daimlerstraße, Boschstraße. Weil man in einer langjährigen Tradition stand. Maßstäbe. Weil diese Namen Maßstäbe gesetzt hatten. Früher war ich alle paar Tage da durch. Meine Donautal-Strecke, übers Industriegebiet nach Wiblingen, wo der Wind permanent auf hin zu von vorn kam und auf zurück zu von hinten.

"Bruder, such den Bruder!". Da hatte es diese Szene gegeben bei Mark Twain, wo jemand eine Münze verloren hat, Gleiches mit Gleichem, Tom Sawyer oder wer, und daraufhin wirft er eine zweite Münze in die Richtung, wo er denkt, dass die erste ungefähr liegen müsste: *"Bruder, such den Bruder!"* – aber im Ernst, so hatte ich auch schon Sachen wiedergefunden. Psychologisch viel günstiger. Erst Gegenwind und auf zurück Rückenwind. Statt umgekehrt, wo Sie eine Stunde blockiert sind mit dem Gedanken: "Nachher kommt der ganze Dreck noch auf mich zu." Mit der Kirche. Gögglingen war die Kirche gewesen. Wenn man nach Gögglingen reinkam, die Dorfkirche auf der rechten Straßenseite, da an der Kirche links ab, Fahrtzeit stoppen, vor dem Abbiegen oben an der Kirchenuhr meine Fahrtzeit. Ich hätte kotzen können die letzten paar Meter: Fünf Pedaltritte noch, vier, drei, zwei, eins, dann prügeln die Uhrzeiger auf dich ein.

Vorbilder. Maßstäbe. Sankt Martin. Familiendynastien. Oldtimer mit Faltdach und Trichterhupe. Verleihungen. Wenn ich älter bin, will ich Schülerlotse werden.

Die Strecke von zuhause bis zur Kirche in unter 50, an der Kirche links ab und zurück über Wiblingen.Wiblingen-Erenlauh, mit dem vertauschten h, wo der Achter hielt. Kastbrücke, Wiblingen, Erenlauh, Fischerhauser Weg, Kapelle, Pranger. Wo der Achter fuhr, wo man sich mit den Gedanken am Achter festhalten konnte. Erenlauh, Kapelle, Pranger, Erenlauh, Kapelle, Pranger. Eine Art Meditation, wissen Sie. Das Gehirn aufräumen nebenbei. Das war nämlich auch ein Aspekt des Trainings, dass man da mit sich ins Reine kam, dieser Zen-Effekt. Es war eben nicht nur, dass ich da Energie verbrauchte, eine solche Darstellung griff zu kurz.

An einen Pfahl gekettet, und die ehrbaren Bürger waren vorbeiflaniert und hatten ausgespuckt und mit Steinen geworfen. *"Elende Hure!"* Diebe und Betrüger ja auch, aber ich hatte am Pranger immer Frauen gefoltert gesehen: schwarze Haube, drei Röcke übereinander, Holzpantinen. Vor aller Welt in den Dreck getreten, zur Volksbelustigung. Die Ampel, da hätte der Pfahl gestanden. Wo nebendran der Achter hielt. Da musste der Pranger gewesen sein. *"Nächste Haltestelle: Am Pranger".* Huren in Holzpantinen bespuckt und mit Steinen beworfen, da nebendran hielt der Achter.

Dass man einfach angemessen mit sich umging. Also, ich trieb zwar viel Sport, aber ich achtete darauf, dass ich das sozusagen wieder ersetzte. Das hatte sich über die vergangenen Jahre sehr gut für mich bewährt, gerade im letztes Jahr, ich war ja zuletzt ein Studienjahr in England, in London, wissen Sie, Westfield College - hätte dem Faber wahrscheinlich nichts gesagt, wenn ich das gesagt hätte, Westfield College, Hampstead Heath, im Nordwesten von London, hätte ich sagen können, dann hätte der gedacht, sonstwo außerhalb, aber wie sagte man das sonst, Hampstead Heath, auf der Karte links oben, aber eben nicht außerhalb, sondern London, London selber.

War auch wieder entzückend gewesen: Ich komme eben aus England zurück, fast ein Jahr war ich fort, verschollen, alles auf Englisch, einkaufen auf Englisch, studieren auf Englisch, fast ein Jahr, ob man einander überhaupt noch wiedererkannte - und zur Begrüßung heißt es: *"Du hast doch wieder abgenommen. Montag gehst du zum Arzt."*
Faber, fabris, masculinum, der Schmied. *"Homo faber"*, das dunkelblaue Taschenbuch. Viel nüchterner, als was wir vorher so interpretiert hatten. Drückende Stille, fummeln am Kugelschreiber. *Nicht anfangen, bis jeder seinen Doppelbogen vor sich hat.* Das weiche, matt glänzende Papier, wo wir die Reinschrift drauf abgegeben hatten. Wer mehr als einen Doppelbogen für die Reinschrift brauchte, hatte sich melden müssen. Jedesmal hatte ich mich geschämt.
Das große "Willkommen zuhause!", gemeinsam in der Küche bei einer Tasse Kaffee. Fast ein Jahr, *nun erzähl doch, aber bitte streng chronologisch ...* - Ein Jahr England bewies genug, ein Jahr England war, wie ich früher Reisen gewonnen hatte mit meinen Aufsätzen zum Schülerwettbewerb des Landtags, damit hatte ich bewiesen, dass ich's noch konnte, dass ich wieder in Ordnung war.
In der Dritten musste man sein. Und eine Eins haben in Verkehrserziehung, wahrscheinlich. Mitten auf der Fahrbahn, frontal dem rollenden Verkehr entgegen. Links die rote Kelle hochhalten, mit der Rechten die Erstklässler über den Zebrastreifen winken.
Ich war problemlos mit der Sprache zurechtgekommen. Ich hatte Seminararbeiten auf Englisch geschrieben, mit "excellent" bewertete Seminararbeiten.
Es war eine Frage der Organisation. Ich hatte mein Studium entsprechend organisiert. Ich hatte den körperlichen Ausgleich berücksichtigt. Das Ideal des klassischen Griechenland: - da zum Beispiel auch wieder: "Mens sana in corpore sano", das war ja griechisch gewesen, ursprünglich. In der Antike, die Olympischen Spiele, das waren die Griechen gewesen, aber wir zitierten den Satz auf Latein.
Jeder Aufsatz zwei Doppelbögen. Ich und mein ewiges Gelaber.
"Homo faber" bezeichnete den Menschen als in seiner Eigenschaft als – doch, schon, Handwerker, im Allgemeinen, aber nicht eigentlich Handwerker, nicht Handwerker als Beruf, mehr Handwerker im Unterschied zu. Handwerker in der Bedeutung von. In der Bedeutung von "Realist" etwa, von "an den Tatsachen orientiert". Auch "materialistisch" vielleicht. So eine prinzipielle Skepsis, eine gewisse Verweigerung gegenüber der Transzendenz, hätte man sagen können, gegenüber allem, was nicht technisch kontrollierbar war.
Eisentor, Steinstufen, krummer Baum, bluot zu bluoda - alles aus einem Guss. Obwohl, die Nachbarhäuser waren ja auch so. Mäuerle und Gartenhecke, Zwetschgen, Primeln auf dem Balkon und die Briefkästen direkt am Bürgersteig, wie Prostituierte im Hafenbezirk.
Ich geb' dir die Adresse. Statt "Willkommen zuhause": *Ich geb' dir die Adresse. Bei dem warst du noch nicht. Wir haben einen neuen Hausarzt.*
"Illusionslos" möglicherweise auch.
"Vom huis em stuifewech ..." Doch, ziemlich plausibel. Stuifen, und später lautverschoben. Rechbergweg, Rosensteinweg, Messelsteinweg, und hinten der mit dem Meineid.
You know, that's another part of London here. Konnte ich für mich doch so vereinbaren. Ein England eben, wo man den Rasen drei Zoll hoch wachsen ließ. Da gab es diese eine Zone im Raum Greater London, kaum einer kannte die, da ließen die Leute ihren Rasen völlig unbritische drei Zoll hoch wachsen. Nur so für mich.
Ich hatte es doch bewiesen. Neun Jahre, '77 bis '86. '77/'78 Achte, Neunte übersprungen, Elfte übersprungen, schon allein das: zwei Klassen übersprungen, Sommer '81 Abitur, Durchschnitt eins Komma eins, Stipendium, ein Jahr England. Ich machte halt relativ viel Sport, geben und nehmen. Aber ich hatte es bewiesen. Ich war zwölf, ich war in der Sechsten und Klassenbeste und Klassensprecherin. Wir waren nicht am Geld gescheitert, ich studierte. Ich war relativ viel draußen im Freien, aber in Wirklichkeit studierte ich.

Die Dampfmaschine war der Auslöser gewesen. Genau wie beim Reihenschreiben: radikale Ökonomisierung. Hatte man wissenschaftlich erforscht.

Sonst hätte ich tunlichst den Mund gehalten, wenn es sich nicht nachweislich bewährt hätte. Gerade auch letztes Jahr - also regelmäßig Sport, aber dass ich das eben nachher ersetzte.

Gerade jetzt das eine Jahr in England, Westfield College, hätte nichts gebracht, das auseinanderzuklavieren wo genau, hätte nur von der Sache abgelenkt.

Wenn man sich das überlegte: eine völlig andere Zeit, eine völlig andere Kultur, und der Kontext war ja auch ein völlig anderer, die verlorene Münze, aber auch da diese Gleiches-mit-Gleichem-Magie.

Ich war in England gewesen. Ich hatte alles verstanden.

Ein Duplikat der Finchley Road. Die Heidenheimer Straße runter und wieder rauf lief ich praktisch auf der Finchley Road. Kein bisschen weniger. Dasselbe Gefälle. Und ab kurz vor der Tankstelle den Safranbergweg lang, die Berg- und Talbahn durch die Schrebergärten.

Safranbergweg war die Finchley Road weiter nach Norden, Richtung Golders Green. Vom Belastungsprofil her. Insofern, als er diese Wellenstruktur aufwies. Anstieg, Gefälle, Anstieg, Gefälle, Anstieg, steiles Gefälle, langer Anstieg zum Thalfinger Wald. Ich lief nach wie vor auf der Finchley Road, sportwissenschaftlich, hinsichtlich der Bewegungsökonomie.

Ich hatte seit neun Jahren mein Gewicht gehalten. Nach der Klinik war's erst leicht nach unten gegangen. Wenn man dann halt wieder normal isst, wissen Sie.

In der Zwengelmannbroschüre war "normal" abgebildet gewesen.

Also leicht nach unten, aber seit Herbst '77 ungefähr ist das mehr oder minder konstant geblieben, das hat sich einfach so eingespielt. Verdauung ist auch in Ordnung.

Das bewies doch genug: 22 Jahre und so gut wie fertig mit dem Studium. '87 Magister, '88 Promotion; selbst wenn ich mir ein ganzes Jahr Zeit nahm für meine Doktorarbeit, hätte ich mit 24 meinen Dr. phil.

Es gab kein "normal" mehr. Sechs Wochen in die Klinik gesperrt und aufs Fressen dressiert, die Appetitregulation völlig aus dem Ruder, abgekoppelt, das Hungerzentrum ein Schrotthaufen, nicht mehr das mindeste Gefühl für hungrig oder satt, komplett darauf angewiesen auf die Kalorientabelle.

Kurioserweise auch in beiden Fällen eine Richtungsangabe: die Finchely Road nach Finchley, die Heidenheimer Straße nach Heidenheim.

Eben, da sehen Sie's auch ganz deutlich, an der Verdauung. Unregelmäßige Verdauung war ja ein typisches Symptom, wenn man hungerte. Damals, 1977, hatte ich mir die Kackebällchen noch einzeln mit den Fingern aus dem Schlitz pulen müssen. Schon von daher.

02

Angst vor denen

Kulturanthropologisch sprach man vom "homo ludens". Der spielende Mensch. *"Der Mensch ist nur dann ganz Mensch, wenn er spielt"*, hatte Schiller gesagt. Allgemeinbildung. "Der Mensch ist nur dann ganz Mensch, wenn er spielt" gehörte zur Allgemeinbildung. Dinge, die man später im Leben brauchte. Schiller, Goethe. Die ganzen wichtigen Zitate.

Zum Rotwein hatte Omi den gegessen mit dem Edelweiß.

Der Mensch, sagt Schiller, ist frei, sich dem Zwang seiner physischen Lebensumstände zu entziehen. Man muss eine Allgemeinbildung haben.

Jeden Abend zum Schlafengehen: die Zähne rausmachen und aufs Nachttischchen legen. Da konnte sie ja nichts dafür, aber es war halt eklig gewesen zum Zusehen.

Insoweit er aus Neigung handelt, nämlich gemäß dessen, was er als moralisch richtig erkannt hat.

Es wäre etwas anderes gewesen, wenn ich zurückgekommen wäre. Wenn man von wo zurückkam, musste man sich wieder anpassen.

Wie Robinson Crusoe ausging, hatte mich damals auch bitter enttäuscht. Der hatte seine eigene Insel gehabt - man kriegte ja mit: Tisch, Bett, Palisade, ein Stück nach dem andern gebaut, Tonkrüge töpfern, Wolle spinnen, mit welchem Stolz vor allem auch, ein eigener kleiner Bauernhof mitten in der Südsee, und dann lässt er alles im Stich, segelt zurück nach England, und die letzten zwanzig Seiten lang drehte sich's bloß noch darum, dass ihm seine Plantagen, die er mal sonstwo gekauft hatte, seitdem ein Vermögen eingebracht hatten und wie er nun das Geld eintrieb.

Andere saßen gemeinsam bei Tisch, wir standen gemeinsam in der Küche und tranken eine Tasse Kaffee. Das war eben unsere Art Familienleben.

Wenn sie dir in England diesen Wahnsinn erlaubt haben – jetzt wohnst du wieder bei mir. Aber das war eben nicht korrekt. Ich wohnte nicht "wieder hier", ich war nicht "zurückgekommen" im landläufigen Sinne. Ich setzte mein Jahr in London fort.

Ich studiere ab November wieder in München weiter, ich warte hier nur auf die Wiederzulassung von München, von daher hat mein Verhalten nicht das Geringste mit dir zu tun. Für dich ist es praktisch so, als ob ich nicht da wäre.

Studienjahr '85/'86 England, Wintersemester '86 nahtlos weiter in München, alles weitere brauchten wir für unsere Zwecke nicht zu beachten.

Was heißt: "fällt alles auf mich zurück"? Keiner wird das so sehen. Jeder im Haus weiß, dass ich in München studiere, dass ich hier vorübergehend zu Gast bin, dass wir zwei völlig unabhängig voneinander sind. Kein Schwein wird das dahingehend interpretieren, dass du mir "erlaubt" hättest, morgens Dauerlauf zu machen.

Tauschen hatte auch dazu gehört. Tauschen mit Sammlern in der ganzen Welt. Ich hatte Angst vor denen gehabt. Briefmarkenexperten in Stockholm und Chicago. Mit Falz oder ohne Falz. Offsetdruck, Walzendruck, Wasserzeichen.

Ich würde die Haustür abwarten. Morgens beim Rausgehen vor der Haustür warten, damit die Haustür nicht zufiel. Das Haustürschloss nicht einschnappen lassen.

Ich hatte dann angefangen, den Michel auswendig zu lernen.

Die Explosion, wenn das Haustürschloss einschnappte. Weil wir ja alles Stein hatten im Treppenhaus.

Ersttagsbriefe.

Wie ein Kirchenschiff: alles aus Stein, dabei hatten wir dieses Hydraulikscharnier oben an der Haustür, unsere Haustür fiel nicht zu, die wurde von dieser Hydraulik gezogen - *nicht zerren, du machst da oben das Ding kaputt!* - bis auf die letzten paar Zentimeter, den letzten Spalt weit schnappte sie ein, und nur von diesem bisschen Einschnappen der Widerhall - von unten bis oben durchs Treppenhaus.

Ob ich mich auf Randstücke spezialisieren sollte. Ich hatte mehrere Randstücke gehabt. Von Briefmarkenbögen die alleräußersten Randstücke. Die es eigentlich gar nicht mehr hatte geben dürfen. Die auf einer oder sogar zwei Seiten glatt abgeschnitten waren, gar keine Zähne hatten.

Ich hatte Randstücken nie eine Wahrscheinlichkeit von endlicher Größe zugeordnet.

Bis auf diese letzten paar Zentimeter warten, die Tür abfangen, Klinke herunterdrücken und die Tür bei gedrückter Klinke langsam schließen, damit das Schloss nicht einschnappte.

Ob mich das nicht verpflichtete. Wenn ich Randstücke besaß. Ob die Philatelie der Welt da nicht von mir hatte erwarten können, dass ich mich spezialisierte. Auf die Kinderei mit den Serien verzichten und mich statt dessen auf das Außergewöhnliche konzentrieren.

Lautlos, wie ein Dieb in der Nacht.

Kolibris. So ein Kolibri vor einer Blüte. Wusste ich aus einem meiner Bücher: diese Zeichnung mit einem Kolibri vor einer Blüte, völlig echt, wie in Wirklichkeit, wie fotografiert, wie die Zeichner das bloß machten, völlig realistisch. Weil das eine der herausragendsten Flugleistungen im Tierreich war. In "Fliegende Tiere" war das gekommen, in meinem "Farbiges Wissen" über fliegende Tiere, dass Kolibris Nektar aus Blüten saugten, und dabei stand der Kolibri buchstäblich vor der Blüte in der Luft. Das funktionierte überhaupt nur dank dieser wahnsinnig hohen Flügelfrequenz, dass Kolibris eine Flügelfrequenz hatten von sonstwieviel Schlägen pro Sekunde, jedenfalls dass es mit bloßem Auge nicht mehr erfassbar war.

Fatzeglatt, wie mit der Schere abgeschnitten. In meiner Vorstellung hatte jemand sie heimlich an Omi aufgeklebt haben müssen.

Bitte, da beobachten Sie doch diesen Effekt: klein und federleicht, und da haben Sie dann diese wahnsinnig hohe Schlagfrequenz.

Irgendwann hatte ich dann sämtliche Randstücke aussortiert und ganz hinten auf der letzten Albumseite eingesteckt. Quer durchs Album zerrissene Sätze, die historischen Trachten durchlöchert, im Schutz der Wälder klafften Lücken, aber am Ende würde es etwas Dasselbe Phänomen wie bei Autoreifen: Was man sah, wenn ein Auto in Fahrt kam, war, dass die Reifen sich allmählich schneller drehten und noch schneller und noch schneller, aber bei einer bestimmten Geschwindigkeit schienen sie plötzlich still zu stehen. Weil da nämlich das Auge nicht mehr in der Lage war, die einzelnen Umdrehungen zu unterscheiden, und dann sagte das Gehirn: "Der Reifen steht still".

Wenigstens hatten die in Köln und Chicago schon erkennen können, dass ich bereit war. Die Kleinen, Leichten. So war es doch, dass bei den Kleinen, Leichten alles viel schneller, quirliger, heftiger ablief als normal. Sonstwieviel Schläge pro Sekunde. Wo unsere Wahrnehmung nicht mehr mithielt.

Genau wie über Weihnachten. Weihnachten hatten wir uns auch ewig und drei Tage gestritten von wegen ob das "mein neuer Spleen" sei, mich "auf nüchternen Magen abzurackern".
Und dann hast du nichts mehr gesagt. Also war das abgeschlossen. Machst du jedesmal: Kein Wort mehr, Tür hinter dir zu, ergo muss ich davon ausgehen, dass wir uns einig sind. Und bei nächster Gelegenheit fängt plötzlich alles von vorn an.

Das galt eben nicht. Das musste sie sich früher überlegen. Wir hatten über Weihnachten festgelegt, dass ich morgens als erstes lief, und dabei blieb es.

Straßen benannte man nach Dichtern.

Lessingstraße, Schillerstraße, Goethestraße, die drei mit den gelben Balken, nach dem Nordbahnhof. Auf die war nie einer gekommen. Auf manche Straßen kam beim Monopoly einfach nie einer. Ich hatte das raus gehabt. Ich hatte immer die gekauft, auf die man am häufigsten kam.

Man musste seinen Arbeitsumsatz steigern. Man musste wissen, wie viel der Körper wobei verbrauchte, und dann konnte man planen: Wenn ich gleich ene halbe Stunde laufe, wie viel kann ich mir anschließend leisten? Wenn ich heute Abend den ersten Teil Früchtequark nehmen will, wie viele Runden brauche ich dann vorher auf dem Rad?

Auf die Gelben war nie jemand gekommen. Außerdem hatten die so weit weg gelegen. Lessing, Schiller, Goethe hatten auf der gegenüberliegenden Seite vom Spielbrett gelegen, da hatte ich kaum mit den Händen hingereicht, ich war ja erst acht oder neun gewesen. Die dunkelblauen Straßen und die gelben hatten auf deiner Seite gelegen. So hatten wir doch immer gespielt: Lessing, Schiller, Goethe auf deiner Seite und auf meiner Badstraße, Turmstraße, Chausseestraße, Elisenstraße, Poststraße - 1200, 1200, 2000, 2000, 2400 Mark. Die Gesellschaft honorierte herausragende Leistungen. Straßennamen, Statuen, acht Spalten im Lexikon, Hundertjahrfeiern zum Todestag.

"Miete!" Weißt du noch, wie ich immer "Miete!" gebrüllt habe?

Lebensbeschreibungen. Kapitel I hatte man mitlesen müssen. Stammbäume. Vorfahren, die woanders gewohnt und irgendwelche Berufe gehabt hatten.

Südbahnhof lief nicht gut. Aber um die Ecke Seestraße, Elektrizitätswerk. Elektrizitätswerk vor allem, mit der Glühbirne. Das Elektrizitätswerk hatte eine magische Kraft besessen, Spielkegel anzuziehen. Hatte ich dir und Tante Traute natürlich nicht verraten.

Das war vorgeschrieben. Für alle Biografien war vorgeschrieben: Vorfahren mit Berufen musste man lesen, Anmerkungen musste man lesen, Fußnoten musste man lesen. Ich hatte nie eine Fußnote ausgelassen. Die Fußoten hatte ich immer gleich als Erstes gelesen. Ich hatte ein Lesezeichen hinten ins Buch gelegt, wo die Fußoten kamen, und dann hatte ich als erstes die Fußnoten gelesen und dann zurückgeblättert und das Kapitel zu den Fußnoten gelesen.

Eben vom Ausland zurückgekehrt, und deine erste Mission hier besteht darin, zum Homöopathen zu rennen, um dir von dem an den Kopf werfen zu lassen, dein Stoffwechsel sei ein fauler Sack.

Kupferstiche. Urkunden. Wenn es doch da stand.

Die Stimme kam hin. Sanft und leise.

Heirat der Eltern, Trauzeugen, Eintragung ins Stammbuch, Geburtshaus, und danach war endlich gekommen, was zu tun war für die Unsterblichkeit.

Ein Traktat schreiben. Öfter krank zu Bett liegen als die Spielkameraden. Durch eine strenge Erziehung geprägt sein. Laute Trompetentöne nicht ertragen können. Gegen die Obrigkeit rebellieren. Die Initialen im Motiv einer Fuge verbergen. Frühreif sein. Im Wald ein eigenes Drama deklamieren. Reise nach Italien. Stundenlang am Klavier fantasieren. Gott beweisen. Schaffenskrisen. Von den Zeitgenossen verkannt werden. Geldschulden. Zu früh abberufen worden sein.

Wie man sich verrannte in solche Klischees: der Homöopath mit der homöopathischen Stimme.

"Man stirbt nicht im August" , der war doch Homöopath, wie hieß der, Köhnlechner, der mit dem Krebs und dem Man-stirbt-nicht-Buch.

Als habe man damit die Mechanik durchschaut. *"Du bist auch einer von denen,"* Bach, Matthäus-Passion, *"denn deine Spra-ha-ha-haaa-ha-ha-haa-che verrät dich".* Wo Petrus daraufhin leugnete, dass er zu Christi Jüngern gehört hatte.

Ein Buch, in der Buchhandlung für teures Geld zu kaufen, und da hatte ich die Folgen einfach heimlich aus unserer Hörzu gerissen.

Als ob ich jetzt wüsste, worauf der bei mir anlegte. "Gleiches mit Gleichem", wie ich das in Bezug auf mich zu übersetzen hatte.

Natürlich nicht wörtlich, nicht überhaupt nicht im August, aber vielleicht dass ich tatsächlich mal daraufhin unser Musiklexikon nehmen und die Todestage aus dem Komponistenteil rausschreiben würde.

Irgendein völlig Unbekannter vielleicht, *"† 14. 8. (?)"* Manchmal wusste man ja die Todestage auch nicht genau.

Zwei Sammlungen parallel hatte ich aufbauen wollen. Eine Sozusagen-Generalsammlung, also umfassend, und eine Spezialsammlung nur mit Randstücken. Die erste Duomethode-Briefmarkensammlung, eine Weltsensation. Dass ein Sammler beides beherrschte, sowohl die Standard-Sammeltechnik als auch speziell.

Bei Ihrem niedrigen Gewicht haben Sie natürlich einen trägen Stoffwechsel. Eine Art Impfung, soweit hätte das ja eingeleuchtet. Man appellierte an die Selbstheilungskräfte des Körpers. Man provozierte den Organismus, sich gefälligst auf die Hinterpfoten zu stellen. Aber mit den homöopathischen Konzentrationen führte sich das Ganze doch ad absurdum. Je geringer die Konzentration, desto wirksamer, ein Millionstel Molekül im Ozean oder womit die das immer verglichen, wenn man das konsequent weiterdachte, hieß das ja, am wirksamsten wäre ein Präparat, wenn es überhaupt keinen Wirkstoff mehr enthielte.

Die Todestage rausschreiben und zählen, und dann hätte man statistisch präzise angeben können: soundsoviel Prozent weniger Todesfälle.

Jede Woche eine neue Folge, und nach ein paar Monaten hatte ich tatsächlich das ganze Buch gehabt, obwohl es mir doch gar nicht gehörte.

Homöopath, Naturheilkundler, Heilpraktiker. Misteln, Schröpfköpfe, Wasserwaten, Handauflegen. Die ultima ratio, wenn der Patient nichts mehr zu verlieren hat. Annemarie D. aus Herne, die sich dem Alternativmediziner anvertraut, nachdem die klassische Schulmedizin versagte.

Später, in meinem eigenen Briefmarkenratgeber, würde ich mein Vorgehen genau erläutert haben.

Der war schon bei der BILD-Zeitung auf dem Titelblatt gekommen. Welche gravierenden Fehler Deutschlands Ärzte begingen. Dass man Krebs mit Chemotherapie gar nicht heilen konnte, dass sie alles nur schlimmer machten mit ihren Apparaten und Chemikalien, wegen der Lobby, es hatte eine mächtige Lobby gegeben und mit der hatten sie unter einer Decke gesteckt. Dabei hatte jeder vernünftige Mensch es einsehen müssen, es war nämlich alles wissenschaftlich bewiesen.

Auf der Südhalbkugel wahrscheinlich umgekehrt. Auf der südlichen Erdhalbkugel lagen die Jahreszeiten andersrum. Also südlich des Äquators wahrscheinlich genau gegenüber August, also im Februar.

Unfassbar, dass die Leute diese Tatsachen ignorierten. Dass die Mediziner nicht endlich mit dem Unfug aufhörten.

Man musste sich natürlich konzentrieren. Man musste sich voll aufs Training konzentrieren. Diese Tabellen basierten auf Durchschnittswerten, deren Zahlen galten für den Durchschnittstrainierenden. Nach allgemeiner Auffassung, wie sich dieser Faber das wohl auch vorstellte, mit dem Stoffwechsel, dass ich trainieren würde, wie üblicherweise Jogger trainierten. Zum Spaß, die liefen ja nur zum Spaß, Puls 130, sich nebenher unterhalten können, diese Tour. Die ersten paar hundert Meter aufwärmen und dann ließ man die Beine gewissermaßen von allein weiterlaufen; der Atem beruhigte sich, dieser Gleichgewichtszustand, wie nannte man den, steady state. Das, was der Körper sozusagen freiwillig hergab. Daher das mit dem niedrigen Stoffwechsel, da hätte ich nämlich tatsächlich dieses Problem gehabt, nur so zum Spaß, das wäre in meinem Fall natürlich fatal gewesen, da hätte mir der niedrige Stoffwechsel das Genick gebrochen. Darin lag nämlich die Gefahr: Normalerweise beim Dauerlauf ließ man den Körper selbst regulieren, wieviel er hergab, und wenn man nun jemand war, der von Haus aus einen niedrigen Grundumsatz hatte, das hing ja zusammen, so musste es nämlich sein: dieses steady state musste ganz eng mit dem Grundumsatz verbunden sein, und wenn man nun von Haus aus einen niedrigen Grundumsatz hatte, dann kam dieser niedrige Grundumsatz zum Tragen, und dann lag man natürlich viel zu niedrig. Also jemand, der sehr dünn war, war darauf angewiesen, dass er sich entsprechend mehr konzentrierte. Dass man sich zwang, permanent sozusagen ein Stück weit oberhalb des grün Schraffierten zu trainieren. Das grün Schraffierte war ja immer der steady state, in den Grafiken: unten weiß, darüber grün das steady state, und oberhalb des steady state, dass man da in diesem roten Bereich blieb, knapp an der Untergrenze des roten Bereichs.

Die weiße Linie rechts an der Straße entlang hatten sie seit Weihnachten neu aufgemalt. Das waren solche typischen Anomalien dieser Zone hier: die Rasenflächen drei Zoll hoch, die Straßenmarkierungen weiß statt gelb – konnte ich doch sagen, so für mich.

So hatte man sich den Mechanismus vorzustellen: Wenn man nicht hundertprozentig konzentriert trainierte, entfernte man sich nicht weit genug vom Grundumsatz. Und dann träte nämlich der Fall ein mit dem trägen Stoffwechsel, nämlich auch während des Trainings, dass man den trägen Stoffwechsel auch während des Trainings hätte, sodass in diesem Fall die Tabelle nicht mehr gelten würde.

Kolibris konnten sogar rückwärts fliegen.

Ich war dann einfach nicht mehr an meine Alben rangegangen. Die ganzen zerrupften Sätze, wie Zahnlücken zwischen den Marken, und hinten die aussortierten Randstücke querbeet durcheinander.

Die weiße Linie markierte die Bus Lane. Konnte ich doch so vereinbaren, nur für mich. Diese Zone, die sich erst später vom Festland abgespalten hatte. Geologisch war das immer die Erklärung. Dass Australien sich sehr früh, nämlich vor der Eiszeit von der asiatischen Kontinentalplatte abgespalten und sich deshalb in Australien diese einzigartige, skurrile Fauna entwickelt hatte. Dass Känguruhs deshalb nur in Australien verbreitet waren.

Waren ja auch alle schon geklebt gewesen, und von manchen hatte es beim Ablösen Zähne weggerissen.

Das hatte ich über die Jahre gelernt, diesen Druck aufrechtzuerhalten. Jeden Schritt so, dass man beim nächsten stehen bleiben wollte. Und dann doch noch einen. Und dann doch noch einen.

Gelocht und im Schnellhefter aufgespießt, hatten die ausgerissenen Seiten so schlaff herumgehangen, kraftlos, kränklich, ganz anders als ein Buch. Ständig verhaspelte der sich, der Autor. So kam's beim Lesen raus. Wo der Locher den Text durchgestanzt hatte, schien der Autor sich zu verhaspeln. Mitten im Wort: Öh-. In meiner Fantasie war es eine Sonderausgabe gewesen.

Daran scheiterten nämlich viele Läufer. Es war das Gleiche wie mit dem steady state, dass man nämlich versäumte, den Druck aufrechtzuerhalten, und zwar nach dem Überholen. Beim Boston Marathon, Wettkampftaktik, im Kapitel über den Boston Marathon: Diesen Fehler nie machen, langsamer zu werden, wenn man einen Konkurrenten überholt hatte. Die meisten Läufer, nachdem sie einen Konkurrenten überholt hatten, tendierten dazu, im Tempo nachzulassen, sozusagen aufzuatmen und dabei langsamer zu werden. Ein Kardinalfehler, weil man dem Gegner damit die beste Gelegenheit bot, gegenzuüberholen. Man musste im Gegenteil sogar das Tempo noch anziehen, psychologisch, aus psychologischen Gründen, um zu demonstrieren, dass man sogar in der Lage war, noch einen Gang zuzulegen, quasi als Einschüchterungstaktik.

© 1976 bei Droemer-Knaur am Ende jeder Folge. Das galt mir. Ich war in dieses © war eingedrungen, die geheime Kommandozentrale, das Lehrerzimmer, und ich hatte doch keine Ahnung, welche Hebel ich umlege musste.

Angeblich der Parkstreifen, behauptetest du. Keine Bus Lane, sondern ein Streifen zum Parken für PKWs. Wegen mir, wegen meinem Radfahren. Ach komm, durchschaute ich doch. Da sollte keine Bus Lane sein entlang der Heidenheimer Straße, weil ich dann noch länger Rad fahren würde. Weil Radfahrer bekanntlich die Bus Lane mitbenutzen durften, weil es dan angenehmer für mich gewesen wäre, auf der Bus Lane am Autoverkehr vorbei, und weil das deiner Theorie nach ein Anreiz für mich gewesen wäre, noch länger zu fahren.

Hier beobachteten wir also den umgekehrten Fall: Dass die unterbliebene Abspaltung vom Festland für die markant kontinentale Prägung ursächlich war.

Ich war nicht zurückgekommen. Ich machte das nicht noch einmal mit. Noch einmal umziehen, noch einmal alles neu zusammensuchen, wie vergangenen Herbst in London. Wo laufen? Wo Rad fahren? In welches Studio zum Jazztanz? Wohin zum Einkaufen und wie lang bin ich da unterwegs? Man hatte überhaupt kein Maß mehr gehabt.

Die ersten Tage hatte ich in London nie einschätzen können, ob mein Tempo in Ordnung war. Ich hatte ja keine Vergleichszeiten. München, Englischer Garten, hatte ich meinen Fahrplan im Kopf gehabt. Martiusstaße, Thiemestraße, Kiesweg, Chinesischer Turm, Bach, Monopteros, Trambahngleis, Lerchenfeldstraße, Oettingenstraße, Am Tucherpark, auf die Minute. Oder die Freitagsstrecke mit dem Fahrrad durch die Isarauen: Freitag fünfzehn vierundvierzig über das schmale Brückle und ab da durfte es nicht regnen, mir kippte sonst das Rad weg auf dem morastigen Trampelpfad.

Zwei Jahre hatte man in Schwabing gewohnt. Man hatte sich da etwas aufgebaut, man hatte sich da eine Existenz aufgebaut. Ein temporärer Parkstreifen. Doch, ja, ein temporärer Parkstreifen war denkbar. Dass da in der Übergangsphase bis zur endgültigen Einrichtung der Bus Lane das Parken gestattet war. Jedesmal, wenn es freitags regnete, der Horror, eine Dreiviertelstunde von zuhause bliebe das Fahrrad stecken und ich käme nicht wieder zurück.

Das Verhältnis von Schriftgröße zu Markengröße, schrieb dieser Experte, irgendwas mit dem Verhältnis von Schriftgröße zu Markengröße. Über den Raum, den die Schrift im Verhältnis zu den Briefmarken beanspruchen durfte, dass da ein bestimmtes Verhältnis einzuhalten sei. Acht Punkt, zehn Punkt, da hatte die Schablone am Rand eine Skala. Wegen des Schriftbilds die Schablone, grundsätzlich sämtliche Beschriftungen mit der Schablone, und die hatte diese Skala, acht Punkt, zehn Punkt, vierzehn Punkt war für Überschriften. Weil sonst der Text die Motive erschlug.

Zwei Jahre Schwabing, und plötzlich sind Sie an einer Campus-Universität. Wissen Sie, was das bedeutet, eine Campus-Universität? Wohnheim, Lehrgebäude, Mensa auf demselben Gelände. Sie wohnen praktisch in der Uni. Sie dürfen praktisch wieder bei Null anfangen. Von einem Tag auf den anderen stehen Sie da ohne Lesezeit. Die Fahrtzeit in der U-Bahn war meine Lesezeit gewesen. Darauf hatte ich mich eingerichtet. Vierzehn Zeilen pro U-Bahn-Haltestelle. Ich war Studentin. Als Studentin musste man die Möglichkeit einräumen, täglich zu lesen. Die Rahmenbedingungen, darum handelte es sich. Die Rahmenbedingungen für ein erfolgreiches Studium zu gewährleisten. Das hieß eben auch räumlich. Dass ich nicht von einem Tag auf den anderen gezwungen war, im Wohnheim zu lesen, wo zwei Türen weiter in der Gemeinschaftsküche der Kühlschrank stand.

Mit Kühlschrank zwei Türen weiter können Sie nicht lesen. Ganz sicher war das nämlich auch mit ein Grund in der Prüfung, wenn Studenten später in der Prüfung unbefriedigende Noten erzielten: die Rahmenbedingungen, dass die Lernleistung beeinträchtigt gewesen war durch solche unzulänglichen Rahmenbedingungen.

Wann man das mal untersucht hätte: den Einfluss der Lernumgebung auf das Abschneiden von Studenten bei Prüfungen. Damit erwies man den Studenten nämlich keinen Dienst, in zwei Minuten zu Fuß vom Seminarraum in die Mensa - praktisch, auf den ersten Blick, oberflächlich betrachtet eine Zeitersparnis, aber es ging an der Realität vorbei. Vormittags nach der zweiten Tasse Tee müssen Sie so schnell wie möglich weg vom Tisch. Aus diesem Loch rauskommen. Da müssen Sie zur U-Bahn rennen müssen, da dürfen Sie nicht in fünf Minuten im Seminar ankommen können, da brauchen Sie einen Fahrtweg, eine Umgebung, die Sie sozusagen gewaltsam daran hindert, sich noch mehr in den Mund zu stecken.

Das war nämlich auch ein Faktor, deshalb verarbeitete ich den Lernstoff viel schneller, weil ich mich organisiert hatte, weil ich die Rahmenbedingungen berücksichtigte, weil ich da realistisch war.

Also dass man seine Universität so anlegte, dass die Rahmenbedingungen gegeben waren. Mit räumlichen Abständen.

Ich war durch Hampstead Heath getrabt, vierzig Minuten, fünfzig Minuten, ich hatte überhaupt nichts gespürt. Als hätte ich eine Runde Sightseeing absolviert. Als sei ich die Finchley Road langgebummelt, statt zu trainieren. Da sind Sie einfach zu stark abgelenkt, wissen Sie. Die fremde Gegend, eine gewisse Verunsicherung wegen des Linksverkehrs, beim Straße-Überqueren erst ob von links, dann ob von rechts, das sind ja Automatismen, die haben Sie über Jahrzehnte internalisiert, und nun plötzlich erst ob von rechts, die Vorgärten, Schornsteine - unwillkürlich laufen Sie langsamer. Eine gewisse Befriedigung auch, die Illusion, man habe etwas geleistet, einfach weil man mal andere Kamine gesehen hat. Man nimmt etwas Neues wahr, und dieses Neue vermittelt einem das Empfinden, irgendwohin vorgestoßen zu sein, eine Gefahr bewältigt, Terrain erobert zu haben. Solche archaischen Instinkte, wissen Sie. Für den Urmenschen bedeutete jede Konfrontation mit etwas

Unbekanntem initial eine existenzielle Bedrohung, und von daher hat unser Gehirn noch dieses Reaktionsmuster gespeichert. Wenn wir in einem Hotelzimmer aufwachen, dass unser Kleinhirn glaubt, wir hätten im Territorium des feindlichen Stammes übernachtet. Wie durch ein Wunder überlebt.

Man ließ sich gehen.

Zwischen Seminargebäude und Mensa musste die U-Bahn liegen. Ein U-Bahn-Waggon, Türen davor, eine feste Struktur, eine feste räumliche und zeitliche Struktur. U-Bahn-Türen, Treppen zum U-Bahn-Ausgang, die Ampel, die Buchhandlung, die anderthalb Stunden Seminar, wieder Buchhandlung, wieder Ampel, wieder U-Bahn-Treppen. Treppenstufen: zwei, vier, sechs, acht, zehn, zwölf Stufen. Rituale: *"Einsteigen bitte! – Zuuuuu-rückbleiben bitte!"*, feststehende Abläufe, Formeln, die man nachts beim Einschlafen noch hörte. Hatte man über die Jahre hinweg zusammengetragen: ein festes Gerüst, innerhalb dessen man sich frei bewegen konnte.

Die letzten Meter über den Vorhof, Bücherstände, Second-Hand-Klamotten, gebrauchte Schallplatten, Räucherstäbchen. Die Eingangshalle. Sie wissen, dass sie nun noch eine Viertelstunde in der Warteschlange durchstehen müssen. Dann ist es gut. Dann haben Sie es verdient. Die Prophezeihung, sozusagen. Die Prophezeihung musste erfüllt sein, sonst war alles verdorben.

Wenn ich bloß an mein Fahrrad kam.

Damals in München und zuletzt in London hatte ich die Prophezeihung im Griff gehabt. Dabei blieb es jetzt. Ich würde meinen Standard halten.

Ich würde jetzt keine neuen Herausforderungen mehr suchen, ich wollte jetzt endlich zur Ruhe kommen. Knapp im roten Bereich. Nur mein jetziges Niveau halten, nicht noch mal von vorn anfangen, nicht wieder noch mehr dazu. Im roten Bereich, aber an der unteren Grenze. Ich war nicht nach Ulm zurückgekommen. Morgens wurde dauergelaufen auf Finchely Road, dabei blieb es, dann breakfast 1, blieb, dann Pause, blieb, dann drei Runden Rad in Regent's Park, konnte ich analog übernehmen, die Heidenheimer Straße hatte ja auch dieses Gefälle, also von der Belastungsstruktur her, das blieb sich gleich, ich machte das nicht nochmal mit, ich hatte mein optimales Programm erarbeitet, das blieb jetzt so.

Fluggästen ging immer ihr Gepäck verloren. Landung Kuala Lumpur um Mitternacht und die Koffer sind weg. So schnell, wie der Typ an der Gepäckaufgabe in London mich abgefertigt hatte - Ziffern auf einen Fresszettel geschmiert, Zettel um den Lenker gewickelt - ich traute denen zu, dass die mein nagelneues Fahrrad versaubeutelt hatten.

Womit eine Urlaubsreise, so gesehen, eine Stresssituation ersten Ranges darstellte.

"Sie haben ja tendenziell einen niedrigen Grundumsatz" - das wäre eine Basis gewesen. So hätte man miteinander reden können. Ein niedriger Grundumsatz, also solange ich nicht aktiv war, lief sozusagen mein innerer Motor ziemlich schwach. Daher brauchte ich grundsätzlich ein gewisses Maß an körperlicher Aktivität, um sozusagen den Motor anzuwerfen, und das kostete natürlich erst einmal Kalorien.

Die Geschichte vom Mädchen mit den Schwefelhölzern: Das Mädchen sitzt in der Winterkälte am Straßenrand und verkauft Schwefelhölzer, um Geld zu verdienen für ein Stücklein Brot, weil sie sonst verhungert. Aber um ihre Schwefelhölzer überhaupt verkaufen zu können und dabei nicht zu erfrieren, muss sie sämtliche Schwefelhölzer abbrennen, und dann hat sie natürlich keine Schwefelhölzer mehr zum Verkaufen. Also im Endeffekt verheizt sie sich gewissermaßen selbst.

Wie der Romanheld in dieser Situation über sich hinauswächst: allein in Malaysia, ohne Gepäck, gerademal eine Handvoll Ringgit in der Hosentasche, die nächste Maschine zurück nach Europa fliegt in zwei Wochen, und er spricht kein Wort Malaiisch. Robinson Crusoe, dieses Motiv. Die Vorstellung, der Traum vielleicht, gewissermaßen die Geschichte der Zivilisation von unten her aufzurollen.

Es muss da sein, schau'n Sie doch bitte nochmal nach, ein weinrotes Fahrrad, ein ganz dunkles Weinrot. Für neun britische Pfund mehr hätte mir ein weinrotes Fahrrad mit Reflektoren an den Lenkergriffen gehört. Ein de facto weinrotes Fahrrad, eins, wo ich keinem Typen an der Gepäckausgabe erst stundenlang erklären durfte, welche spezielle Sorte dunkles Weinrot ich meinte, damit es am Ende rauslief auf: "Ah soo, des Braune hend Se gmoint." "Des Braune" - weil die Trottel nie richtig hinguckten. Oder nicht Trottel, die guckten einfach nicht. Die - was heißt guckten, die hatten ihren Standardbegriff von "Rot", und was unter dem nicht drunter passte, da hieß es: "Ah soo, des Braune" - Klammer auf: "Ha no, na saget Se's doch glei!", Klammer zu.

Die letzten Abenteuer unserer domestizierten Gegenwart.

Dann hätte es doch aber dabei stehen müssen. Wenn man in Abhängigkeit vom Körpergewicht hätte rechnen müssen, hätte über jede Tabelle ein Hinweis gehört: *"... bezogen auf x kg Körpergewicht".* Also dass so eine Tabelle nur für ein einziges Körpergewicht gegolten hätte. Also praktisch jedesmal soundsoviel Verbrauch pro dreißig Minuten durch dreißig mal wieviel Minuten man trainierte und dann durch soundsoviel Kilogramm Körpergewicht für was die Tabelle eben galt mal wieviel Kilo man selbst wog - das war doch Wahnsinn, das war doch in der Praxis nicht durchführbar.

Ansonsten blieb mir nur, Hillers zu fragen. Er auf jeden Fall, er hatte ein Fahrrad. Ich hatte ihn mal schrauben sehen. Ein blaues Fahrrad, Einkaufskorb auf dem Gepäckträger. Ob ich das einmal, nur einmal jetzt übers Wochenende, weil mein Fahrrad beim Transport von London nach Ulm spurlos verschwunden sei.

Im Klever stand lediglich *"der Grundumsatz wurde abgezogen".*

Dass ich sagte, ich stiege eins später ein. Um den kürzeren Weg zur Haltestelle zu kompensieren, dass ich da in Zukunft Richtung Innenstadt erst am Ostplatz einstiege. Von uns aus bis Ostplatz war ziemlich genau die Strecke vom College bis Finchley Road Station, das entsprach sich dann vom Arbeitsumsatz her. Und auf zurück aussteigen am Ostplatz und bis zu uns hoch zu Fuß. Und analog für München: Wenn ich ab Herbst wieder in München wohnte, dass ich sagte, Richtung Innenstadt stiege ich statt Giselastraße erst Universität und Richtung Olympiazentrum erst Münchner Freiheit ein. Dass ich meinen Weg zu Fuß vom College bis Finchley Road Station für München übernahm.

"Eine Gewalt dem Begriffe nach zu vernichten, heißt, sich ihr freiwillig zu unterwerfen", das war der Trick. Den brachte er aber in anderem Zusammenhang. Da ging's nicht um *"nur ganz Mensch, wo er spielt",* da ging's um Staatsgewalt, freiwillige Unterwerfung unter die Staatsgewalt, und irgendwo diese Diskussion, die würde ich auch mal wieder lesen, ob in das Hässliche in der Kunst auch hässlich dargestellt werden müsse. Musste oder sollte oder überhaupt durfte. Das sogenannte Laokoon-Problem. Lessing. Laokoon-Problem war Lessing. Für meine Laufstrecke morgens bis Thalfingen Bahnübergang hatte ich nach der Tabelle ein Hanuta als Arbeitsumsatz veranschlagt. Damit war br2 im voraus abgedeckt, und mit dem Radfahren später hatte ich die 310 von br1 reingeholt. Aber die Rechnung war ja unter den jetzigen Umständen nicht mehr haltbar.

"Über die notwendigen Grenzen beim Gebrauch schöner Formen". Hätte ich dir erklärt.

"Über die notwendigen Grenzen beim Gebrauch schöner Formen" gehörte auch in diesen Zusammenhang. Schillers ästhetische Schriften, da einfach mal gemeinsam darüber zu diskutieren. Du hättest mich fragen können, ich hätte dir alles erklärt, ich hatte das ja drauf, war ja mein Fach, dazu war ich schließlich da.

Ich musste alles völlig neu berechnen.

Warum unterhielten wir uns nicht über diese Themen? Statt mich zum Arzt zu schicken. Latein damals, die Vokabeln hattest du auch immer mit mir mitgelernt.

Von der Tabelle konnte ich den praktisch überall die Hälfte abziehen. Ich bewegte mich ja praktisch nur halb. Da ging nichts raus aus mir. Das hielt mein Körper alles zurück.

Aber das ist doch vorbei, Herr Doktor Faber. 1977 hatte ich einen trägen Stoffwechsel.

Ich war geizig.

Frühjahr '77. Da war ich jeden Nachmittag hier lang und hatte gelesen. *Muhammad Ali/Richard Durham: "Der Größte"*. Gelber Einband, nur die Schrift drauf. Das Buch. Ich hatte auf der Wohnzimmercouch gesessen, in Omis Wolldecke gewickelt, gefroren, Hausaufgaben gemacht, dann hatte ich das Buch in eine Plastiktüte gesteckt und war hier lang, meinen alten Schulweg zur Eichenplatzschule, unterwegs das Buch rausgeholt und gelesen. Total zu, total vernagelt. Kalorien rumbringen, die Zeit irgendwie rumbringen, diese massenweise leere, hohle Zeit.

Wörter, ein Buch voll mit Wörtern, ein Wort nach dem anderen. Schritte, einer nach dem anderen. Und Wörter. Das war alles eins gewesen, die Wörter im Buch, Schulweg, Bürgersteig, Plastiktüte, Schritte, eine einzige formlose Masse.

Träge und vergeizt.

Auf die Seitenzahl hatte ich gewartet unten am Rand. Meine vorgeschriebene Anzahl Seiten lesen. Ich hatte nichts über Muhammad Ali wissen wollen. Ich hatte nicht "schlank werden" wollen. Nur die Zahlen.

Ich konnte ihm ja entgegenkommen. Dass ich ihm den Knochen vor die Nase legte und von vornherein irgendwas mit "braunes Fahrrad" sagte. Damit er sein Stichwort hatte. "Das Rad besitzt einen dunkel weinroten, fast braunen Rahmen, und auf der Stange befindet sich in gelben, orangefarben umrandeten Buchstaben der Schriftzug 'PUCH'".

Gegenstandsbeschreibung. Wir damals in Klasse fünf. Da war Polen offen gewesen: Die eigene Armbanduhr als Klassenarbeit?! Die wollten uns zum Affen machen.

Bleibe sachlich! Verzichte auf überflüssige Details! Gebrauche treffende Adjektive!

Die eigene Armbanduhr, wie die aussah. So. So eben. Und dann hatte man sein Handgelenk angestarrt und nach Wörtern gesucht. Oben und unten am Zifferblatt, wo das Armband dran befestigt war, wie die hießen. Unten und oben. Mit dem Stäbchen durch. War doch bei jeder Armbanduhr, irgendwie musste man die ja am Armband befestigen, sonst würde die überhaupt nicht halten.

Ich musste alles neu berechnen.

Befestigt eben. Oben und unten. Ging doch nicht anders.

Schreibe im Präsens!

Dieser Spießer in der Mitte zum Schließen. Konnte ich doch aber zeigen. Konnte ich dem Menschen im Fundbüro doch zeigen. Wenn ich die Armbanduhr verloren habe und gebe eine Verlustanzeige auf, dann zeige ich dem das. Da schreibe ich keinen Aufsatz, da zeige ich dem das an einer anderen Armbanduhr. Haben die haufenweise rumliegen im Fundbüro, verlorene Armbanduhren, "darf ich mal eine von denen?", zeige auf diesen Spießer und gebe zu Protokoll, dass er golden ist. Statt einen Aufsatz zu schreiben.

Ich hatte nicht schlank werden wollen, ich hatte nicht so und so aussehen wollen. Nur die Zahlen. Den Weg zur Eichenplatzschule lang und das Buch und meine 750 Kalorien pro Tag.

Verzichte auf persönliche Wertungen!

Wenn ich die Augen schloss, konnte ich die Zahl noch vor mir sehen, klein und mit Bleistift. Kariertes Ringbuchpapier und darauf die Zahl.

Vermeide Hilfsverben!

Rund ums das Zifferblatt erkannte man. Das Armband verfügte über. Das Gehäuse besaß. Am Stundenzeiger befand sich. Der Rückendeckel trug. Von Satz zu Satz war die Uhr gewachsen, aufgebläht von meinen erzwungenen Verben.

Mit Malaien konnte man sich notfalls immerhin auf Englisch verständigen.

Die erschlaffte Fleischmasse eines verendeten Tyrannosaurus Rex, halb begraben unter bläulichem Schnee, und ein paar unscheinbare graubraune Ratten nagten an seinen Eiern. Der Beginn der Eiszeit. Ratten, Mäuse, etwas in der Art, nicht genau erkennbar, aber größer hätte der Saurier nicht mehr auf die Doppelseite gepasst. *"Das Zeitalter der Säugetiere bricht an."*

Beim letzten Durchlesen vor der Abgabe war ich mir fett und verlogen vorgekommen. Unsere erste Klassenarbeit am Humboldt-Gymnasium. Meine erste Eins in Deutsch auf dem Gymnasium.

03
Im Sarg

Warum spritzt er dir nicht so ein Aufbaupräparat, wie damals der Doktor Röderer damals, fett war er gewesen, ein Doppelkinn hatte er gehabt, Wurstfinger hatte er gehabt, in den Wurstfingern hatte er eine Spritze gehabt. Er würde mich jetzt spritzen, und dann verwandelte sich etwas in mir drinnen, dann würde das jemand anders sein, was jetzt ich war.

690
Kurz vor der Einweisung in die Klinik waren die Aufbauspritzen gekommen, und kurz vor den Aufbauspritzen die 690. Meine Euphorie, weil ich wusste: ich war ganz nahe dran, jetzt war ich ganz nahe dran.

690. Kariertes Ringbuchpapier und darauf die Zahl. Ich hatte diesen Plan gehabt: kariertes Ringbuchpapier, und da täglich die Zahl eingetragen.

1080
Eine Art Vertrag.

1050
Die waren mit einem Mal da gewesen, die Zahlen. Die waren nicht von mir gekommen, die hatte ich mir nicht ausgedacht, die waren mit einem Mal da gewesen, und ab da galten sie. Ende der sechsten Klasse. Die drei Kritiken von Kant. Ich war fast durch mit den drei Kritiken von Kant. Kant war am allerschwierigsten zu lesen. Nach Kant kam nichts mehr. Völkerball auf dem Pausenhof: wir gegen die Russen.

1035
Woche für Woche eine neue Bestmarke.

1020
Astrid auf dem Weg zum Schwimmen. Die potthässliche eckige braune Imitatledertasche mit der Schnalle am Tragriemen. Weil der schneller war, deshalb hatten wir den Schwimmanzug mit dem weißen Seitenstreifen gekauft. Jedes Frühjahr war der neue Schwimmanzug, den wird kauften, schneller als der davor. Der mit dem breiten weißen Seitensteifen. Die drei schmalen anstelle des einen breiten Seitenstreifens. Zuletzt der bis zum Hals geschlossene.

1010
Wir hatten kein eigenes Klassenzimmer mehr. "Wanderklasse" hieß das.
Wenn es um Hundertstelsekunden ging, entschieden kleinste Details. Mit dem neuen Anzug würde ich in die erste Mannschaft kommen. Im konventionellen Träger-Badeanzug hatte eine Schwimmerin an der Weltspitze keine Chance.
Der Uli Gröner aus der Zehnten, der Geiger, war ein Wunderkind. Der hatte mit unserem Schulorchester schon ein Mozart-Konzert als LP aufgenommen.
Mitte Februar die einsame Krönung auf dem Thron der Dreistelligkeit.

980
"Spiel ohne Grenzen" im Samstagnachmittagsprogramm: Ob Saarbrücken bis zum Gongschlag mehr mit Tennisbällen gefüllte Badewannen über die Ziellinie schleppte oder Paderborn.
Gelbe Aufsatzhefte.
Während der Heimfahrt von der Schule auf meinem Sitz im Bus zusammengekauert durchs Sargfenster nach draußen stieren: PKW PKW Haus Fußgänger Haus PKW Fußgänger Haus

Haus Haus PKW Fußgänger PKW. Der sollte die verdammten Türen nicht aufmachen. Jedesmal, wenn der Fahrer die Türen aufmachte, saugte sich wieder der Polyp an meinen Armen fest. Die Kälte, mit ihrem Polypenmaul und ihren spinnenfingrigen Tentakeln voller Saugnäpfe. Der sollte durchfahren. Der sollte nicht mehr anhalten bis Safranberg und mich dann raus lassen. Der sah doch, dass es hier längst gerammelt voll war, und zehn Minuten später im nächsten Bus würde kein Schwein sitzen.

In der DDR hatte sich ein Pfarrer aus Protest mitten auf dem Marktplatz verbrannt. Mir war ein Auftrag erteilt worden.

Ein kühler Film, ein eisiges Gel innen in den Adern, das ging nicht mehr raus. Unter dem dicken Pullover, dem schwarzen gefütterten Anorak, zuhause in Omis Wollecke gewickelt, ein schleimiges Gel, innen drin in den Adern, Tag und Nacht. Wenn er wenigstens nicht auch noch die Tür aufmachte.

Die FDP war schuld, dass wir wieder eine SPD-Regierung hatten. Die CDU hatte gewonnen. Nur weil die sogenannten-oder-auch "Freien Demokraten" - war ja ein Hohn, der Name - sich der SPD an den Hals warfen.

Die Klassenkameraden spionierten mir hinterher. Wohin ich mein Pausenbrot verschwinden ließ. Ich durfte keinem mehr trauen.

940

Aufsatz, Diktat, Aufsatz, Aufsatz, Rechtschreibprobe.

Ich hasste Popmusik.

Mittags an den Erbsen war Butter. An allem war Butter.

920

"Die sechs Siebeng'scheiten". Vom Schwalbenschwanz welche Unterarten wo verbreitet waren und woran man sie unterschied. Die Aztekenherrscher der klassischen Periode.

> *Die Wissenschaft hat festgestellt,*
> *dass Marmelade Fett enthält.*
> *Drum essen wir auf jeder Reise*
> *Marmelade eimerweise.*

Kümmert euch um euren eigenen Dreck.

890

Karussell, aber nicht mit Doppel-r.

"Wrangler" hießen die Tiefblauen, die Hässlichsten. Alle liefen in Blue Jeans.

"Schweinchen Dick" hatten sie abgesetzt, und *"Trickfilmzeit mit Adhelheid"* war zum Kotzen. Von den Fingerknöcheln lösten sich Hautzellen. Einzelne, papiertrockene Zellen. Mein Fingerknöchel war eine Abbildung im Biologiebuch. Zellen teilten sich. Zellen vermehrten sich durch Teilung. Erst teilte sich der Zellkern, dann schürte das Zellplasma sich in der Mitte durch.

Der neue US-Präsident, der Carter, sah aus wie eine wandelnde Erdnuss.

Würstchen häuten, damit die Fleischmasse an der Pelle hängen blieb.

Immer getrennt: *gar nicht, so daß.*

860

Jeden Nachmittag meinen alten Schulweg zum Eichenplatz und zurück. Das Buch aus der Plastiktüte. Meine vorgeschriebene Anzahl Seiten. Warten, dass irgendwer ausschaltet.

Adjektive als fester Bestandteil von Eigennamen.

Die Menschen verdarben.

760

Butter stank.

730

Spucke im Mund. Ständig war Spucke im Mund, nie war der Mund ganz leer, ganz rein.

690

Leder, überall Leder und schweres Holz und dicke Bücher in den Regalen und ein spitzer Brieföffner aus Messing auf dem Tisch. Der Polizist, der mich verhörte, wenn ich mir die Blase entzündet hatte. Wenn ich wieder unartig gewesen und den ganzen ersten sonnigen Frühlingsnachmittag in diesen viel zu kühlen kurzen Hosen gelaufen war, hatte ich anderntags mit meiner kneifenden Blase zum Polizisten gehen und alles gestehen müssen, puterrot, während es unten gleich anfangen würde rauszutröpfeln.
Aufbauspritzen. Jetzt, wo ich bestimmt fast dran war.
Zwerg Nase. Mir gegenüber im ledernen Hexensessel die bucklige Alte: *"Komm, Kindlein, willst auch solch eine feine lange Nase haben? Willst auch solch ein schmuckes Knöcherlsäcklein im Nacken tragen?*
Die rechte Pobacke war hinterher noch stundenlang verkrampft geblieben, aber zugenommen hatte ich kein Gramm.

04
Gasherd

"Hat er dir nicht wenigstens etwas gesagt, was du tun sollst, damit du endlich wieder normal wirst?"
Bei Föhn konnten wir vom Schlafzimmer aus die Alpen erkennen.
Duden Rechtschreibung. Duden Fremdwörterbuch. Schülerduden. Scheidungsrecht, 3. Auflage. Familienstammbuch. Das Kiehnle-Kochbuch, das zu hoch war fürs untere Regal.
Ich solle zum Bodybuilding, hatte er gesagt.
Rote Regale. Zinnoberrote, in Stufen gegeneinander versetzte Regale.
Willkommen zuhause.
Im Schülerduden steckten noch irgendwo die Gefrierdosenetiketten mit den Eiszapfendekor.
Allen Ernstes. "Ins Krafttraining", wörtlich.
Irgendwann zum Glätten und später vergessen, sie wieder rauszunehmen, und nun gehörte das so.
Allen Ernstes: "Regelmäßiges moderates Krafttraining, in Verbindung mit ausreichender Nährstoffzufuhr …" - man hatte eindeutig den schwäbischen Akzent herausgehört, obwohl solche typisch schwäbischen Elemente wie "-isch" oder "koi" gar nicht vorkamen.
Lust auf eine Partie Sechsundsechzig? Hättest du zum Beispiel fragen können. Doch, das wäre sehr wohl passend gewesen. Gerade in unserer Situation jetzt, man war sich ja teilweise fremd geworden durch den langen Auslandsaufenthalt, dass man sich da auf die ganz elementaren Gemeinsamkeiten besann, dass man wieder eine gemeinsame Basis herstellte.
"… in Verbindung mit …", aber jedenfalls war er ausdrücklich dafür.
Unser uraltes Radio, dass das überhaupt noch tat.
Kein Wort von Klinik.
Warum wir nie Mittelwelle hörten. Oder Langwelle, Kurzwelle. Grundsätzlich UKW.
Kein Wort von wegen Bettruhe, 3300 Kalorien am Tag.
Das 400er-Mikroskop. Die Flaschenvase, einfach Siegellack auf eine leere Glasflasche tropfen und die Flasche hinterher über eine Kerzenflamme halten, das gab dann diese geheimnisvollen angesengten Leopardenflecken.
Kein Wort von wegen Sport treiben sei Wahnsinn oder dass er von mir verlangt hätte, ich hätte Proseminare von 10 bis 12 zu absolvieren ohne genügend Zeit vorher fürs Fahrrad, oder zwei Liter Milch pro Tag oder spät abends noch mit irgendwelchen Leuten aus der Studienstiftlergruppe über Wissenschaftsethik zu diskutieren. Er hatte mich wie einen

erwachsenen Menschen behandelt. Er hatte gelten lassen, dass ich mir mein Leben selbst einteilen wollte.

3:0 für die Bärte. Das Geheimnis der orangefarbenen Katze. Gut gebrüllt, Löwe! Gespenster essen kein Sauerkraut. Der Adler der neunten Legion. Max & Moritz. Das Glück hat eine weiche Schnauze. Über meinem Bett; ursprünglich hatte dort ja mein Bett gestanden, direkt an der Wand, über meinem Bett die Kinderbücher, und am Kopfende hatten wir meine gesammelten Plüschtiere drapiert.

Ich würde jetzt meinen Kaffee austrinken und danach zum Bahnhof, das Rad abholen. Wir konnten morgen miteinander reden. Das jetzt war nicht reden, *endlich wieder normal wirst,* als ob ich das nicht merkte, wenn es bloß darum ging, den anderen zu provozieren, zu verletzen, nicht mit mir. Dass ich mich statt dessen lieber auf das konzentrierte, was getan werden musste, nämlich mein Rad vom Hauptbahnhof abholen. Plan machen, wie spät war's jetzt, und über den Faber konnten wir uns morgen unterhalten.

Die Schmuckkassette mit meinem Poesiealbum oben drauf als Buchstütze vor den Kinderbüchern.

> *Wie die Biene Blütensäfte,*
> *also sammle Weisheit ein.*
> *Ist die Blütezeit vorüber,*
> *ist der Blütenhonig dein.*

Für Sechsundsechzig war es inzwischen sowieso zu spät. Mit diesen stundenlangen Herumstreitereien, nichts als vertane Zeit.

"Die letzten Tage von Pompeji". "Quo vadis?" "Dicke Lilli, gutes Kind". Als Omi gestorben und ich in Omis Zimmer umgezogen war, hattest du beide Betten zusammengeschoben, unters mittlere Regal.

Gott schützt die Liebenden. Und Jimmy ging zum Regenbogen. Der Stoff, aus dem die Träume sind.

Es hatte rein gar nichts mit Abhängigkeit zu tun gehabt. *Dass es eine Sucht ist bei dir. Dass du nicht einmal ein Wochenende lang darauf verzichten kannst.* Hundertprozentig nicht. *Die Bibel. Zeugnisse der Grundschule.*

Weil eben das genau nicht zutraf. Es ging darum, dass ich höchst wahrscheinlich überhaupt keinen Ersatzschlauch mehr bekommen hätte. Also überhaupt nicht, nicht nur in England nicht. 26 2/3 Zoll, die Größe gab's offenbar nirgends nachzukaufen. Wahrscheinlich war deswegen das Rad so billig gewesen, hätte einen gleich stutzig machen sollen. Müsse er erst bestellen - bestellen, ja, aber, jetzt lass mich bitte ausreden, bestellen, ja, aber du hast den Blick nicht gesehen, *"can order one from the continent",* wie der mich dabei angeschaut hat, dass der nämlich de facto kein bisschen damit rechnete, jemals einen zu kriegen.

Der blassgraue Streifen ganz hinten. Vorn unser Wäscheplatz, dann der Gartenzaun, das Café Alber, dahinter das Münster und ganz im Hintergrund, dass die Zacken oben schneebedeckt waren, konnte man zumindest erahnen.

Für deinen sogenannten Sport, da bist du bereit, jeden Preis zu bezahlen, genau wie diese Drogensüchtigen.

Meistens waren sie's vermutlich gar nicht. So oft konnte unmöglich Föhn sein, wie ich von uns aus die Alpen sah.

Wenn's doch aber so abgelaufen war. *"I can order one from the continent",* also dass es eben nicht nur das Wochenende gewesen wäre, sondern dass es mindestens bis Dienstag gedauert hätte, also selbst, wenn, dann frühestens Dienstag, Dienstag hätte er überhaupt erst anfangen können mit Reparieren.

"Die Abschlussfeier" neben dem Familienalbum war weder-noch. Für zwischen dreizehn und neunzehn Jahre; aus der Kategorie hatte ich so gut wie nichts gelesen. Das verlöschende Feuer auf dem Außenumschlag wahrscheinlich, weil bei Abifeiern immer die ausgedienten Schulbücher verbrannt wurden. Bei unserer vielleicht auch. Da hätte ich dann wieder Krethi

und Plethi eine Erklärung abgeben müssen, wieso ich spät abends kein Verlangen mehr nach Kartoffelsalat mit Würstchen hatte.

Aber eben nicht wegen bis Dienstag, sondern überhaupt die Situation: Plötzlich stehst du da mit einem praktisch irreparablen Fahrrad. Und zwar ja nicht nur für dieses eine Mal, sondern wenn ich je wieder einen Platten gehabt hätte, wäre ja wieder der Nervenkrieg losgegangen: *"order one from the continent"*, frühestens Dienstag und dieses Gesicht, dass es so einen Schlauch nämlich gar nicht gab.

Marmor, Stein und Eisen bricht,
aber uns're Freundschaft nicht.

Vor allem auch endlich ein Damenfahrrad. Das war nämlich auch noch hinzugekommen, also nicht nur, aber auch deinetwegen, die Überlegung, weil du selbstverständlich Recht hattest, ich mit meinem Herrenfahrrad, wo ich gedacht hatte, du würdest dich freuen, dass ich das endlich einsah, mit dem Herrenfahrrad, dass ein Herrenfahrrad für mich unpassend war, dass es sowieso längst fällig gewesen war, dass ich von meinem Herrenrad auf ein Damenrad umstieg, und da hatte ich jetzt in England die Konsequenz gezogen, nur dass sich das mit der Geschichte mit dem platten Hinterreifen überschnitten hatte, also man musste das einfach auseinanderdividieren, einerseits die Notwendigkeit, die Notwendigkeit bestand von vornherein, und dann, dass es sich jetzt in England zufällig eben gleichzeitig aus der Situation ergeben hatte, durch den platten Reifen, das heißt durch den praktisch irreparablen Reifen, dass ich dadurch gezwungen gewesen war, diese Einsicht auch faktisch umzusetzen, wo es anders nämlich durchaus hätte sein können, gab ich unumwunden zu, dass ich das wieder unnötig hinausgezögert hätte, aber jetzt durch den Reifen, dass der Reifen nicht mehr zu ersetzen war, hatte ich praktisch gleich zwei Fliegen mit einer Klappe geschlagen, sozusagen. Genau. So verblieben wir jetzt: Ich ging zum Bahnhof und holte das Rad ab, und nachher, wenn du mich vom Fenster aus mit einem Damenfahrrad ankommen sehen würdest - *"Du hast dir endlich ein Damenrad gekauft?"* Genau. Wo du dich nämlich freuen würdest. Und morgen besprachen wir uns dann.

Nie verlerne so zu lachen,
wie du jetzt lachst, froh und frei,
denn ein Leben ohne Lachen
ist ein Frühling ohne Mai.

95, Heidenheim Road. Die Nachbarn sahen es jetzt alle. Die gesamte Nachbarschaft registrierte jetzt, dass es zwischen uns knirschte, wenn ich auf der Straße vor dem Haus stand und wartete, dass du mir wie immer vom Küchenfenster nachwinktest. Sah jeder an meiner Haltung: regungslos, fassungslos, ein einsamer Mensch auf der Straße, der dort oben im Fenster etwas suchte, etwas erhoffte, mitten auf dem Gehweg, dass ich die Frau im Regenmantel überhaupt nicht wahrnahm, die ihren Kinderwagen hinter mir vorbeischob, wie gelähmt, ein einsamer Mensch auf der Straße, der verzweifelt wartete, dass sich dort oben ein Fenster öffnete, fassungslos, enttäuscht, dieser Moment grenzenloser Verlassenheit, oder vielleicht warst du ja nur schnell auf die Toilette gegangen und kämst gleich zum Winken, aber ich konnte doch nicht ewig hier unten stehen, ich musste los nach dem Fahrrad, von Minute zu Minute wurde es später, und hinterher würde ich wieder hetzen müssen. Hetze war tödlich. Hetzen konterkarierte den psychologischen Effekt des Trainings. Dadurch wurde das Radfahren auf die rein mechanische Wirkung reduziert, den reinen Verbrauchseffekt, und das war es ja gerade, was wir beide nicht wollten. Hetze löste exakt diese innere Spannung aus, durch die ich dann gezwungen war, mich wieder noch mehr zu verausgaben. So funktionierte nämlich der Mechanismus bei mir: eine innere Spannung, die ich zwischendurch abbauen musste, sonst war nämlich alles in Ordnung, nur dass ich eben diesen hohen inneren Spannungslevel hatte.

Den würde ich dir nicht vergessen, diesen Abschied. Den nicht. Ganz bestimmt nicht.

Kreuzung Stuttgarter Straße, Karlstraße bis zur Brücke, an den Stadtwerken durch die Unterführung, hinten am Theater vorbei. Zur Gepäckausgabe konnte ich über hinten, brauchte ich nicht die Kurve ums ganze Theater, mindestens eine Minute Zeitgewinn.

Mein Körper lief auf Sparflamme.

Konnte ich mir schenken, die Wortklauberei mit meinen "weinroten, fast brauen Rahmen". Das andere, das andere war weinrot gewesen. Weinrot mit Reflektoren an den Lenkergriffen. Für neun läppische britische Pfund ein weinrotes Fahrrad mit Reflektoren an den Lenkergriffen. Gab es nirgends. Oder in England vielleicht; bei uns fuhr kein Mensch so ein Rad. Und ich war dort gewesen, ich war in England gewesen; dieses eine Mal, als ich in England studierte und die Chance hatte, ich stehe vor dem Ding, ich halte den Lenker in der Hand, es war praktisch schon meins gewesen, das beste Fahrrad der Welt, und ich hatte es weggeworfen.

Bläuliche Funzeln. Der war noch ein Gasherd gewesen, unser Herd damals in Stuttgart. Kleine bläuliche Flämmchen, und man hatte ein Streichholz drangehalten hatte, von Hand, wie so ein Höhlenbewohner, und ich durfte nicht zu nah rangehen, falls es eine Stichflamme gab. Jedesmal beim Herdanzünden: du allein mit dem brennenden Streichholz, die züngelnden Flämmchen, und wenn dir jetzt etwas passierte, passierte es nur deshalb, weil ich zu klein war zum Helfen.

Mir hatte das einfach imponiert: ein hässliches Entlein in Braun. Einsam gegen die drei Dutzend Schleimis von Fahrrädern im Laden, die sich sonstwas aufrissen, nur um gekauft zu werden. Rot, diese Tour. Rot war, was "man" wollte. Die Heldin im Mädchenbuch fuhr ein rotes Fahrrad. Da gehörte nichts dazu, rot auszusehen. Meins wollte keiner. Braun, das hatte keiner gewollt. Deshalb hatte es ja noch im Laden gestanden.

Müssen Sie sich vorstellen: Sie sitzen auf einem Fahrrad und müssen dabei stets gewärtig sein, wenn irgend etwas mit dem Reifen passiert, ist das nicht zu beheben. Das war praktisch nur eine Frage der Zeit.

Die Gleichsetzung des Schönen mit dem moralisch Guten, ganz wichtig. Die Gleichsetzung des Schönen mit dem moralisch Guten war auch ein Erbe aus dem griechischen Altertum. Seit der Antike bis heute; die gesamte moderne Unterhaltungsindustrie baute im Grunde da drauf auf. Solche Themen gemeinsam besprechen, statt mich zum Arzt rennen zu lassen.

"Auf Sparflamme", deiner Rede Sinn, nicht wahr? *"Dein ganzer Körper läuft auf Sparflamme."* Hättest du ja damals schon gesagt. Als ob du dich jemals ausgekannt hättest mit dem Stoffwechsel. Bei dir hieß "auf Sparflamme" doch nicht wirklich "Stoffwechsel". Bei dir hieß "auf Sparflamme" so viel wie: "Versager". Einer deiner Tricks, mich beleidigen in der Hoffnung, dass ich überreagieren würde, dass ich, nur um dir's zu zeigen, anfangen würde, mir Hamburger reinzuhauen, oder wie du dir das überhaupt vorstelltest, als ob ich mir das hätte aussuchen können.

Dabei hatte der Faber etwas völlig Anderes gemeint. Der meinte nicht mein Dünnsein als solches, der meinte nichts mit Dickerwerden, der meinte das wie bei einem Motor. Dass man das umsetzte. Die Nährstoffe. Dass man damit arbeitete. Dass ich mehr verbrauchen sollte, sozusagen. Dass der Organismus das von selbst machte.

Es handelte sich mitnichten um Abhängigkeit, es handelte sich um Vernunft und Rücksichtnahme auf den eigenen Körper. Ich hätte ja den Fahrradmenschen einen Schlauch bestellen lassen können, versuchsweise. Wie gesagt ohne Garantie, dass er überhaupt einen in der Größe bekäme.

Dann wäre das gesamte Wochenende, und zwar mindestens das gesamte Wochenende, Laufen gewesen. Vereinfacht ausgedrückt.

Morgens Dauerlauf, vor breakfast2 wieder Dauerlauf, nur Samstagnachmittag konnte ich vormittags immerhin zum Jazztanz, in diesem Falle wäre Samstagabend die nächste Laufeinheit gewesen, aber anschließend Sonntag, ich konnte sonntags nicht ins Tanzstudio, unter der Woche hätte ich wenigstens abends nach Covent Garden rausfahren und noch eine

Stunde Jazztanz mitmachen können, aber durch das Wochenende waren mir sozusagen die Hände gebunden gewesen. Eine derartige Belastung für die Gelenke, vor allem auch völlig unvorbereitet.

Aber bitte, versprochen. Wenn du es für richtig hieltest. Versprochen. Würde ich mich darauf einrichten. Also hiermit abgemacht. Nächstes Mal, wenn irgend etwas wäre mit dem Fahrrad, würde ich freiwillig, auch unter der Woche, zwei Tage lang Dauerlauf machen. Auch wenn ich das Rad repariert bekäme. Das hatte ich in England verpasst, da war ich nicht hart genug gegen mich gewesen. Das schuldete ich dir noch. Alles klar. Ich wusste Bescheid. Würde mich zwar mit Sicherheit ein Kilo kosten, aber bitte, wenn du es für richtig hieltest. *Cute*, hätten sie in England gesagt. Ganz Ulm war *cute*. Das ganze Land hier war *cute*. *Cute* und *very, very clean*. Die Bürgersteige aseptisch gefegt, wie auf dem Katalogfoto einer Märklin-Eisenbahn, die Rillen zwischen den Pflastersteinen mit Bastellack aufgepinselt. Bunte Häuser. Weiß und grau und ockergelb und niedlich. Ein Schlumpfdorf. Ein Schlumpfdorf, wo die Schlümpfe den halben Tag am Fenster hingen, gugga, was d'r Nochbar duad.

Man hätte es völlig anders gestalten müssen. Mitten an der Karlstraße, der Stuss schon per se. Auf der Karlstraße rollte der Durchgangsverkehr, Richtung Söflingen, Richtung Blaubeuren. Niemand nahm hier im Vorbeifahren ein Denkmal wahr. Ich als Fußgänger ja nicht mal. Ich hatte die Mauer jahrelang für ein Relikt aus dem Dritten Reich gehalten. Soldatenhelme und Inschriften. Glorifizierung, Kriegsverherrlichung, Zigarren qualmende alte Männer, die in Lehnsesseln vergilbte Kriegsfotos vor sich ausbreiteten. Wieso die nicht endlich abgerissen wurde.

Man hätte es zeitgemäß gestalten müssen. Dass man sich mal mit diesen Leuten zusammensetzte und das besprach. You know, meine Generation, die ist vom Geschichtsunterricht her übersensibilisiert für jede Form von, wie soll ich sagen, Pathos, also durchaus nicht negativ gemeint, "Pathos" durchaus nicht unbedingt im negativen Sinne, "Pathos" ist ja an und für sich erstmal ein völlig wertfreier Begriff, in der Theatertheorie sprechen Sie zum Beispiel von "Pathos" - vielleicht zu Unrecht im Einzelfall, aber man muss das eben erstmal so als Tatsache akzeptieren, also dass man darauf einfach eingeht, dass man das einfach bei der Gestaltung berücksichtigt, ich könnte Ihnen da gern, wenn ich ein, zwei Wochen Zeit bekäme, dass ich Ihnen einfach in ein, zwei Wochen einen Neuentwurf vorlegen würde.

Im Kalorienkompass stand es so, in der Broschüre von der Krankenkasse, in unserem Ernährungsbuch, nicht irgendwie bezogen, nicht mit bei einem bestimmten Gewicht, sondern generell: Jogging 300, Radfahren 200, Schwimmen 330. Wie sollte man sonst damit arbeiten.

Keiner hatte "Gimmy Shelter" geheißen. "Gimme" war Slang für "give me".

Ich hätte damals hospitieren können.

Da unten irgendwo lag der Künstlereingang. Einmal hatte ich damals den Künstlereingang benutzt. Hospitantin in der Dramaturgie des Ulmer Theaters. *"Gimme Shelter"*, sowas Zeitgenössisches, kein richtiges Stück. Da unten hinter dem Ziergesträuch. Jugendliche in der Pubertät. Identitätskrisen. Im "Podium", respektive. Nicht im Großen Haus, im "Podium", solche Experimentierstücke, unten im Keller, für eine Handvoll Zuschauer. Zur ersten Arbeitsbesprechung war ich sogar gekommen. Künstlereingang, irgendwo da unten. Ich hatte dazu gehört. Zehn Schritte durch stachliges Ziergesträuch. Zehn Schritte hatte ich dazu gehört. Milde hatte der Mensch geheißen. Er würde mich nach meinem Konzept fragen. Ralf Milde. Welche Ideen ich in meiner Dramaturgie umsetzen wollte. Blond, blass, Brille. Klassenprimus. Ein graues Heft auf dem Tisch, für mich zum Mitnehmen. Ich solle den Text durchlesen und Notizen machen, wo mir etwas nicht klar sei.

Ich war willens gewesen, mich auf euren experimentellen Gimmy einzulassen. Aber wenn mir dieser Milde nur den Text mitgab, wer war der überhaupt, Ralf Milde, der war eben am Theater angestellt, ich hatte schon Preise gewonnen. Hier unten im Gesträuch, da war es ein

paar Stufen treppab gegangen und von dort in die Schauspielergarderobe. Wäre ich jetzt so gern nochmal runter. Nur spaßeshalber. Wenn ich die Stufen wiedergefunden hätte.
Durfte ich eigentlich gar nicht erwähnen, den Namen "PUCH". Da machte ich mich verdächtig. Ein österreichischer Hersteller. Zwengs was lasset Sie sich a öschtreichischs Rad im G'päckwaga von Großbridannje nach Ulm nondrschicka?
Ich würde ans Theater gehen, so viel stand fest, das war mein Lebensziel. Aber nicht auf diese Tour. Ich musste mich selbständig organisieren können. Der hatte mich dirigieren wollen, wie's ihm eingefallen war: erst nachmittags, wo ich normal draußen unterwegs war, das zweite Mal hätte ich um acht Uhr abends antanzen sollen, und für danach stand noch überhaupt nichts fest. Kein Stundenplan, völlig chaotisch.
Die Szenenfotos, die sie außen am Foyer aufhängten, sehen Sie, solche Fotos zum Beispiel auch. Womit man doch Publikum anziehen wollte. Und dann hängten sie derart unsympathische Aufnahmen hin. Die ästhetisch wirkungsvollsten Szenen hätte man auswählen müssen. Repräsentative Szenen. Man hätte auf einen Blick die Botschaft des Stücks erkennen müssen.
Eben auch wegen der Pausen. Ich konnte doch unmöglich fragen: "Darf ich mir etwas für zwischendurch ..." - es war doch normal, ich brauchte mich nicht zu schämen deshalb, aber wie hätte ich es denn formulieren sollen? *Wenn der merkt, dass du den ganzen Tag an nichts Anderes denkst* - Ans Theater, so viel stand fest. Ich würde ans Theater gehen. Ich würde mich jetzt zuallererst über die verschiedenen Ausbildungswege in Kenntnis setzen.
Hospitieren eben war zum Beispiel ein Weg. Viele machten das, über eine Hospitanz einzusteigen. Nun musste ich noch abklären, welche Alternative für mich in meiner konkreten Situation in Frage kam. Was sich am besten mit meinem persönlichen Profil in Einklang bringen ließ. Die verschiedenen Alternativen, die es da gab.
Primär ginge ich später sowieso auf Regie aus. Regie/Dramaturgie. Also die Situation, dass man abends, während die Vorstellung lief, praktisch längst fertig war. Man spielte ja nicht. Der Dramaturg und der Regisseur brauchten abends in der Vorstellung nicht dabei zu sein. Eine Art externe Hospitanz. Auf schriftlicher Basis. Wodurch sich gleichzeitig der Lernerfolg dokumentieren ließ. Hamburg zum Beispiel, am Hamburger Thalia-Theater, die großen Bühnen, internationaler Ruf, zeitgemäße Konzepte, die hätte längst derartige Modelle eingerichtet, da konnte ich drauf wetten. Zehnwöchig, es ginge lediglich noch um den Bewerbungsschluss.
Wir hätten die Handlung im Rokoko angesiedelt. Als Gegenpol. Stücke aus älteren Epochen in die heutige Zeit zu versetzen, war Usus. Wir bezogen .die Gegenposition.
Den "Stein der Weisen gefunden haben" hieß, dass man die Formel gefunden hatte, um Gold zu machen. Angeblich die Formel gefunden hatte. Hunderte von Jahren waren die Alchimisten einem Phantom nachgejagt. Verbindungen konnte man synthetisieren, aber keine Elemente. Soundsoviel Atome A plus soundsoviel Atome B, die ließ man miteinander reagieren und erhielt die Verbindung C. Gold war ein Element. Ein Element hatte man entweder oder man hatte es nicht.
Muskeln verbrannten Kalorien.
Ich hatte den "Stein der Weisen" immer in einer magischen Grotte liegen sehen, tausend Meilen unter der Erde. Man wüsste dann alles - also, wenn ich diesen Stein gefunden hätte, wie alt war ich da gewesen, als ich den Spirou-Comic gelesen hatte, mit der Goldformel, mit dem Labor, mit dem entführten Grafen, weil der die Goldformel entdeckt hatte, angeblich, die dann etwas völlig Anderes produziert hatte, damals im Donaubad, die blubbernden Reagenzkolben in deren Garagenlabor.
Bekannte Dramaturgen gab es kaum. Da stieß ich gewissermaßen in eine Marktlücke.
Nein, er hat mir nichts verschrieben. Da würde wieder der Blick des Hauses kommen für: "Du lügst". *Hat der dich denn nicht untersucht?* Weil wenn er mich anständig untersucht hätte, hätte er mir ein Mittel aufgeschrieben, von dem ich zunehme. *Dazu ist er als Arzt ja da.*

Die Goldformel: Chemie, sonst nichts. Faust und Mephisto mit ihren Experimenten. Faust II,
wo sich beim Lesen herausgestellt hatte, dass der maßlos überschätzt wurde. Molch im
Reagenzglas, Homunkulus, Vorstadium des Menschlichen, diese sprechende Kaulquappe.
Kiemenspalte, Glubschaugen.
Ich war träge. Mein Stoffwechsel war ein fauler, fetter Sack.
*Verschiebungen des Säuregehaltes im Blut, Nierenschäden, Kaliummangel, Säuremangel,
Herzrhythmusstörungen, Durchblutungsstörungen mit Kältegefühlen, Ausbleiben der
Regelblutung, Knochenerweichung, Freitod,* davon laberten die Ärzte ständig, aber "Ihr
Stoffwechsel wird träge", ganz einfach "Sie verfetten sich", das brachte keiner, obwohl es
alles änderte.

05
Bis nemme goht

Das lächerlich kleine Studio in der Wielandstraße, die lächerlich kurzen 60 Trainingsminuten,
hinterher auf dem Heimweg das Genörgel der Kohlmeisen in den Kastanienbäumen, über dem
Bahndamm penetrantes Abendrot. Wo ich mich in den 83er-Sommerferien felsenfest darauf
verlassen hatte: Es würde ablaufen wie bei Herbert. Während der Semesterferien würde ich
hier Karate mittrainieren, und es liefe ab wie bei Herbert in München im Hochschulsport: ein
Schwarzgurt, der uns die Turnhalle rauf und runter mittreibt, mit jedem Schritt nach vorn
Fauststoß, nach jedem Schritt rückwärts Fußtritt, *"Bleibt's ihr wohl sauber drunt'n mit die
Knie?!"*, rauf und runter bis zum Geht-nicht-mehr, und dann noch eine Länge extra, für die
Kondition. Wo sie dann aber gar keine anständige Turnhalle hatten; ein Zimmer hatten die.
Ein Kinderzimmer, Frontseite verspiegelt, damit es ein bisschen größer aussah. Die trainierten
auch nicht, die mimten in Zeitlupe Oi-tsuki, Mae-Geri, Age-Uke, als wollten sie einen
Schönheitswettbewerb gewinnen mit ihren kerzengeraden Oberkörpern und in Linie
ausgerichteten Zehenspitzen.
Unten bleiben. Die vollen sechzig Minuten in der tiefen Grundstellung bleiben. Extra tief in
die Knie gehen, die Oberschenkel anspannen, so fest ich konnte, und das gesamte Training
über, auch in den Pausen, während der Trainer erklärte, die Spannung halten. Die Spannung
in den Oberschenkeln, in den Waden, die verbrauchten am meisten Energie. Im Kniestand
bleiben. Signalisieren, dass die Gruppe noch Reserven hatte. Der unschätzbare Vorzug
unserer geringen Gruppengröße: Es ergab sich ein intuitives Verständnis zwischen dem
Sensei und seinen Schülern. Der Sensei reagierte auf subtilste Signale, wann es etwa an der
Zeit war, eine Übung zu beenden, weil die Aufmerksamkeit nachließ, oder er spürte, wenn
von den Teilnehmern die Bereitschaft ausging, zusätzliche Wiederholungen anzuhängen. Der
brauchte mich nur zu beobachten, dann wurde ihm klar, dass er die Gruppe unterforderte.
Dass es so keinen Sinn machte.
Es passierte mir einfach aus Versehen. Ich vergaß es einfach. Was schielt ihr so dämlich,
konnte doch vorkommen, ich hörte zu, ich war einfach völlig in Beschlag genommen vom
Zuhören, konnte doch vorkommen, jemand, der aufpasste wie ein Luchs, dass der darüber
vergaß, aus der Grundstellung aufzustehen und die Beine zu lockern. Und wo es doch sowieso
gleich weiterging. Wir machten ja keine Pause, der erklärte ja jetzt nicht wirklich, erklären
war etwas völlig Anderes, eine Übung erklären war eine völlig andere Situation, das hier war
nur, dass man eine zusätzliche Bemerkung zur Kenntnis nahm - ach so, verstehe, ja klar, geht
in Ordnung, danke. Aus der Spiegelwand hatte mir mein puterrotes Gesicht entgegengestarrt.
Sagen Sie's doch endlich, blaffen Sie mich doch endlich an, dass ich normal mittrainieren soll
wie die anderen auch, anständig mittrainieren oder nach Hause gehen. Ich hatte mich in
Grund und Boden geschämt.

Dort rechts nebenan war eine dieser Folterkammern gewesen, Bänke, Gusseisenscheiben, Zugtürme, und ein paar Kerle aus der Karategruppe hatten sich hinterher an die Maschinen gesetzt, Bleiplatten gewuchtet, an Stahlseilen gezerrt und Hanteln gestemmt. Weil die Kraft brauchten beim Freikampf. Weil die ihre Kämpfe gewinnen wollten. Weil die endlos Zeit hatten. Wo ich auf Anhieb gewusst hatte: Würde ich nie machen, sowas von lahmarschig. Jedes Rauf, jedes Runter. Kraftprotze. Ich Idiot mit meinem Nachkriegsstoffwechsel.

"D'r Helmut moinsch? Der kommt glei. Momentle ..." Helmut, richtig. Helmut hatte er geheißen. Und musste irgendwann in seinem Leben verdammtes Pech gehabt haben - das halbe Gesicht überzogen von einer rostroten Brandnarbe.

Eine Kaulquappe in vitro auf der Bühne. Konnte doch kein Zuschauer erkennen aus der Distanz.

Nicht anstarren.

"Hmhm." - Diese Zone, wo man sich beim Antworten infolge unterbliebener Abspaltung vom Festland der charakteristischen, sprachlich aufs Äußerste ökonomisierten Partikelform befleißigte. "Hmhm" im Sinne von: "Ja, gewiss, Sie können bei mir gerne ein Probetraining im Kraftsportbereich absolvieren."

Wie das sein mochte, wenn man beim Blick in den Spiegel ... - nicht anstarren.

"Beim Kraftaufbau machsch' emmr drei oinzlna Sätz bis zom Muskelversage'." Was in meinem Fall bedeutete: Fünf, wenn ich auf fünf Sätze käme pro Übung, wahrscheinlich würde es anfangs noch nicht überall möglich sein, von jeder dritten nur vier Sätze vielleicht, im Anfang, drei Sätze galten so für den herkömmlichen Studiobesucher, wenn einer einfach so kam, um ein bisschen was für die Fitness zu tun, "machsch" war ja nicht als grammatikalische zweite Person aufzufassen, "machsch" hieß nicht "du", "you know", auch so eine Redewendung zum Beispiel, dieses überpersönliche "du" im Sinne von "man", man weiß, es ist allgemein bekannt, drei Sätze, also in welcher Größenordnung sich der Trainingsumfang ungefähr bewegte, als Anhaltspunkt, da war ich dankbar für den Hinweis, da erstmal eine Richtschnur zu haben und dass man dieses Basisschema nun entsprechend seiner speziellen Situation modifizierte.

An der Wand gegenüber gehäutete Männerkörper. Eine Galerie gesichtsloser Adonisse, übersichtlich in Segmente unterteilt. Ein hell-/dunkelblauer Oberarm, eine hell-/dunkelviolette Brust, grüner Nacken, purpurrote Schenkel. *Biceps brachii, Musculus pectoralis, Latissimus dorsi, Quadriceps femoris.*

Wie das weh getan haben musste. Das halbe Gesicht.

Die beiden Griffbügel fassen, ohne in den Handgelenken einzuknicken. Beim Hochdrücken ausatmen. "So oft, bis nemme goht." Wenn ich es nicht durchstand? "Muskelversagen" - wie "Kreislaufkollaps" hörte es sich an.

Gold jedenfalls war's nicht gewesen. Irgend etwas hatte der Apparat produziert. Irgendein fulminanter Effekt war herausgekommen, aber etwas völlig Anderes als das, was dieser smarte Filippo mit dem schwarzen Schnurrbärtchen und seine Kumpane erwartet hatten. "... zehn ... elf ..." Beim zwölften Mal rührten die Bügel sich nicht mehr. Nichts kollabierte. Keine Enge im Brustkorb, kein plötzlicher Eishauch durchs Gehirn. Ich lag auf der Trainingsbank und spürte das lederne Polster warm im Rücken und spürte meine Arme sich gegen die Griffbügel stemmen, und die Griffbügel lagen und gaben keinen Millimeter nach oben nach. "Kannsch' nemme?"

In einer Szene des Comics hatten sie Spirou über eine unter Starkstrom gesetzte Leitung stolpern lassen.

"'etzt hend mer Bruscht ond Trizps g'macht." Das Hellblaue und das Violette. Mein Hellblaues, mein Violettes. Die gehörten zu mir. Die lebten, die verbrauchten Energie. Wir waren Verbündete. *"Du legsch immer so viel G'wicht auf, dass du's grad' acht bis zeh' Mal schaffsch."* Ein Autounfall vermutlich. Oder ein Kurzschluss. Nicht anstarren.

Eine Liste zum Abhaken, damit ich nichts vergaß. Dreimal die Woche eine Dreiviertelstunde. *Älles schee langsam ond kondsendrierd.* Weil er gemerkt hatte, dass darin meine Chance lag. Konzentration war meine Stärke. Darum war ich immer die Beste gewesen, weil ich mich, wenn's drauf ankam, am besten konzentrieren konnte. Konzentration, damit würde ich meinen momentanen Rückstand viel schneller aufholen, als der Faber erwartete. Der Faber unterschätzte mich. Der Helmut musste mich auch unterschätzt haben, am Anfang. Die meisten unterschätzten mich auf den ersten Blick. Dürr und mickrig. *Du machst dich lächerlich.*

Erst eine Kaulquappe, später die mythische die Helena. Unnötig, langweilig und außerdem unaufführbar.

"Gleich hier bei uns unten übrigens, in der Wielandstraße, gleich gegenüber beim depot-Markt." So musste ich es sagen, "gleich bei uns", also dass ich jetzt nicht quasi weglief von zuhause. "Gleich bei uns", wie wenn ich früher mit meinen fünfzig Pfennig nur schnell zum Metzger gespurtet war und ein Capri geholt hatte. Und dass es gegenüber vom "Deppo" lag. Ins "Deppo" ging man einkaufen. Da achtete niemand darauf, ob ich vorher nach nebenan ins Rückgebäude abbog.

Über die Anmeldegebühr würde er vielleicht mit sich reden lassen, weil ich doch früher schon bei ihm trainiert hatte.

Die "Leute" redeten sowieso. *Siagsch des Hedderle, wo in aller Hergottsfriah a halbe Schtond' in d'r Au omanand'sprängt?*

Ein Individualsport. Klar vorgegebene Übungsabfolgen, Wiederholungen zählen, Maschinen. Meine Welt. Athleten, die unbeirrbar ihre Ziele verfolgten.

In den "Faust I" konnte man sich noch hineinversetzen. Der Vertrag mit dem Teufel. Wie er seine Seele darauf verwettet, im Leben nie Zufriedenheit zu erlangen. Dass praktisch, wenn er auf Erden je glücklich sein würde, dass er dann dem Teufel verfallen war. Die Spannung, weil man von da ab bei jedem Vers lauerte und dachte: War das nicht der Satz, den er nicht hätte sagen dürfen?

Der empfahl es immerhin als Arzt. Wenn der Faber aus ärztlicher Sicht meinte, ich solle da hingehen -

Frauen waren im Bodybuilding die Ausnahme.

"Du versumpfst ja völlig, wenn du in den Semesterferien monatelang nichts zu tun hast." Hattest du selbst gesagt. Dass ich eine Aufgabe brauchte. Meine Gesundheit würdest du ja wohl gelten lassen als Aufgabe.

Dabei trat genau dieser fatale Fall ja ein. Die gab es doch im "Faust I", diese Momente, in denen er mit sich im Reinen war, Gelegenheiten, bei denen er die Zeit gern festgehalten hätte, wo man beim Lesen den Eindruck bekam: Da findet er sich okay, wie er ist.

Vielleicht hatte der auch mal mit Chemikalien experimentiert, heimlich in der Garage.

Auslöser der gseamten Umwälzungen damals war die Dampfmaschine gewesen. Die Erfindung der Dampfmaschine hatte Europa gleichsam über Nacht in eine gigantische Fabrik verwandelt.

Die Wette, die abenteuerliche Reise an der Seite Mephistos, die Gretchentragödie, soweit ließ sich das nachvollziehen. Der erste Teil war gewissermaßen realistisch, jedenfalls im Rahmen der Bühnenhandlung, und den Faustus als historische Person hatte es immerhin gegeben, aber Helena war eine Sagengestalt, eine Legende, Helena gehörte nicht zum "Faust", da wurde die Handlung unglaubwürdig.

Auf-zu-auf-zu-auf-zu ... - was da spätnachmittags für ein Mordsbetrieb herrschte im Depot. Die Schiebetür unter der Lichtschranke musste sich total verarscht vorkommen.

Dreikornbrot, Sahne, Halbfettmargarine. Möhren erst morgen wieder, den Kilobeutel.

Ein Kilogramm gleich tausend Gramm. Entsprechend zwei Pfund, etwas mehr als zwei Pfund. Zweimal sechzehn Oz. Ich hatte nie "Unzen" gedacht. Immer "Oz". Ein Gramm von etwas hatte ein Zweikommafünftviertel so viel Kalorien wie eine Oz.

Ich musste aufpassen. Ich hatte den Umrechnungsfaktor nicht mehr gut. In London von Gramm nach Oz hatte ich die Kalorien mal drei genommen, da war immer etwas Luft gewesen. Ein Oz von irgendetwas mit 110 kcal pro 100 Gramm waren rund 30 Gramm waren 33 kcal gewesen, mit etwas Luft drin. Jetzt, wenn es 33 waren, waren es 33.

Wenn man sich überlegte, was davon alles abhing. Die ganze Gesellschaft hatte sich damals verändert. Warenproduktion, Landwirtschaft, Verkehr - man konnte Dampfmaschinen einsetzen, wo immer man wollte. Das Prinzip war unendlich anpassungsfähig.

Den hätte ich dann überall, diesen höheren Umsatz. Beim Sport, beim Gehen, beim Stehen, selbst beim Zähneputzen, bei allem machte ich dann mehr.

Dreikornbrot. Brot, kein *bread*. Infolge der späten Abspaltung vom Festland. Weil sich hier infolge der unterbliebenen Abspaltung eine Backtradition stark kontinentaler Prägung entwickelt hatte. Brot mit einer Kruste. Brot zum Hineinbeißen, zum Durchkauen. Kein *bread*, das sich zwischen den Zähnen anfühlte wie Schaumgummi.

Feuerflammen unter dem Dampfkessel, das Schema im Physikbuch. Feuer, der Kessel, Rohre, auf der anderen Seite das Rad mit dem dicken schwarzen Balken, mit dem Lineal von den Rohren links einen dicken schwarzen Balken bis zwischen die Radspeichen zeichnen, Umsetzung von Wärme- in mechanische Energie; von meiner Batterieeisenbahn die Lok war auch eine Dampflokomotive gewesen.

Wir waren Verbündete. Dieser Körper wollte arbeiten. Ich musste ihn nur lassen.

Andis Swatch damals hatte plötzlich ein schlichtes schwarzes Lederarmband gehabt. Nicht gehabt, "besessen". "Besessen" natürlich, weil "besitzen" kein Hilfsverb war. Glattes, schwarzes Leder, ungemustert. Konnte der Schweizer ja nicht wissen. Würde er bestimmt nicht bei jedem kontrollieren. Der würde ja nicht durch die Bankreihen defilieren und sich von jedem die Uhr präsentieren lassen, ob die wirklich aussah wie in der Klassenarbeit beschrieben. Konnte ja eines gehabt haben, die verloren gegangene Uhr. Die war ja weg, das war ja nicht dieselbe gewesen wie die, die der Andi jetzt trug, mit diesem Farbenchaos, für das es im Deutschen einfach keinen Namen gab.

Ein Zugeständnis ans Publikum. Das Ideal der weiblichen Schönheit, damit sie in ihren Logen etwas zu gucken bekamen.

Dass ich das Halbfett in Zukunft ab und zu mit Butter mischen würde. Ich wusste ja jetzt, wofür.

"Ehret die Frauen, sie flechten und weben / Himmlische Rosen ins irdische Leben." Schiller war in dieser Hinsicht noch schlimmer als Goethe.

Eins zu zwei vielleicht. Ein Teil Butter auf zwei Teile Halbfett. Jeweils eine Portion vorher fertig vorbereiten, damit es dann keine Diskussion mehr gab wegen eins zu zwei oder doch besser eins zu drei. Ich wusste doch, wofür.

Krasser Außenseiter, von allen unterschätzt.

Fünfzig, hundert lebendige Pferde - musste man sich vor Augen halten, das machte sich heute kein Mensch mehr klar: dass Pferdestärken ursprünglich eine reale Größe gewesen waren, ganz konkret ein Vergleich mit lebenden Pferden, fünfzig, sechzig, hundert lebendige, schnaubende, wiehernde Pferde, quasi im Bauch so einer Dampfmaschine.

Die Frau, einzig dazu erschaffen, schön zu sein.

Zu-auf-zu-auf-zu-auf. Die Schiebetür machte das Spielchen noch immer brav mit. Ein PKW am anderen. Ameisen krabbelten über den Parkplatz, verluden pralle Einkaufstüten und klemmten sich in die Beifahrersitze. Ich hatte ihn doch noch ziemlich intus, den britischen Linksverkehr.

17:48 h. Die Erde war keine Scheibe mehr.

"Gleich bei uns in der Wielandstraße." Beziehungsweise Thalfinger Straße. Um da hundertprozentig korrekt zu sein. Dass mir keiner nachsagen konnte, ich verdrehte die Tatsachen. Also du kommst von und aus gesehen von der Wielandstraße, aber der Eingang liegt zur Thalfinger Straße, der geht auf so einen Hinterhof raus, ein bisschen versteckt, also wenn man da einfach so als Unbeteiligter vorbeigeht, bemerkt man's wahrscheinlich überhaupt nicht.

Die Arbeitsbedingungen, das Familienleben - da brach praktisch über Nacht eine Weltordnung zusammen.

Es ging ja nicht uferlos weiter. Man verbrauchte ja immer mehr, und dadurch wurde die Differenz zwischen dem, was man sozusagen zum Aufbauen zusätzlich drauflegte, und dem, was man verbrauchte, immer geringer, und irgendwann kam der Prozess zum Stillstand. Man konnte praktisch sagen: Soundsoviel an Muskeln will ich später haben, dann verbrauche ich am Tag soundsoviel, und dann setzte man diese Menge als Tagesverbrauch fest, und später, wenn man sein Ziel erreicht hatte, wenn man mit dem Aufbauen fertig war, da stimmte dann beides miteinander überein, da veränderte sich dann nichts mehr, da blieb man dann so. Also dass man nämlich aktuell nicht zu viel zuführte, sondern man arbeitete lediglich vorgreifend mit dem angestrebten Zielbedarf.

Ein Schaubild, da sähe man, wie die Kurve nach oben abflachte. Eine Näherungskurve. Mit der unendlichen Annäherung, diese Kurve. Nicht abflachte, sondern annäherte. Die Asymptote. Weil ja die Kurve nicht weiter anstieg, aber der Verbrauch wurde gleichzeitig größer. Wenn man das gegeneinander abgetragen hätte. Zwei Linien im Achsenkreuz, und der Abstand zwischen den beiden Linien verringerte sich immer weiter, bis es irgendwann nicht mehr darstellbar war.

06
Nein sagte die Witwe, nein nein

Die Studiowaage hatte 49 kg gezeigt. Wie letzten Donnerstag. Wie vorletzten Donnerstag. Wie die Donnerstage davor. Seit zehn Wochen hatte ich nicht mehr zugenommen.

Ich würde meinen Studienbericht als – wie hießen diese scheußlichen Flickenteppiche? – Patchwork, genau, ich würde meinen Studienbericht diesmal als Patchwork schreiben.

Ein Patchwork meiner gesammelten Eindrücke und Erfahrungen des zurückliegenden Wintersemesters.

Getrocknete Garnelen mit scharf angebratenem Knoblauch, voll Rohr, bis hierher an meinen Schreibtisch.

Ich hatte mein Ziel verfehlt. Bis Ende des Semesters hatte ich die 51 erreichen wollen.

Unsere Thailänderin wieder.

    - dies ist kein Studienbericht

Genau: oben drüber "Studienbericht WS 1985/86" und darunter als ersten Satz:

„Der vorliegende Text ist kein Studienbericht." Weil ich an einen Punkt gelangt sei, wo ich es nicht mehr mit mir vereinbaren könne, Ergebnisse zu heucheln.

Stundenlang stank hinterher das ganze Stockwerk.

Ich hatte exakt so viel Kalorien verbraucht wie aufgenommen. Eine ausgeglichene Bilanz. Einnahmen gleich Ausgaben. Einfallwinkel gleich Reflektionswinkel. Yin und Yang.

Früher hatte ich Patchwork gehasst. Muster gehörten geordnet. Punkte gehörten zusammen. Rauten gehörten zusammen. Streifen gehörten zusammen. Ich hatte Stunden damit verbringen können, die Buchstaben in der Lösung unten auf der Kreuzworträtselseite der *Hörzu* zu sortieren: alle A ferrarirot auszumalen, alle B ockergelb, alle C mausgrau - nach meinem patentierten Zeile-für-Zeile-Verfahren.

DEVISEN   MODE   S   ANTIK   D   K   ROKOKO

Am Ende hatte die gnadenlose Leitung der Klasse-A-Konzentrations-Weltmeisterschaft mir Minuspunkte erteilt für jeden übersehenen Buchstaben.

```
- Begründung: habe keine Ergebnisse
- weg von der Illusion, ein halbes Jahr Lebenswirklichkeit
  könnte zu Null aufgehen
```

Die klugen Männer in den Bibliotheken, die die Lexikonbücher schrieben, hatten nicht gewusst, wie selten zum Beispiel F vorkam. Viel seltener als erwartet.

Das hat sich zum Beispiel in den letzten Jahren bei mir so entwickelt, wissen Sie, dass ich dieses Gewicht-gehalten-Haben als Niederlage wahrnehmen kann.

Die O unter dem karminroten Filzstift hatten hinterher ausgesehen, als sei da gar kein Buchstabe.

Doch, ohne Frage, ich bin enttäuscht. Ich empfinde jetzt eindeutig ein Gefühl von Enttäuschung.

AAR   ZEUS   P E   ARIE W WASHINGT N L   R

Auf Ende des Semesters hatte ich die 51 angesetzt gehabt. Da hatte ich jetzt das Empfinden einer Niederlage. Eindeutig. Da war ich ehrlich mit mir.

Ich meine, wem sollte ich da etwas vormachen?

In Bonn erwarteten sie von mir, dass ich alles für mein Studium tun würde.

Es war wie bei einem Vexierbild gewesen, damals mit den Buchstaben. Diese Bilder, wo man eben noch eine schwarzen Fläche und darauf vis-à-vis zwei spiegelbildlich gleiche weiße Gesichter gesehen hatte, und plötzlich sah man eine schwarze Vase auf weißem Grund. Am Anfang Wörter, zusammengesetzt aus Buchstaben, die man farbig anmalte, am Ende farbige Buchstaben aus lauter Wörtern.

Der Tag damals, als wir die Nachricht bekommen hatten, dass ich in die Studienstiftung aufgenommen worden war. Die Zeit hatte still gestanden.

Ich würde jetzt ein Shortbread essen und Plan machen. Einen Barren original englisches, buttriges Shortbread. Die Konsequenz ziehen und mein Training entsprechend neu planen.

```
- "akzente" Bd. I-VII Zweitausendeins-Verlag) = anderes
  Literaturverständnis
- Eigenleben der Sprache ≈ realisiert ihre eigene
  Wirklichkeit
- Beispielzitate
```

Ich gehörte dazu. Zur Elite. Den Hochbegabten. Den besten zwei Prozent meines Jahrgangs. Der Studienstiftung.

```
- "Sand fällt aus den Kissen und von der Lampe fällt Sand."
- "Wer in sein Glasauge einen Diamanten eingesetzt bekommt,
  woran soll der sich halten?"
- "Sprechen geschieht wie die Wanderung eines
  Scheinwerfers: fleckenhaft und doch ununterbrochen."
```

Da waren diese surrealen Momente gewesen, in denen ich vor einem weit offenen Stipendium stand, und davor lag das blanke Nichts.

49. Mit 9 hinten war alles noch offen. Generell, Zahlen mit 9 hinten hatten diesen Freiraum nach oben. 9, 19, 29 ... - 9 hinten war kurz davor, rein optisch, also rein von der Form her, 9 verglichen mit 0, solche Aspekte nämlich auch, dass man die einbezog, etwas, was man im römischen Zahlensystem vielleicht völlig anders wahrgenommen hätte, man hätte das einmal untersuchen müssen, Zehnerschwellen, die Wahrnehmung von Zehnerschwellen in Abhängigkeit vom zugrunde liegenden Zahlensystem.

```
- Ror Wolf legitimieren (!)
```

Sie hatten meine Antwortbögen aus dem Aufnahmetest in einem Aktenordner gesammelt. Keiner hatte im Aufnahmetest 100% richtige Lösungen erzielt. Konnte man gar nicht, so war der Test ja konzipiert gewesen. Eine gewisse Fehlerquote. Wie man damit umging, dass die Zeit zu knapp war. Ich hätte in Bonn sein müssen. Ich hätte erklären können, warum ich mich für 3 a) oder 2 d) entschieden hatte.

        Ror Wolf: "Pilzer und Pelzer"
Ich hätte etwas dazu sagen können.
Ich ging zum Beispiel grundsätzlich zuerst an die Beinpresse. Ich arbeite mit einem Split-Programm, wissen Sie, aber was Sie zum Beispiel in den gängigen Splitprogrammen nicht finden – das hatte sich nämlich bei mir so herauskristallisiert, ein 24-Stunden-Takt für die Oberschenkel.

        - "Birn, ein Name"
Bis zum Muskelversagen. Anderswo im Sport war Schluss, wenn der Trainer "Schluss!" sagte. Die ganzen Jahre, beim Schwimmen, beim Fechten, beim Karate, im Jazztanz - überall hatte der Trainer mich in der Hand gehabt.

        - scheinbar (!) unliterarisch [unklassisch]
Wo ich mich nach dem Fechten in der Dusche noch hundertmal auf die Zehenspitzen gestellt hatte in der Hoffnung, davon würden endlich wieder die Knie nachgeben.

        "Nein, sagte die Witwe, nein nein"
Den Trainern war nicht unbedingt ein Vorwurf zu machen, die kannten sich einfach nicht genug aus. Die beschäftigten sich eben nicht so intensiv damit. Ich hatte mir da mit der Zeit die entsprechende Kompetenz aufgebaut; das hatte ich mir über Jahre hinweg sozusagen in mühevoller Kleinarbeit angeeignet.

        - Projekt: Überschriften interpretieren!
49 = 7 x 7. Der Siebener war am schwierigsten zu merken gewesen. Bei den Siebenerzahlen lag das Ufer so weit weg.

T   J ALABAMA   M ZAUBERFLOETE V UR

Ich konnte meinen Vertrauensdozenten um Rat bitten. Auch in persönlichen Belangen. Beim Fünfer kam alle zwei das nächste Ufer.

        - Vergleich: Schiller vs. Ror Wolf
Der Fünfer machte unheimlich Spaß. Den Fünfer auf Tempo.
Du musst nur wollen.
fünf zehn fünfzehn zwanzig fünfundzwanzig dreißig fünfunddreißig vierzig
Ein durchorganisierter Arbeitsplatz, Nachschlagwerke griffbereit, Sekundärliteratur übersichtlich im Regal geordnet, ein separates Regalbrett pro Lehrveranstaltung. Ringordner, auf dem Schildchen unter der Klarsichthülle Ort, von-bis, Titel der Lehrveranstaltung, Name des Dozenten.

        - z.B. Kapitelüberschrift:
        "Neumanns Bedeutung für die Allgemeinheit"
Kann ich gern mit Ihnen durchgehen, den Text, kommt etwas weiter hinten im Buch.

        - Fehleinschätzung korrigieren
Weil ich von Schiller herkam. Mein klassischer Hintergrund. Die Tatsache, dass ich wusste, wovon ich sprach.
"Halte Ordnung, liebe sie, .."
Dass ich nicht nur so daherschwafelte.
50 waren platt und voll und rund.

AKTIE   AY VERDI   PFINGSTEN G   URI   CSSR

Ich brachte diesen Hintergrund mit. Ich war glaubwürdig.

        - jenseits der Klassik
Gemeinsames Mittagessen. Beim Auswahlseminar hatten wir auch während des Mittagessens
weiter diskutiert. Zwischen den Tellern läge mein Studienbericht. Die Sätze, die sie für
fragwürdig hielten, hätten sie rot markiert.
        - These: Oberflächlichkeit = primär eine Funktion der
          Lesart
Sie zweifeln jetzt an mir? - Kloster Salem, der schlichte Speisesaal, Sitzkissen auf blanken
Holzstühlen.
        - (auch eine Art Befreiung)
Wie aß man normal? Ich hatte nicht auffallen dürfen mit meiner Art zu essen. Ich durfte
keinen Gebrauch machen von meinen Techniken - Erbsen stückweise auf die Gabel spießen,
Ravioli aufklappen, um die Fleischfüllung in vier Scheibchen zu teilen, mit dem Messer das
Bratfett aus Fischstäbchen drücken und am Tellerrand abstreifen. Glänzende, orangefarbene
Pfützen. Die Juroren durften nicht merken, dass ich nur halb anwesend war. Seit ich Kalorien
zählte, war ich ständig nur halb anwesend. Ich zählte. Ich hatte einen Auftrag. Ich hatte zu
zählen. Zwischen den Tellern läge mein Studienbericht. Oberflächlichkeit, ein naheliegender
Vorwurf des von der Klassik geprägten Germanisten. Ein Fischstäbchen nahm beim Braten
schätzungsweise drei Gramm Fett auf.
        - "Nein sagte die Witwe, nein nein"
Hier vor allem auch die Interpunktion. Man hörte sich den Satz ohne Atempause lesen,
Neinsagtediewitweneinnein, ohne Betonung, ohne am Ende die Stimme zu senken, wie
Erstklässler lesen, neinnein wie ein Erstklässler, der Buchstabe für Buchstabe
abarbeitet, ohne den Sinn zu verstehen.
Pointierte Notizen am Seitenrand. Unterstreichungen. Textmarker: grün, gelb, orangerot.
"... Ordnung spart dir Zeit und Müh'." Omis Feldmarschallshandschrift.
Patchwork, Fußabtreter-Stil in einem Studienbericht, das war eine echte Gratwanderung. Eine
Dreistigkeit. Das gewagteste Kunststück, das ich mir je geleistet hatte.
Das hatte ich zum Beispiel damals nicht gekonnt. Dass ich an so einem Punkt, mit dem
Gewicht jetzt, dass ich da bereit gewesen wäre zu sagen: "Ich habe mein Ziel verfehlt".
Diese *eine ganz bestimmte Schicht*, zu denen hatte solches Patchworkzeug gepasst. Rote
Filzherzen und daneben kariertes Leinen.
Man musste zuordnen können. Wenn ich Latein übersetzt hatte, hatten die Ablativendungen
zusammen gehört und die Akkusativendungen hatten zusammen gehört. Logisch zuordnen,
auf dieser Basis.
Fünf Fischstäbchen 189, davon fünfmal knapp 15 Bratfett.
Logisch zuordnen, korrespondierende Endungen bestimmen. Abstraktionsfähigkeit.
Grundlegend, nämlich nicht nur für's Latein, sondern ein intelligenter Mensch war ja auf der
ganzen Linie intelligent.

        - meine fantastische rote Uniformjacke aus dem Second-Hand-
          Shop

Diese ganz bestimmte Schicht hatten die bei uns geheißen: SPD-Wähler, die sich daneben
benahmen, die sich in Donauabd mitten auf der Liegewiese ausbreiteten, Sonnenbrille und
Niveau-Creme und ohne BH unter der Dusche, wenn alles zusehen konnte.
Exzerpte. Die Vorlesung nicht Wort für Wort mitschreiben. Den Spiralblock am Ende der
Seite umblättern; zuerst alle Vorderseiten, danach alle Rückseiten beschreiben, statt jedesmal
den Block umzudrehen. Das Wesentliche erfassen.
Wer Latein konnte, war überall im Vorteil.
Wieso hatten wir eigentlich solche Angst vor denen? Die waren doch blöd, oben ohne, und
hinterher jammerten sie über ihren Sonnenbrand.

Ich war trotzdem nicht arrogant geworden, ich hatte meine Banknachbarn abschreiben lassen; bloß weil ich eine Brille hatte, mir deshalb zum Geburtstag ein Buch zu schenken *"Daniela und der Klassenschreck"*, die Streberin mit der Fünf im Turnen, als wie: "Siehste, auch so eine!" So schlecht geschrieben fand ich's gar nicht.

Das Studium auf einen überdurchschnittlichen Abschluss hin planen: Wer soll später meine Magisterarbeit betreuen? Wie kann ich mich bereits während des Grundstudiums bei diesem Dozenten profilieren?

Ich in meiner roten Uniformjacke im Speisesaal in Salem. Einfach die Wahrheit sagen.

`- habe Karate beendet`

Frühzeitige Orientierung auf ein Spezialgebiet. Beim Auswählen der Lehrveranstaltungen nicht kurzsichtig nach Neigung entscheiden, sondern die langfristig gesteckten Ziele ins Auge fassen.

Völliger Unfug, wenn sie die Schüler auf dem Gymnasium jetzt wahlweise mit Englisch anfangen ließen.

Das Wesentliche war die Einstellung. Meine Einstellung damals. Meine Einstellung war krankhaft gewesen. Ein Automat mit zusammengebissenen Zähnen und einem Helm über dem Kopf. Eine führerlose Lok auf einem endlosen Gleis geradeaus.

`    Überbetonung von Partnerübungen und Freikampf ->`
`    verflachtes Training`

Fest umrissene Karriereziele. Schreiben. Am Schreibtisch sitzen und schreiben.

`    Konkurrenz auf Kosten der konditionellen Anforderungen`

Freikampf war ein Rückschritt. Da wurde der Degenerierung Vorschub geleistet. Der ekelhaften Gewohnheit, Anstrengungen aus dem Weg zu gehen. Dem Menschen fehlte die Selbstdisziplin. So ein richtig hartes Drilltraining, wissen Sie - von sich aus zieht man das einfach nicht durch. Da braucht man einfach einen gewissen Druck von außen. Das konnte man eben nicht wegleugnen, das musste man einkalkulieren.

Patchwork. Fußabtreter, als Studienbericht. Wenn man sich's erlauben konnte. Natürlich nur. Wissen Sie, man hat ja immer Möglichkeiten sich zurückzunehmen. Zum Beispiel beim Karate, dass Sie da nicht die tiefe Standposition beibehalten.

Fachliche Schwerpunkte. Mit meinen zwei übersprungenen Schulklassen hätte ich meinen Abschluss/Magisterabschluss mit zwei Jahren Vorsprung in der Tasche haben können.

Ganz typisches Beispiel, praktisch in jedem Karatetraining beobachten, dass die tiefe Standposition verlassen wird. Die natürlich erheblich kaftraubender ist. Man musste gezwungen werden, sich zu verausgaben. Anders ging es einfach nicht.

`    beim Radfahren: vorbei am Arabella-Hotel, die Großbaustelle`
`    ACHTUNG, darf nicht unterschätzt werden: außerfachliche`
`    Realität !`
`    Steinbrocken, Betonblöcke, Teer, aufgerissen`
`    Warnleuchten`
`    Gerüste, Drahtgitter, Stahlträger`
`    Schutt`
`    Problem, diese Impressionen zu klassifizieren`

Abends nach dem Seminar noch bleiben. Die fähigsten Köpfe diskutierten spät abends nach dem Seminar noch weiter mit dem Dozenten. Man kam nicht los, das Thema war zu faszinierend. Wissenschaft. Goethes Werk. Schillers Werk. Man lebte darin. Man ging darin auf.

150 vielleicht. Foxtrott tanzen kam auf 156 pro halbe Stunde. Wo man sich ja auch mit einem Partner zusammen bewegte.

Man musste es sich erlauben können. Picasso: Mund am Ohr, beide Augen auf der Nase - Millionen wert. Könnte jeder, aber der hatte sich's eben getraut.

Die Haltung war anders. Karate hatte man die Standposition mit gebeugten Knien, also eine gewisse konstante Anspannung. Von daher war Karate im Vorteil.

Filzherzen zu kariertem Leinen. Man musste es sich erlauben können. Jemand, der den klassischen Hintergrund mitbrachte.

Wenn man auf Verbrauch trainierte: da trat dieser Unzufriedenheitseffekt auf. Früher hatte ich ja sozusagen immer auf Verbrauch trainiert - Joggen, Radfahren, diese magersüchtigen Sportarten, und da kamen dann die Selbstvorwürfe.

Man hörte sich reden. 12. Semester, Germanistik. Abends halb acht, ein letztes erleuchtetes Fenster in der Schellingstraße.

Auf Verbrauch, da basierte der Trainingseffekt auf dem, was man runtergewirtschaftet hatte. Da war man nach unten begrenzt. Also man kam im besten Falle bis auf Null, aber das ließ sich ja dann nach unten nicht mehr steigern. Während auf Kraft, das war nach oben unbegrenzt. Da legte man eben mehr Gewicht auf, da brauchte man auch nicht immer mehr Zeit, im Gegensatz zum Laufen oder Radfahren oder Schwimmen, das war doch der Punkt, speziell beim Schwimmen, da scheiterte man ja nicht gewissermaßen am Sport als solchem, sondern da war es einfach irgendwann zu kalt, quasi passiv, aufgrund der Dauer, also sozusagen nur von den Randbedingungen her. Im Winter beim Radfahren und beim Laufen nämlich auch. Wo man von den Beinen her noch locker weiter könnte, aber man hatte solche Schmerzen in den Fingern vor Kälte, verlogen insofern, schon umzudrehen, nur wegen der Finger - was beim Krafttraining alles wegfiel.

Auf Verbrauch, da rannte man ständig hinterher. Auf Verbrauch war wie Straße schippen im Schneesturm. Sie schaufeln die Straße runter vom einen Nachbarhaus bis zum nächsten, und wenn Sie sich umdrehen, liegt der Bürgersteig schon wieder voll Neuschnee. Wie Sysiphus, der mit dem Felsen.

Während beim Krafttraining hatte man die Kalorien sozusagen integriert. Quasi aktiv. Da wirtschaftete man damit. So war das vorstellbar.

Selbstverständlich hatte ich jetzt die Konsequenz zu ziehen. Ich hatte nicht weiter zugenommen, also hatte ich die Konsequenz zu ziehen. Ich brauchte ein Datum: Ab dann und dann. Ab dann und dann gelten neue Richtwerte.

Daraus resultierte beim Krafttraining auch die Befriedigung. Dass diese Abhängigkeit wegfiel.

Konkret festlegen, was ab dann meine Vorgabe wäre.

Das hatte nicht unmittelbar mit dem Verbrauch zu tun, sondern da ging es um die Kraft, die man investierte. So war das vorstellbar. Und weil man da irgendwie anders verbrauchte. Also der Mechanismus war ja offenbar ein anderer. Vom Verbrauchsprofil her, einfach. Also im Unterschied zu wenn man sonst zunahm.

Eben nicht nach Lust und Laune, so ins Blaue hinein etwa zu sagen "mehr Schokolade", dieser Mist, sondern diese oder jene konkrete Menge Schokolade war dann Pflicht. Nach dem Radfahren. Vielleicht. Oder besser abends nach dem Body Up. Gleich morgen, sofern ich gleichrangig trainiert hatte wie jetzt. Allerdings war es unsinnig, so spät noch so viel zu essen, wenn man sozusagen keine Verwendung mehr dafür hatte. Also besser diesen Zuschlag auf den nächsten Morgen umlegen.

Wesentlich war die Einstellung. Da konnte einer noch so viel wiegen, wenn einfach die Einstellung krankhaft war.

Ziel wäre dann bis Ende des Semesters 50 und die 51 bis Ostern, bis nach den Osterfeiertagen.

50 Kilogramm waren ein Zentner. Elefanten wogen Zentner. Rüssel und Stoßzähne und zentnerschwer.

```
Seminar Werbewirkungsforschung: gestützte vs. ungestützte
Bekanntheit
```

Wenn Testpersonen eine Liste vorgelegt bekamen, beziehungsweise die eine Testgruppe hatte man befragt, welche Biermarken ihnen aus der Erinnerung einfielen, und der anderen eine Liste von Biermarken zum Ankreuzen vorgelegt. Die Auswirkungen auf den Bekanntheitsgrad.

```
Merke: gestützte Bekanntheit ist immer höher als ungestüzte
```
Es verändert sich eben nicht mehr. Da war offenbar eine Art Defekt zurückgeblieben, bei mir. Damit hatte man rechnen müssen, im Nachhinein betrachtet. Von der langen Unterernährung war dieser Schaden zurückgeblieben bei der Nahrungsumsetzung, dass der Körper eben einfach nicht mehr in der Lage war, sich über ein gewisses Gewicht hinaus zu konstituieren. Sozusagen. Dass der Körper ab einer gewissen Grenze alle zugeführte Nahrung in Bewegungsenergie umsetzte. So ungefähr. Dadurch, dass ich das so lange gehabt hatte. Dass sich da gewisse Abläufe verselbständigten.

Konnte man sich auch vorstellen. Also wenn man sich überlegte, ob man eine Marke aktiv in der Erinnerung greifbar hatte, oder ob man sie bloß wiedererzukennen brauchte.

Wegen des Studiums hatte ich eben noch die Ausdauerkomponente mit drin. Rein von mir aus trainierte ich auf Kraft, ich musste nur entsprechend Abstriche machen wegen des Studiums. Um einen Ausgleich zu schaffen. Wegen der Überforderung. Leistungsdruck. Termine. Diplomstudiengänge waren oft sogar noch härter, da lag ich mit meiner Germanistik noch vergleichsweise im Rahmen.

Die gestützte Bekanntheit, daran würde ich weiterarbeiten. Wenn ich zum Beispiel eine Werbeagentur beriet, dass die gestützte Bekanntheit grundsätzlich höher lag, dass man diese Verzerrung unbedingt zu berücksichtigen hatte.

Was man als Außenstehender einfach nicht so mitbekam. Das wusste eben ich von mir her, ich hatte die Situation jahrelang mitgemacht, dass meine Einstellung nicht gestimmt hatte, von so gesehen war ich natürlich im Vorteil, ich konnte das einschätzen, was ein Außenstehender unmöglich können konnte, die Einstellung, wie es sich auswirkte, wenn die Einstellung krankhaft war. Wo man als Außenstehender dachte, es gehe nur ums Gewicht, aber dass die Einstellung sich nämlich übertrug auf den Körper, dieser innere Druck, dass der nämlich den Gewichtseffekt auf Null setzte, da verarbeitete der Körper das Mehrgewicht überhaupt nicht, hatte ich ganz deutlich an mir beobachtet, da verhielt sich der Körper bei zwei oder drei Kilo schwerer genau so, wie er sich unter anderen Voraussetzungen mit sogar noch weniger Gewicht als vorher verhalten hätte.

Erfrierungen gingen auch nie völlig weg.

07
Honig schlechthin wie flüssiges Gold

Kapitel zwölf, *"Momo kommt hin, wo die Zeit herkommt"*, enthielt die Schlüsselstelle: *"Auf dem Tischchen standen eine dickbauchige goldene Kanne, zwei kleine Tassen, dazu Teller, Löffelchen und Messer, alles aus blankem Gold. In einem Körbchen lagen goldbraune, knusprige Semmeln, in einem Schüsselchen befand sich goldgelbe Butter und in einem anderen Honig, der schlechthin wie flüssiges Gold aussah. Meister Hora*

schenkte aus der dickbauchigen Kanne in beide Tassen Schokolade und sagte mit einladender Gebärde: "Bitte, mein kleiner Gast, greif tüchtig zu!"
Seite 164, Zeile 3 ff.

In diesem Sommersemester hatte ich gelernt, den Wert von Kinderbüchern zu bestimmen. Da konnte jetzt jeder auf mich zurückgreifen. Ich hatte die wesentlichen Kriterien herausgearbeitet und diese anschließend in meiner Michael-Ende-Analyse als praktischem Anwendungsbeispiel implementiert.

Über Kinderbücher hatte man bis dahin ja praktisch nichts gewusst. Unser Seminar jetzt war das erste über Kinder- und Jugendliteratur gewesen, das ich je am Schwarzen Brett gesehen hatte.

Sämtliche Grundlagen: Entstehungsgeschichte, Vorläufer, Heinrich Hoffmanns Stuwwelpeter, *"Die Insel Felsenburg"* – alles nie wirklich aufgearbeitet.

Im nächsten Schritt würde ich meinen Ansatz differenzieren und generalisieren. Ein Kriterienkatalog, wissen Sie. Es ging zunächst darum, einen Kriterienkatalog zu erstellen. Darauf hin hatte ich meine Studie ausgerichtet: ein grundlegendes Bewertungsraster, das sich nachfolgend auch auf andere Werke anwenden ließ. Richtlinien zur Evaluation von Kinderbüchern.

Anforderungen, tabellarisch. Tab. I Wortwahl, Tab. II Satzbau, Tab. III Metaphorik. Gewichtungsfaktoren. Mindestpunktzahlen. Fünf Sterne als Optimum. Man könnte auch direkt miteinander vergleichen. Gütesiegel vergeben. *"Gesamturteil: gut".* So normal Eltern oder Buchhändler waren da einfach überfordert. Da brauchte man Fachwissen.

Wie jetzt mit dem Ende: Da wurde der Michael Ende mies gemacht, bei uns im Seminar ja auch, weil angeblich "Momo" das kindliche Verständnisvermögen überforderte. Dass man in Zweifel ziehen müsse, ob es sich hier noch um Kinderliteratur handle. Dabei hatte ich nun darlegen können, dass "Momo" als Kinderbuch uneingeschränkt zu empfehlen war.

ICH HATTE MEIN ZIEL ERREICHT. ICH WAR GERMANISTIN. PROFESSOREN BEAUFTRAGTEN MICH, WERKE DER DEUTSCHEN LITERATUR AB 1600 AUF BESTIMMTE FRAGESTELLUNGEN HIN ZU ANALYSIEREN. MITTELS EINGEHENDER UNTERSUCHUNGEN KONNTE ICH DIESE FRAGEN KLÄREN.

So war's ja abgelaufen. Das wäre überhaupt interessant gewesen, diesen Prozess einmal zu rekonstruieren. Vielleicht schrieb ich mal eine Studie darüber. So war ich nämlich ursprünglich auf die Stelle gestoßen. Man ist ja auf so eine Entdeckung nicht vorbereitet, wissen Sie. Man geht da an seine Hausarbeit mit einer bestimmten Intention, im gegebenen Falle, die Gewissheit zu objektivieren, die ich sofort beim ersten Lesen gehabt hatte, dass nämlich "Momo" ein wundervolles Kinderbuch war, dass diese Leute Kinder völlig falsch einschätzten, die Leute verloren im Erwachsenenalter den Zugang zum kindlichen Erleben; ganz selten, dass sich den jemand trotz akademischer Laufbahn bewahrte - aber diese intuitive Gewissheit

musste man natürlich untermauern, also darin bestand ja ursprünglich die Aufgabe, eine rein empirische Beweisführung: Man sucht Anhaltspunkte, man sammelt Belegstellen - wobei ich eindeutig den textimmanenten Ansatz bevorzuge, das heißt, ich gehe unmittelbar vom Wortmaterial aus, unter bewusster Ausklammerung biographischer, literaturgeschichtlicher oder allgemein historischer Aspekte - und rechnet nicht im Entferntesten damit, eventuell auf einen Meilenstein der Literaturgesichte zu stoßen.

Vielleicht dass ich das wirklich einmal tun würde. Dass ich das schrittweise rekonstruierte. Dass ich eine Art Verlaufsprotokoll schriebe. Goldene Brötchen mit goldgelber Butter und Honig wie flüssiges Gold - wie ich da initial lediglich einen Beleg für kindgerechte Bildhaftigkeit konstatiert hatte. Dass "Momo" demnach durchaus das Verständlichkeitspostulat erfüllte. Die Brötchen und so weiter wären eine Metapher gewesen, ein Bild für, wenn man so wollte, für die innere Stärke, die Meister Horas Fürsorge der Momo vermittelte und die sie später befähigen würde, die Zeit zum Stillstand zu bringen und die grauen Herren zu besiegen.

So war das ja abgelaufen: Goldene Brötchen mit goldgelber Butter und goldenem Honig als Beleg für kindgerechte Bildhaftigkeit, und dann - und dann hatte ich unseren Balkon vor mir gesehen. Du und ich am Frühstückstisch draußen auf dem Balkon. Frische, goldbraun gebackene Brötchen mit goldgelber Butter und goldfarbenem Honig.

Ich war auf einen Meilenstein gestoßen. Ein Zeugnis ohne seinesgleichen in der deutschen Literaturgeschichte.

Ich hätte am liebsten die Studienstiftung in Bonn angerufen.

Die Brötchen waren keine Metapher.

Sachlich bleiben. Flüchtig betrachtet, sah es zweifellos so aus, als markiere das Frühstück bei Meister Hora den Durchbruch von passivem Widerstreben zum aktiven Aufbegehren gegen die Diktatur der "grauen Herren". Brötchen, Butter und Honig als Metaphern für die innere Stärke, die Meister Horas Fürsorge der kleinen Momo vermittelte und die sie später befähigen würde, die Zeit zum Stillstand zu bringen und die Zeitdiebe zu besiegen. Goldbraune Brötchen mit goldgelber Butter und wie flüssiges Gold aussehendem Honig: ein sinnfälliges, dem kindlichen Erfahrungsschatz und Verständnishorizont gemäßes Bild. Aber das war nicht der Punkt.

Frische Brötchen hatte es am schulfreien Samstag gegeben. Der Balkontisch wackelte. Frische Brötchen mit Butter. Zwei für dich, zwei für mich.

Das war nämlich überhaupt nicht der Punkt, hier irgendwelche spitzfindigen Deutungen anzubringen.

Das Knistern, wenn ich mit der prallen Brötchentüten vom Bäcker nach Hause preschte.

Das Mysterium der Zeit, die Macht des Geldes, Manipulation durch Massenmedien, Unersetzlichkeit emotionaler Zuwendung - darum ging es nicht, das war alles nicht der Punkt.

Dieser Duft, dass man sich drin hätte suhlen mögen.

Man ist nicht vorbereitet in so einem Moment, wissen Sie. Auf so einen Moment.

Das Frühstück bei Meister Hora als Wendepunkt - auf den ersten Blick ohne weiteres einleuchtend. Doch da wird Ihnen schlagartig klar, dass just dieses Heruminterpretieren, dieses Sich-Kaprizieren auf eine "eigentliche Bedeutung" die Sache verfehlt. Brötchen, die für etwas stehen sollten. Für etwas Größeres, Wichtigeres. Das war verlogen. Die Brötchen standen für sich. Goldgelbe Brötchen mit goldgelber Butter. Die standen für sich.

Ein Verlaufsprotokoll im Sinne einer Musterlösung. Dass man solche Prozesse allgemein zugänglich machte. Dass ein Student in vergleichbarer Situation darauf zurückgreifen konnte. Die flaumige, ofenwarme Krume. Die Butter, die von der Wärme zu schmelzen begann. Das Gesicht der Literatur war für immer verwandelt. Die Dinge standen für sich. Michael Ende hatte das finale Gesetz gefunden, und ich hatte es theoretisch formuliert. Eine Art Relativitätsgleichung der Literatur.

Nachher im Spätsommer, mit dem Bierdeckel unter dem rechten Standbügel, wackelte es weniger.

08
Don Yuan

In der Nacht vor der Einschreibung zu den Tenniskursen campierten die Studenten im Schlafsack auf der Wiese des Hochschulsportzentrums. Erzähl das einer von denen im

Wohnheim, dass du jetzt um elf am Olympiazentrum aus der U-Bahn krapselst, um dir eine Tennismarke zu kaufen, die erklärt dich für bescheuert.

War ja um acht schon längst alles gelaufen, als die Einschreibung offiziell losging. Die ersten fünfzig kamen dran. Fünfzig Plätze im Anfängerkurs, die ersten fünfzig kriegten einen Platz, Rest dreihundert.

Gnadenloser Konkurrenzkampf.

Noch nicht einmal alle von denen im Schlafsack. Die übernachteten im Schlafsack da oben, und nicht mal dann kriegten sie noch einen Platz.

Wusste jeder. Die jetzt um elf kamen alle für die Fortgeschrittenenkurse.

Hier erfuhr ich zum ersten Mal, wie hart das Leben da draußen war. Studenten kämpften um einen Platz im Tenniskurs.

Behaupteten die alle. Im Schlafsack.

Jeder normale Student verbrachte mal eine Nacht im Schlafsack. Saß ab und zu im Biergarten, im Studentencafé, in der Eisdiele, traf Freunde. Kino, Pinakothek, Nationaltheater. Diskutierte mit Kommilitonen. Wies'n, Staatsoper. Orderte beim Pizzaservice. Hochschulgemeinde. Partys. Open-Air-Kozerte. Jobbte als Taxifahrer. Trampte durch Nepal.

Elf bis dreizehn c.t. war meine Zeit. 6 Uhr aufstehen, 35 Minuten Morgenlauf, dann br1, dann Seminararbeiten schreiben, dann 70 Minuten Fahrrad, dann 250 Kalorien br2, hinterher ins Seminar, elf bis dreizehn c.t.

Nicht mal duschen konnten die da oben.

Elf bis dreizehn, da war ich soweit. Punkt elf notfalls, elf sine tempore, darauf konnte man sich verständigen. Bitteschön, es war kurz vor elf, und ich war da. Ich stieg am Olympiazentrum aus der U-Bahn aus.

Schließlich wollte ich einen Kurs von 11 bis 13 Uhr belegen. Wenn ich einen Kurs von 8 bis 10 hätte belegen wollen, hätte ich selbstredend bereit sein müssen, analog auch den Termin um acht zur Einschreibung wahrzunehmen. Aber acht bis zehn betraf mich ja nicht. Acht Uhr war irrelevant hinsichtlich meines beabsichtigten Nutzungsprofils.

Warum man solche Situationen provoziert. Durch diese extremen Differenzen. 25 DM für die Tennismarke. Da kriegtest du beim Sport-Scheck gerademal vierzig Minuten in der Vierergruppe dafür. Und dann uferte die Situation derartig aus.

Möglicherweise wegen des hohen Tomatenanteils. Dann war es denkbar. Dadurch, dass die Sauce einen hohen Prozentsatz Tomaten enthielt. Und von den Gewürzen her. Wo nämlich primär die Gewürze dafür verantwortlich waren, für diesen sattmachenden Effekt, nämlich gar nicht so sehr das Fleisch. Was nämlich durchaus sein konnte, dass die am Fleisch sparten.

Beim Stammessen, das sah denen doch ähnlich. Dass beim Stammessen am Fleisch gespart wurde, also von der Pasta asciutta das Meiste nur Tomate war, also von den 565 vielleicht nur 180 das Hackfleisch, blieben 565 minus 180, gab 565 minus 200 plus 20, 365 – 385. 385 und davon gingen die Spaghetti ab.

Bitteschön, es war kurz vor elf, und ich war da. Drei vor elf, und ich stieg am Olympiazentrum aus. Ich verließ die U-Bahn, ich passierte die Fahrscheinentwerter, konnten die sehen, also wenn man das am Bildschirm verfolgt hätte, da wäre ein Bildschirm gewesen im Kontrollraum, es hätte einen Kontrollraum gegeben, es wäre ein Science-fiction-Film gewesen und darin eine Organisation, die das grausame Experiment überwachte. Eine Sekunde zu spät, und der Rammblock hätte mich zermalmt.

Wissentlich geduldet. Geradezu provoziert.

Eins vor elf: Verlassen der Entwerterzone.

Angeben wollten die. Tennis. Jetzt gleich dreimal, im bundeseinheitlichen Beckersommer. Jüngster Wimbledon-Gewinner aller Zeiten, Beckerfaust, Becker-Rolle, Becker-Hecht, Bum-Bum-Boris. Leimen bei Heidelberg. Ganz Deutschland weiß: Leimen liegt bei Heidelberg. Becker-Biografien. Der heulende flachsblonde Knirps, der gegen die Mädchen antreten muss, weil er bei den Jungs nicht mithalten kann, Coach Günter Bosch erinnert sich exklusiv in BILD.

Zwei nach elf Anfang Aufgang Helene-Mayer-Ring, drei nach elf Bäckerei, da war eine Lichtschranke. Falsch, Kontaktschleife. Eine Kontaktschleife wie beim Kloster Wiblingen vor der Ampel. An der Bäckerei, die Fuge zwischen den zwei Pflastersteinen direkt vor dem Türrost, wenn man die überschritt, dann wurde das Signal aktiviert. Einmündung Conollystraße die nächste, überall Kontaktschleifen, die berühren, ob man in der Zeit war. Ich hatte mich freiwillig auf diesen Test eingelassen, ein Test, so war's: ein Auslesetest, wo man die einzelnen Checkpunkte jeweils zu einem bestimmten Zeitpunkt passieren musste: Aufgang Helene-Mayer-Ring, Bäckerei, Abzweigung Conollystraße - elf bis eins, absolut normale Zeit. Seminare waren vormittags von neun bis elf und von elf bis eins, nicht morgens um acht, ungeduscht, und überhaupt dieses lächerliche Gehabe, Papi und Mami und der Sprössling, unser Sascha-Alexander spielt jetzt nämlich auch, kaum so groß wie sein eigener Tennisschläger. Anmeldung Mo 8- 12 Uhr, also konnte ich mich bis 12 Uhr zum Tenniskurs anmelden.

Es mussten mehr sein als 565.

Erste Biegung Conollystraße. Piezoschalter nannte man die mit den zwei verschiedenen Metallstreifen, wo das eine Metall sich schneller abkühlte, und das zog dann die Feder zurück. Wenn die das immer nicht wussten, wenn einer von auswärts kam, dass da eine Kontaktschleife war. Hatten sie beim jetzten Mal in den Semesterferien in Ulm erst ein Schild angebracht: "Kontaktschleife", weil das offenbar kein Schwein gewusst hatte, dann hielten die irgendwo meterweit vorher, die feine schwarze Linie, da musste die Kontaktschleife sein, wo ich auch früher gedacht hatte, das sei mal Straßenreparatur gewesen, diese Nähte hinterher im Boden, wenn sie Leitungen oder was verlegt hatten, da war wahrscheinlich die Kontaktschleife, solange man da nicht drauf stand, registrierte die Ampel einen nicht, da konnte man ewig warten.

Die sämige Sauce. Tomaten wurden nie so sämig. Dass das keiner korrigierte. Aber wer sollte denn korrigieren, prüfte doch keiner nach, einen Mensaplan, bestand keinerlei Veranlassung, hatten sie irgendwann eingetragen: *Pasta asciutta 565*, seitdem stand das so und so wurde es eben immer wieder ausgedruckt und ausgehängt, den Studenten war das egal, die kamen ja bei *Picata milanese 863* und stellten sich noch eine Schale Nudeln dazu, *196*, davor *Tomatensuppe 101*, zum Nachtisch *Kirschquark 170*, 863 plus 196, schon mal fast 1063. Was ging mich Boris Becker an.

Die tückische Ecke mit den vier Treppenstufen, technisch eine der anspruchsvollsten Passagen der Strecke.

Viertel vor elf, das war meine Zeit, sinnlos war es sowieso, aber wenigstens dort gewesen sein. Wenigstens wissen, dass ich es versucht hatte.

Wie einer hier frühstücken wollte. Schlafsack mitten auf dem Olympiagelände, ohne Wasserkocher für den Tee.

Morgens als Allererstes frisches Obst. Den Stoffwechsel aktivieren. Dem Körper die nötigen Enzyme zur Verfügung stellen, um die Nahrung zu verwerten. Die Nährstoffe in Bewegungsenergie umzusetzen.

Hätte man in der Thermoskanne mitschleppen müssen, und am Ende halbkalt, Thermoskannen hielten nie richtig warm.

Auf lange Sicht kam nur Tennis in Frage.

Das am rückwärtigen Ständer angekettete Rennrad, auch so eine Schikane. Hinter dem Reifen, da wurde hinter dem Reifen gewertet, da musste man extra den Umweg um den Hinterreifen machen, da war man geliefert, wenn man direkt geradeaus ging. Kein Durchkommen für jemanden, der nicht mit jedem Zentimeter der Strecke vertraut war, der nicht wusste, wo genau die Kontakte lagen.

Nach einer Viertelstunde setzte das Sättigungsgefühl ein.

Unter dem Geranienbalkon. Vor der halb-halb gestrichenen Haustür in Grün und Blau. Vor der Halb-halb-Haustür Orange und Blau. Bonbongrüne Haustür. Straßenlaterne. Peace-Aufkleber am Abfalleimer. Einmündung Freigelände.

Das Frühstück mit frischem Obst beginnen. Frisches Obst machte satt.

Abbiegen nach links, aus den Häusern raus, links runter zwischen den Wiesen. Diese endlos weite Grün.

Seht ihr. Die Mitglieder der Organisation um den Bildschirm. Blickwechsel, allmählich aufkeimender Respekt. Areal V. Areal V hatte bisher noch keiner erreicht. Areal V ab Schleife 16 bis zum Steg, Areal VI war Hochschulsportzentrum.

Ich konnte nicht um drei Uhr aufstehen. Um drei hätte ich ja aufstehen müssen: drei Stunden früher, von acht auf elf, also drei Stunden Differenz, ich konnte nicht nachts um drei aufstehen, durch den Englischen Garten laufen nachts um drei, stockduster, standen ja keine Straßenlaternen an den Fußwegen, hatte ich noch nie aufgepasst, wieso sollten, hätte die ganzen fünfunddreißig Minuten nichts als Angst gehabt, entlang der Durchfahrtstraße vielleicht, ganz ohne ging ja nicht, zumindest die Hauptwege, nicht mal duschen konnten die da oben, und wo hätte ich meinen Tee kochen sollen, ich musste direkt mal darauf achten, ob im Englischen Garten Laternen an den Wegen waren, ein paar ja wohl doch, fünfunddreißig Minuten nur Angst, im Schlafsack, um sechs würde ich aufwachen und dann noch zwei Stunden warten müssen, ich musste mal darauf achten, einen Nachtlauf, vielleicht wirklich irgendwann, ich war feige, sowas mal probieren, aber nicht, um hinterher für nichts und wider nichts am Schalter zu stehen, was konnte ein Tenniskurs für 15 Mark schon bringen, und in der engen Kurve am linken Ende über die dicken Baumwurzeln, der Länge nach hingeschlagen wäre ich da, wo um acht sowieso sämtliche Plätze schon vergeben waren und dafür dann um drei aufgestanden sein, wer schaffte so was, außerdem glaubte ich es nicht - in Schlafsäcken vor dem Sportzentrum.

Durch die Einseitigkeit. Dadurch, dass die Einseitigkeit wegfiel. Gerade bei mir, weil ich eben einfach jemand war, der tendenziell eher vielseitig – Radfahren krankte an dieser mechanischen Einseitigkeit, nämlich auch vom Kopf her, das war das Problem beim Schwimmen, beim Schwimmen dieses ständig nur Bahnen zählen, wo ich merkte, dass ich eben auch vom Intellekt her total unterfordert war.

Ich würde ein sehr ausgewogenes Programm haben. Blau die Ausdauerkomponente - zusammenfassend ein Kreisdiagramm zeichnen, eine ambulante Studie: Verhaltensweisen generell und als Unterpunkt eine grafische Trainingsanalyse und da in Blau die Ausdauerkomponente. Man würde unterscheiden zwischen Ausdauer-, Vielseitigkeits- und Kraftkomponente und dann im ersten Segment blau die Ausdauerkomponente Dauerlauf/Fahrrad, und anschließend sähe man, dass Tennis im grünen Segment dazwischen, also Ausdauer- und Vielseitigkeitskomponente nebeneinander angeordnet, dadurch entstünde ja eine grüne Zone im Überlappungsbereich, Tennis hatte ja sowohl Ausdauer- als auch Vielseitigkeitsanteile, Vielseitigkeit in erster Linie, aber auch einen hohen Ausdaueranteil, nämlich gleichzeitig genau das, was mir bisher noch gefehlt hatte, schon von daher, langfristig, dass ich das endlich aufholte.

Das spastisch verkrümmte Häkchen auf den Titelblättern am Kiosk, überkreuzte weiß besockte Füßknöchel, Leberfleck auf dem rechten Schienbein, gerötetes Medusengesicht. Thor schwingt den Hammer.

Von daher brauchte ich in Zukunft nachmittags nicht mehr so lang zu schwimmen, das war dann teilweise durchs Tennis abgedeckt, da würde ich noch abklären, wie ich das gegeneinander verrechnete.

Und daneben neben Tennis in Rot die Kraftkomponente. Ein vergleichsweise schmales Segment für abends für die Kraftkomponente. 20 Prozent, etwas über 20 Prozent, wie war das gegangen, Prozentwerte übertragen in ein Kreisdiagramm, 360 Grad, da kam man über die

360 Grad, 360 Grad war der Winkel für den Vollkreis, so war der Gedankengang, Sie können sich einen Kreis ja als Winkelbogen denken, angenommen, Sie zeichnen einen Winkelbogen, Sie zeichnen eine Gerade, legen das Geodreieck an, wenn Sie sich jetzt vorstellen, Sie drehen das Geodreieck einmal komplett, bis wieder nach ganz oben, also der Winkel für den Halbkreis war 180 Grad, 180 mal zwei, dann war 360 Grad der ganze Kreis, also 360 Grad ist gleich 100 Prozent, dann - oder umgekehrt: 100 Prozent gleich 360 Grad, sonst stand in der nächsten Zeile das Fragezeichen am Anfang, also 100 Prozent gleich 360 Grad, 20 Prozent gleich 360 durch 100 mal 20, ist gleich drei Komma sechs mal 20 ist gleich 72, 72 war der Winkel von, von wo, vom Mittelpunkt aus, vom Kreismittelpunkt, eine Gerade durch den Kreismittelpunkt und an diese Gerade einen Winkel anlegen von 72 Grad, also eignetlich auch wiederum nicht so sehr schmal, etwas unter einem rechten Winkel, konnte das sein, 20 Prozent, also ein Fünftel, rechter Winkel wäre ein Viertel gewesen, demnach schon, ein Fünftelkreis, zwischen der Neun und der Zehn ungefähr, wenn man sich das auf einer Uhr dachte, ein Fünftel von sechzig Minuten, zwölf Minuten vor irgendwieviel, ungefähr. Die standen tatsächlich quer durch die Eingangshalle bis hier draußen.
Konnte doch nicht wahr sein. Konnte doch gar nicht wirklich sein.
Ich lag wieder im Plan. Elf bis eins c.t. Seminar, zehn vor eins Ankunft Mensa, die Warteschlange sehen und "Das kann doch nicht wahr sein" sagen und hinten anstellen und denken, dass ich's nicht mehr aushalte, bis sie mir endlich etwas zu essen geben. Absolut normal. Elf bis eins, absolut normale Zeit. Elf bis eins c.t. Seminar. Bei mir waren keine Semesterferien, bei mir war Semester. Das Programm einhalten. Auch in den Semesterferien das Programm einhalten. Noch war Seminar, die Schlange quer durch die Eingangshalle war alles noch Seminar. Zeit zum Lesen. Hinter dem namenlosen Rücken konnte ich mich konzentrieren und lesen. Ich konnte nicht lesen im Wohnheim, den offenen Beutel Milchbrötchen im Schrankfach, zwei Türen weiter in der Gemeinschaftsküche der Kühlschrank. Mit Kühlschrank zwei Türen weiter können Sie nicht lesen. Während des Semesters war ich jetzt in Gewahrsam. Der Kühlschrank im Wohnheim, ich in der Schellingstraße.
Nächstes Halbjahr brauchte ich unbedingt wieder jeden Tag für elf bis eins ein Hauptseminar.
Ich hatte Don Juan zuvor mehrere Male nur in der Eigenschaft eines Beobachters gesehen. Bei jeder Gelegenheit hatte ich ihn gebeten, mich über Peyote zu unterrichten. Jedesmal ignorierte er meine Bitte, aber nie wies er das Thema vollständig ab, und ich sah sein Zögern als Möglichkeit an, dass er vielleicht nach weiterem gutem Zureden über sein Wissen sprechen würde.
Eigentlich war ich nur zum Lesen hierher gekommen. Ich wollte in keinen Kurs. In dieser Form war ein Tenniskurs nicht durchführbar. Der Kursleiter warf den Ball, schwang den Schläger. Der Kursleiter bewegte die Beine. Der Kursleiter verbrauchte Kalorien. Der Schüler sah die halbe Zeit nur zu. Diese Methode vermittelte ein völlig unsachgemäßes Bild vom Tennis. Ich wollte nicht über die Tatsachen hinweggetäuscht werden. Ein Tenniskurs in dieser Form entsprach nicht den Tatsachen.
Bei diesem besonderen Treffen machte er mir klar, daß er meine Bitte erwägen würde, vorausgesetzt, daß ich mir über Sinn und Zweck meiner Bitte klar sei.
Es konnte ja nicht der von Mozart gewesen sein. Ein ganzes Buch über Don Giovanni, dessen Jugend, wo zur Schule, Privatlehrer mit Sicherheit, natürlich nicht.
Carlos Castaneda
Don Juan
Ein Yaqui-Weg des Wissens
Aber es sich vorzustellen.
Von elf bis eins, unbedingt, und wegen der Theaterwissenschaft wusste ich überhaupt noch nicht. Ich brauchte in der Theaterwissenschaft noch einen Hauptseminarschein. Es gab in der Theaterwissenschaft praktisch keine Hauptseminare. 10 bis 12, 12 bis 14, 14 bis 16 Uhr. Alles

eine Nummer zu klein für mich, uhrzeitmäßig. Die ganze Theaterwissenschaft war eine Nummer zu klein.

Zwölf Uhr: Den roten Tornister auf dem Rücken, aus der Heimatkundestunde nach Hause galoppieren zum Mittagessen. Der Esszimmertisch gedeckt, Hackbraten, Möhren in Mehlschwitze, ein dampfender Hügel Kartoffelbrei auf dem Teller. Pfirsichkompott zum Nachtisch. Ich brauche nur noch aufzuessen.

Bis auf den Everding. Der konnte was. Aber nur Vorlesungen.

Würdest du mich über Peyote unterrichten, Don Juan?

Brauchte ich gar nicht zu versuchen, ein Hauptseminar von zehn bis zwölf. Das liefe wieder auf dasselbe hinaus wie "Sophokles' späte Tragödien". Wo ich nach den Weihnachtsferien nicht mehr hingegangen war. Kann ich Ihnen gern erklären. Es ist eine Frage des Biorhythmus', wissen Sie, ich habe offenbar einen extrem ausgeprägten Biorhythmus. Physiologische Realitäten, darüber konnte man sich nicht hinwegsetzen. Zu bestimmten Tageszeiten, dass da die Aufnahmefähigkeit nicht gegeben war.

Dienstag, der abgesägte Tag, der kurze Tag, der zu kleine Tag. 10 bis 12 TW, 14 bis 16 "Polemik im christlichen Kommunikationsraum"am Karolinenplatz. Vorher Hetze, um eine halbe Stunde früher aufs Rad zu kommen, auf dem Rad verhetzt, weil die 250 Kalorien Kalorien in zehn Minuten weniger weg mussten, und beim br2 dann auch noch eine Viertelstunde hinterherhetzen.

Undurchführbar. Unsachgemäß.

Sie hatten Flipcharts aufgestellt. Bei den Flipcharts am anderen Ende der Halle musste die Anmeldung sein.

Der Everding war eine Koryphäe. Der Everding hielt seine Vorlesungen von elf bis eins. Da merkte man den qualifizierten Dozenten: auf akademischem Niveau terminierte Vorlesungen. Drei Flipcharts hinter drei Tischen. Papierstapel. Hinter jedem Tisch ein Student.

"Studentische Hilfskräfte". Von "studentischen Hilfskräften" sprach man da. Kannte ich, den Ausdruck. War mir nie zu Bewusstsein gekommen, dass da eine physische Realität dahinter steckte. Dass es die GAB. Dinglich. Greifbar. Der bebrillte Wuschelkopf am mittleren Tisch, dass so jemand eine "studentische Hilfskraft" war.

"Warum willst du dich damit befassen?"

"Ich würde wirklich gerne Bescheid wissen. Ist nicht das Wissenwollen allein ein guter Grund?"

Unabdingbar: Die Fähigkeit, sich selbst zu organisieren. Sich auch unter widrigen Umständen die Bedingungen zu schaffen, konzentriert zu lesen

Flipcharts mit den Nummern der Fortgeschrittenenkurse und so vielen senkrechten Strichen dahinter, wie es Plätze gegeben hatte, und ein Typ in schlabbrigen Bermudas flanierte zwischen den Flipcharts hin und her und zog Schrägstriche durch die inzwischen vergebenen. Damit die weiter hinten schon sahen, wenn ihr Kurs ausgebucht war. Damit die nicht anstehen mussten bis ultimo, um sich dann sagen zu lassen: "Alles ausgebucht."

Dingliche, greifbare Menschen, erwachsene Menschen - und da kam ich zwanzig vor eins und wollte noch einen Platz im Anfängerkurs.

Die Mönche im Mittelalter hatten schreiben gelernt, indem sie die Bibel abkopierten.

Ich würde mir eine Biorhythmusgrafik anlegen, um langfristig besser planen zu können. Körperlich, geistig und emotional, die drei Kurven. Jede Stunde Markierungen eintragen, wann ich meine Hochs und Tiefs hatte. Wusste ich erst jetzt, hätte ich schon viel früher wissen müssen, dass sich das gegeneinander verschob, der Biorhythmus insgesamt sich gegen den 24-Stunden-Tagesturnus und die drei Kurven sich nochmals untereinander.

Deshalb war manchmal nach dem Schwimmen oder Radfahren der Appetit nicht da. Wenn ich offenbar während eines körperlichen Tiefs trainiert und deswegen keine ausreichende Leistung gebracht hatte.

Strich mit Schrägstrich, Strich mit Schrägstrich – wie Tannenbäume. Abgenadelte, vertrocknete Tannenbäume. Ein abgenadelter Tannenbaum nach dem anderen. Stehe bei Hueber vor dem Remittendenkorb und denke an Mozarts Don Giovanni. Schwachsinnig. Konnte es nie und nimmer sein. Angle das Bändchen aus dem Korb. *Castaneda.* Konnte nichts mit Mozart zu tun haben. *Yaqui.* Drehe es in den Händen. Spiele Daumenkino mit den Seitenzahlen rechts unten. Ein Weiser in Mexiko. Lehmhäuser. Schafwolldecken auf nackter Erde. Auf der Dorfstraße zwischen Tonkrügen tollende Hunde. *Don Juan.* Don Giovanni. Fruchtbarkeitsgötter. Eine erdgebundene Mythologie, die in den Kreisläufen der Natur verwurzelt war. Mozart. Ein ganzes Buch über Don Giovanni. Mozart zum Lesen.

Ein Telefon hatten sie auch installiert am mittleren Tisch. Da hatte einer angerufen. Da musste es eine Nummer geben. Und jetzt blätterte der Typ in seinen Listen, da musste man eine Nummer anrufen können, in der Hochschulsportbroschüre hieß es "nur persönlich", aber jetzt trug der Typ ja etwas in die Anmeldeliste ein, am Telefon, also konnte man einfach anrufen, auch ohne dass man die Nacht im Schlafsack verbrachte.

Oder dass es vielleicht gar nicht an der Leistung lag, sondern nur die emotionale Biorhythmuskurve verlief zum betreffenden Zeitpunkt unterhalb der Mittellinie. Also ich war schon gut, aber ich nahm es nicht wahr, gefühlsmäßig. Dass sich so diese inneren Spannungen erklärten.

Zwei drei vier fünf sechs Rücken. Sechs Rücken noch vor mir.

Keine Leistungseinbuße, sondern Diskrepanzen zwischen den Kurvenverläufen, dass es daran lag.

Amulette, im Mörser zerstoßene Knollen, Heilung durch geheime Kräfte der Erde.

Er machte mich darauf aufmerksam, daß ich sehr müde auf dem Boden saß und daß es richtiger wäre, eine "Stelle" (sitio) auf dem Boden zu finden, wo ich ohne Ermüdung sitzen könnte.

Oder drei Venn-Diagramme. Dass man für Ausdauer, Vielseitigkeit und Kraft jeweils so eine Amöbe gezeichnet hätte, also als Mengen aufgefasst, Menge A, Menge V, Menge K, und nun betrachtete man die Schnittmenge, wie eine doppelte Mondsichel, eine Mondsichel von links und eine Mondsichel von rechts, A geschnitten V, geschnitten V erhielt man die Menge in der Mondsichel und A geschnitten K wäre die leere Menge, nämlich eher eine Blume, sämtliche drei Mengen miteinander geschnitten, wie drei Blütenblätter in der Mitte, und da bliebe A mit K dann leer.

Ein einziges brauchbares Hauptseminar, elf bis eins, egal über was. Wenn man es so organisiert hätte, dass die, die alles verstanden hatten, schon anfangen konnten zu üben. Während der Trainer zum zweiten oder dritten Mal erklärte, dass die währenddessen parallel an der Ballwand praktizierten, also Anfängerkurse grundsätzlich auf einem Platz neben einer Ballwand, oder dass man überhaupt von vornherein in Gruppen einteilte, nach Tranigistyp, je nachem, was für ein Trainingstyp jemand war, eher jemand, der vom Zusehen und Zuhören lernte, oder mehr jemand, der aktiv mithandeln musste, dass man vorher ermittelt hätte: welcher Schüler entspach welchem Trainingstyp, dass man gleich zu Beginn der ersten Kursstunde einen Test durchgeführt hätte, und anhand dessen hätte man die Gruppe aufgeteilt, eine Passivlerner-Fraktion und eine Aktivlerner-Fraktion, irgendein einfaches und schnelles Testverfahren eben, sodass nur ein Minimum an Kurszeit verloren ging.

Drei Flipcharts voll abgenadelter Tannenbäume.

Wie ein Seminar hieß, war sowieso unwichtig. Der Vorwand, gewissermaßen. Inhalt, was heißt Inhalt. Wissen Sie, davon bin ich längst abgekommen. Die Frage heißt nicht: "Was ist Ihr Ausgangsmaterial?", sondern: "Was holen Sie aus diesem Material heraus?"

Ich dachte, er meinte vielleicht, ich müßte meinen Platz wechseln, darum stand ich auf und setzte mich näher zu ihm.

Dass man nie zu einem Punkt kam. Dass immer noch herumgeharkt werden musste, wenn wir eben ein Ergebnis gehabt hätten. Wenn eine Lösung einfach passte; ich dachte ja schließlich nach, bevor ich eine Lösung anbot, wenn ich eine Lösung anbot, dann hatte ich die vorher mit mir abgeklärt.

Er widersprach meiner Bewegung und betonte, dass eine Stelle ein Platz sei, an dem ein Mann sich einfach glücklich und stark fühlen könne.

Endloses Blablabla wegen abweichender Textfassungen und methodisch anfechtbar und nicht gleichzusetzen mit der Meinung des Autors. Bloß, damit es noch länger dauerte.

Er schlug vor, dass ich auf der Veranda so lange herumgehen sollte, bis ich die Stelle gefunden hätte.

Gegen einen völlig Unbekannten. Gegen einen Australier. *"... in vier Sätzen gegen den Australier ..."*, die Enttäuschung, als dieser völlig unbekannte Name kam, anstelle von Lendl ein Australier. Nicht mal McEnroe, sonst hätte man wenigstens sagen können, wenn schon nicht Lendl, Mats Wilander zumindest, gegen Lendl wäre gegen die Nummer Eins gewesen, Wimbledon und gegen die Nummer Eins, und so war es nur gegen einen Australier.

Er wurde ärgerlich und warf mir vor, dass ich nicht zuhörte, dass ich vielleicht nicht lernen wollte. Nach einer Weile beruhigte er sich und erklärte mir, dass nicht jeder Platz zum Sitzen oder sonstigem Aufenthalt geeignet sei du dass es innerhalb der Verandabegrenzung ein einzigartige Stelle gäbe, eine Stelle, die am allerbesten für mich sei. Es war meine Aufgabe, sie von allen anderen Plätzen zu unterscheiden.

Es hatte keinen Sinn mit den Seminaren. Wir redeten aneinander vorbei.

Ich stand auf und begann hin- und herzugehen. Ich kam mir albern vor und setzte mich vor ihn hin.

Es ging mich nichts an. Das war nicht, was ich wissen wollte.

Lege das Buch auf den Kassentisch und das Geld daneben. Hauslehrer, mit Sicherheit.

Letzter Rücken vor der Anmeldung. Ein großer, breiter Männerrücken. Größer als ich.

Männer waren größer als Frauen. Früher in der Klasse war ich immer die Größte gewesen.

Er stand auf und erklärte mir sehr ernsthaft, dass ich Tage brauchen könnte, um es herauszufinden, aber wenn ich das Problem nicht zu lösen vermochte, könnte ich genauso gut auch gehen, weil er mir dann nichts zu sagen hätte....

Bis dreizehn, vierzehn. Nach der Klinik hatte sich das dann irgendwann vertan.

Glatte Verarschung mit den 565.

Einssechsundsiebzig hättest du werden sollen. Nach diesem Prognose-Test aus der Elternzeitschrift, diese Körpergrößenformel. Ich hinter deinem Stuhl am Schreibtisch, Notizkalender 1968 ganz hinten, Körpergröße der Mutter, Körpergröße des Vaters, schwarz-goldener Kugelschreiber, das große Holzlineal, von anerkannten Kinder- und Jugendmedizinern verfasst, plus und mal irgendein Faktor und geteilt durch, mit dem bereits im Alter von vier Jahren, im Schlafzimmer ein Dutzend Bleistiftstriche am Türrahmen, soo viel im letzten Vierteljahr und ob ich beim Hopsen schon den Birkenzweig erwischte, einssechsundsiebzig doppelt unterstrichen auf der letzten Seite vor den internationalen Maßeinheiten.

Yaqui.

Meines Vaters wegen, weil mein Vater sehr groß gewesen war, einsdreiundachtzig, hatte er jedenfalls behauptet, man wusste ja nie bei ihm.

Er ging ums Haus herum in das Gebüsch, um zu urinieren. Durch die Hintertür kehrte er direkt in sein Haus zurück.

Einssechsundsiebzig.

Angenommen, ich hätte jetzt diese Stelle gesucht.

Wenn du dich normal entwickelt hättest.

Zwanzig Minuten ungefähr. Es führt ja zu nichts, wissen Sie, mich unrealistisch einzuschätzen. Ich hätte die Stelle auf Anhieb gespürt oder so direkt eine besondere Anlage als Medium sicher nicht. Aber zwanzig Minuten - doch.

Der war ein Mann, und ich war eine Frau, also war er größer. Männer wurden größer als Frauen. Ich war einseinundsiebzig. Mit einseinundsiebzig war ich noch immer ungewöhnlich groß für eine Frau.

Alles kam damals zum Stillstand bei dir.

Yaqui. Danach hatte ich mich ab sofort zu richten.

Addiert mal irgendein Faktor geteilt durch zwei, konnte gar nicht stimmen, genetisch, entweder hatte ich das Gen vom Vater oder ich hatte das Gen von der Mutter, aber nicht addiert und mal und durch zwei.

Ich würde den Buchdeckel jetzt langsam zuklappen. Sehr langsam zuklappen. Den Kommilitonen an den Nachbarschaltern

ausreichend Gelegenheit zur Erleuchtung geben.Gelegenheit geben, an der Erleuchtung teilzuhaben.

Yaqui.

Ich wäre sowieso nicht weiter gewachsen. Ein, zwei Zentimeter, maximal.

Woher nimmst du deine bodenlose Frechheit, Gott ins Handwerk zu pfuschen?

Wenn es oben auf dem Kuhberg gewesen wäre, die Veranda bei Tante Traute. Wo der Gartenschlauch zusammengerollt lag, die hätte es sein können. Da merkte ich jetzt beim Drandenken diesen Zug in die Richtung. Natürlich nicht blindlings behaupten: "Hier ist die Stelle!", solange ich nicht tatsächlich zu meiner Auswahl stehen konnte. Das waren einfach solche ungeschriebenen Spielregeln.

Es war von vornherein klar gewesen, dass sie mich einholen würden, zumindest die Jungs. Mädchen waren Jungs grundsätzlich in der Entwicklung voraus. Sowohl körperlich als auch geistig. Mit vierzehn, fünfzehn zogen die Jungs dann nach. Ich war mit allem früher dran gewesen. Gar nicht anders, einfach früher dran. Hatte man immer gedacht, anders, dabei hätten sie mich sowieso eingeholt.

Ein Yaqui-Weg ins Gebüsch. Der von Mozart. Erminger Weg, die Veranda, links in der Ecke zusammengerollt eine orangefarbene Schlange mit grauen Streifen. "Sitio". Die Kräfte der Erde hatten wir im Studium nie berührt.

Als ich angefangen hatte zu hungern, hatte ich meine genetisch vorgegebene Endgröße erreicht. Ich hatte ja bereits regelmäßige Monatsblutungen gehabt. Demnach war mein Wachstumsprozess zu diesem Zeitpunkt abgeschlossen. Es hatte nichts mit dem Hungern zu tun.

Er hat dir diesen Körper geschenkt und du kannst nichts, als ihn mutwillig zu zerstören.

Viertel vor eins. Eine Handbreit hinter meinem Rücken bohrte der Rammbock sich in den Hallenboden.

09
Gegen die Wand

Welch ein Sommer. Ich war endlich in Sicherheit. Endlich war ich vor dem inneren Schweinehund in Sicherheit.

Weiß-blauer Himmel. Bajuwarisch weiß-blauer Himmel. Der Liebe Gott war Bayer. Ah gehn's, dös wiss' ma scho'lang. Und unter diesem vom Allmächtigen gegengezeichneten Himmel ging ich nun täglich zum Tennis.

Schwein hast ghabt. Is grad einer frei worn. Dieser Anruf während der Einschreibung. Als da einer angerufen hatte während der Einschreibung für die Tenniskurse. Von den Schlafsäcken einer hätte da angerufen. Der wäre gleich um acht dran gekommen, hätte sich für einen Anfängerkurs eingetragen, und ein paar Stunden später hätte er aus irgendeinem Grund da nicht mehr gekonnt und hätte angerufen und abgesagt. Is grad einer frei worn: dieser eine nämlich.

So hätte es abgelaufen sein können. Hatte ich sogar gesehen. Den Querstrich, dass der einen Querstrich gezogen hatte, die studentische Hilfskraft am Schalter, dass die einen Querstrich gezogen hatte, wozu einen Querstrich, wohin der einen Querstrich zog, wenn jemand sich anmeldete, hatte ich sogar noch wörtlich gedacht. Der hätte sich aber gar nicht an-, der hätte sich abgemeldet, am Telefon der. So hätte es nämlich abgelaufen sein können.

Bildest du dir vielleicht ein, die Studienstiftung zahlt dir ein Stipendium, damit du von der ihrem Geld zum Tennis gehst? Eben nicht. So verhielt es sich eben genau nicht. Der hätte bloß absagen brauchen, am Telefon der. Dem wäre was dazwischen gekommen. Der hätte einen Ferienjob bekommen in genau der Zeit. Der wäre nach Hause gekommen, öffnet den Briefkasten, da schreibt dieses Warenlager oder wo die sich immer bewerben, er kann genau in der Zeit bei ihnen arbeiten.

Rein formal, sozusagen, hatte ich jetzt zwar in den Erwachsenen-Anfängerkurs beim Sport-Scheck gehen müssen, aber hier ging es um die Einstellung. Von meiner Einstellung her war ich für 15 Mark im Hochschulsportkurs gewesen. Von meiner Einstellung her hatte telefonisch einer abgesagt, dadurch war in letzter Minute noch ein Platz für mich frei geworden, nämlich für ein Spottgeld, so eine Gelegenheit würde ich nach dem Studium nie wieder haben, auch wenn der jetzt nicht zufällig gerade Wimbledon gewonnen gehabt hätte.

Donaubadsommer. Die Luft fröstelte. Die Wiesen silbrig überzuckert von Tau, wie früher im Donaubad, unserem Mallorca, unserer Riviera, unserem Luxusurlaubsparadies in der Südsee. Wir gingen da womöglich von völlig falschen Voraussetzungen aus. Was die adäquate Wiedergabe von Sachverhalten betraf.

Silbrig überzuckerte Wiesen, die nirgends endeten, sanfte Hügel, Wellen von Grün und Lindenduft, wie früher im Donaubad.

Unter der Wasserrutsche tauchen nach verlorenen Schätzen: Zehnerle, Kronkorken, und den Mädchen mit den albernen Blumenbademützen platzten beim Rutschen immer die Blüten ab. Das war nämlich noch längst nicht zwingend gesagt. Mit den sogenannten "Tatsachen". Von wegen *lügst mir was vor.* Das war längst nicht gesagt, dass die Wiedergabe der Tatsachen, also einfach Fakten aufzuzählen, dass das gleichbedeutend gewesen wäre mit sich zu verständigen.

Von unserem Strauch aus hatten wir die Waggons zählen können, wenn ein Güterzug das andere Donauufer entlangglitt. Vierzehn, fünfzehn, sechzehn, und noch einer und noch einer und immer noch einer mehr, und plötzlich war er vorbei gewesen. Viel zu schnell. Das weiß lackierte Rettungsboot, falls jemand in der Donau untergegangen wäre. Ab und zu hatte jemand in der Frauenumkleide einen grünen Männerbügel zwischen die Frauenbügel mit den roten Schuhnetzen gehängt. Der Drahthaken vorn war für die Schuhe. Keiner meckerte, wenn ich meine Sachen in einem Männerbügel an der Garderobe abgab. Männer und Jungens unten, Frauen und Mädchen oben. Für unter 18 waren die Sammelumkleiden da, aber du hattest mich immer mit in deine Kabine genommen. Zitrone und Salmiakgeist, sooft die Klofrau mit dem Wischkübel durch gewesen war. Die ungehörige Gaststätte, wo sie das Sprite hatten. Der Kiosk an der Seite. Vorn, wenn man hinkam, die Theke, aber was brauchte man die, Softeis gab's in der Stadt genauso, Bockwurst mit Semmel und Senf, da hätten sie kein ganzes Haus an den Kiosk dran zu hängen brauchen dafür. Theke, Kassenkästchen, Softeisautomaten, sogar richtig Mittag essen hatte man gekonnt, oben auf der Terrasse. Am Tisch sitzen, Teller und Gabeln und Messer und gestreifte Sonnenschirme; die Leute kamen in die Südsee und führten sich auf wie beim Einkaufen. Aber unten an der Seite der Kiosk. Der Zaun, wo es

hinter den Sträuchern nicht mehr weiter gegangen war. Das Gitter vor der Fensteröffnung. Morgens um neun hatte der Kioskmann das Vorhängeschloss aufgesperrt und das Gitter zur Seite geschoben. Links die Wasserpistolen. Wenn man davor stand, links. Man musste umdenken. Wenn man davor stand, musste man umdenken für denjenigen gegenüber. Von mir aus gesehen links die Wasserpistolen, also aus der Sicht des Kiosk rechts. Im Krieg hingen da Menschenleben von ab. Von drinnen aus rechts die Wasserpistolen. Deshalb war Onkel Martin im Zweiten Weltkrieg Offizier zum Offizier befördert worden, der konnte ein Gelände akkurat beschreiben. Auf Onkel Martins Angaben war Verlass gewesen, zentimetergenau, im russischen Winter bei minus 40 Grad, wo Menschenleben auf dem Spiel standen; ein Wort zu viel oder zu wenig, davon hingen Menschenleben ab. Die Schale fürs Wechselgeld demnach links. Die letzten Meter mit hochgezogenen Zehen über die hartgetrockneten Lehmklumpen tappen. '70, '71, da hatten wir diese heißen, trockenen Sommer gehabt. "Ein Split, bitte!" Stumm natürlich, nur in Gedanken. Dass es von denen vor und hinter mir keiner mitbekam. Lächerlich, sowas vorher zu üben. Wie in der Schule: Zeigefinger hoch und währenddessen heimlich vorausüben, wie ich gleich *"'daß' mit Scharf-ß!"* antworten würde. Damit ich keinen Hänger hatte, wenn ich drankam. Der Plastikstiel sollte ein blaues Motorrad sein. "Ein Split bitte", dazu die zwei Päckchen Fußballsammelbilder und zuletzt, während der Kioskmann in der Lutscherbüchse grabbelte, dann ganz fest vornehmen, dass mein Colalutscher ein blaues Motorrad als Stiel haben würde. Man konnte nämlich Gedankenübertragung machen. Es mit aller Kraft denken, dann übertrug sich das auf den Verkäufer am Kiosk. Dass der spürte, welchen. Die großen Jungs, wenn man da in der Warteschlange stand, die schubsten einen einfach nach hinten.Und inzwischen machtest du dir bestimmt tausend Gedanken, warum ich so ewig nicht wiederkam. Manchmal hatte er ja vielleicht auch einfach nur welche mit grünen Ballettänzerinnen.
Die war nämlich noch längst nicht gesichert, die zwangsläufige Identität von faktisch akkurat und kommunikativ adäquat. Was nämlich ankam beim Gesprächspartner, inhaltlich. Zeltdacharchitektur. Dort drüben, das war Zeltdacharchitektur. Das Olymiastadion. Konnte auch die Eislaufhalle sein. Oder die Schwimmhalle. Die ganzen Stadien hier, alles Zeltdacharchitektur. Illusionen schwebender Leichtigkeit. Vogelhaft.
Gabeln. Dass die nicht irgendwann dicht machte.
Es gab ja dieses Kommunikationsmodell. Shannon&Weaver 1948. Proseminar I, Einführung in die Kommunikationswissenschaft, die Loseblattsammlung. Wir hatten mit dieser orangefarbenen Loseblattsammlung gearbeitet. Im Din-a-4-Format so eine Art - woher hatte ich das, ständig erklären zu wollen. Dir erklären zu wollen: "Eine Loseblattsammlung war..." nämlich keineswegs lauter lose Blätter. Dass die Bezeichnung täuschte, dass eine Loseblattsammlung hinten geleimt war, sozusagen ein Fachbegriff, "Loseblattsammlung", eine neue Vokabel, ich war zwölf, ich war in der Sechsten und Klassenbeste, wir lernten gemeinsam Vokabeln, ich war nicht gescheitert, ich hatte Kommunikationswissenschaft studiert, und da in der Loseblattsammlung das Kommunikationsmodell von Shannon und Weaver. Wo erklärt wurde, wie die Massenmedien funktionierten. Sender A sendete eine Nachricht an Empfänger B und Empfänger B sendete eine Antwort zurück und dazwischen dieser Blitz, in der Mitte zwischen A und B dieses Blitzsymbol, wie an den Hochspannungsleitungen, dieser Blitz stand für die Störgrößen.
Ich würde mal ein Buch schreiben, da würde ich lauter solche Szenen sammeln: Erinnerungen, die ich nicht einordnen konnte.
Dass die Nachricht nämlich nie in ihrer ursprünglichen Form beim Empfänger ankam. Wir teilten dem Anderen praktisch immer etwas Anderes mit, als wir ihm mitteilen wollten. Wir konnten praktisch gar nicht miteinander kommunizieren.
Ich fand keinen Namen. Erinnerungen trugen Namen: *"Mein schönstes Ferienerlebnis"*.

"Zehn Minuten im tiefen Becken geschwommen." "Mit meinen Klassenkameraden in der Bärenhöhle". "Als Einzige eine glatte Eins". "Preisträgerampfang beim Landtagspräsidenten". "Zum ersten Mal". "Zum letztem Mal".

Urvögel, die ihre knochigen Gleitflügel spannten, um im nächsten Moment davonzusegeln. Wenn man sich das nämlich überlegte, prinzipiell, wie wir, allgemein, als kommunikative Einheiten, miteinander redeten. Sender A, ein Quadrat um die Nachricht N, und mit einer krakeligen Wellenlinie würde man andeuten, dass die Übertragung inkorrekt ablief - nicht eigentlich Störgrößen, sondern unterschiedliches Wortverständnis, andere Assoziationen zum gleichen Begriff, und rechts beim Empfänger am Ende wäre die Nachricht ein Sechseck.

Bis dahin hatten wir Fanta oder Cola gekauft. Aber oben die Holztreppe hoch in der Gaststätte gab es Sprite. Das Dunkelgrüne. Das Fremde. Das Bittere. Erwachsene. Aufregende. Gefährliche.

Beim Spriteholen war ich Pirat auf meinem Piratenschiff gewesen. Auf der steilen Holztreppe hochklettern zum Ausguck, zwischen Klapptischen und Lagneseschirmen über die Terrasse tapsen, deren schwarzbraune, in der Sommersonne fatamorgierende Planken einem schier die Fußsohlen verbrannten. Jeden Nachmittag zwisches Boccia und Quartett spielen, in der Faust das Markstück für eine Flasche Sprite mit zwei Strohhalmen.

Ich würde ein Buch darüber schreiben. Lauter so diese Dinge. Jawohl. Ein Buch, darin würde ich solche Impressionen sammeln: Die Gaststätte. Der Kiosk, dass vorn ums Eck an dem Kiosk eine ganze Gaststätte dran hing; das eine Mal, als es so gewittert hatte, wir mitsamt Liegestuhl und Frotteetasche in die Umkleide geflüchtet, außer uns kaum Badegäste, unten beim Softeis alles zu, wie ich da hinterher die Treppe hoch war, die unfassbar normalen Klapptische, lauter solche Dinge, Impressionen aus dem Niemandsland zwischen Mögen und Nichtmögen, Orte, die ich kannte, die ich schon gekannt haben musste, noch ehe ich zur Welt gekommen war.

Dieselben Lichtverhältnisse vielleicht. Daran konnte es liegen. Von der Sonneneinstrahlung her, dass das Olympiagelände äquivalente Lichtverhältnisse aufwies wie damals unsere Liegeecke. Daran hätte man es objektiv festmachen können.

Der Unterschied war lediglich, dass ich die Störgrößen mit einbezog. Weil ich in unserem Fall die typischen Störgrößen kannte. Wo wir uns regelmäßig missverstanden. Und mein Ansatz, mathematisch ausgedrückt, war nun der, dass ich die Nachricht a priori um den negativen Betrag dieser Störgrößen korrigierte.

Mallorca. Wenn wir gleich morgens draußen gewesen waren, morgens um acht, als Allererste, Tau auf der Liegewiese; du hattest einen Plastikbeutel unter die Badetasche getan, unsere Badetasche aus Frottee, da saugte der Boden sich regelrecht voll, wenn sie eine Zeit lang im feuchten Gras stand.

Splitter, auf wundersame Weise grundlos und unnotwendig.

Einmal hatte die Kassendame uns reingelassen, da hatte die Schwimmbaduhr erst zehn vor acht gezeigt. Die treuen Stammgäste.

Dieses Modell nach Shannon&Weaver, Sender A und von A ausgehend der Pfeil, der gehörte entsprechend umbeschriftet: *"N - St".* N minus St. *"N"* für "Nachricht", *"St"* für "Störgröße". Dass der Betrag der Nachricht abzüglich des Betrags der Störgröße gesendet wurde. Und neben den Blitz in der Mitte: *"+St".* Nämlich der positive Betrag der Störgröße. Also im Endeffekt N minus St plus St, hob sich gegenseitig auf, gab N.

Ich war die Beste im Kurs gewesen.

Nämlich das tatsächliche N. Wie N tatsächlich gemeint war.

Auf lange Sicht die Beste. Langfristig war ich den anderen überlegen. Von der Konzentration her. Jemand, der das vielleicht im ersten Moment motorisch noch nicht so schnell umsetzen konnte. Die hatten ja auch alle schon Erfahrung. Klar hatten die alle schon Tennis gespielt. Aber auf lange Sicht. Eine Schülerin, die der Informationen aktiv teilnehmend auffasste. Die also in der Lage war, diese Informationen in der nächsten Klassenarbeit selbständig anzuwenden. Dieser Blick, sehen Sie? - Da hatte ich diesen Blick. Die Augen fest auf den Lehrer geheftet. Wie ein Wachhund. Die Ohren gespitzt, jeder Nerv angespannt. Wort für Wort geradezu aufgesaugt.

Frösteln. Dieselben Lichverhältnisse, daher.

Eigentlich war das eine Müllhalde hier. Kein Witz. *"Schuttberg"*, stand im Polyglott. 1972 die Olympiade in München: Ein Schuttberg, schrieb der Polyglott, das ganze Oberwiesenfeld sei vorher total platt gewesen, dann seien die Olympischen Spiele an München vergeben worden, so eine Art Truppenübungsplatz, bis 1972, 1972 dann die Olympiade, 1972 in den Sommerferien, als die Heide Rosendahl die Goldmedaille im Weitsprung gewonnen hatte, mit der Brille die, die so ernst und zuverlässig aussah, wie du gewollt hättest, dass ich aussehen sollte. Der bonbonfarbene Dackel. 1972 in München das Maskottchen war der peinliche bonbonfarbig gestreifte Dackel gewesen, der Schlüsselanhänger, wo nach drei Wochen schon das Kettchen gerissen war. Wenn man sich das vorstellte: Benzinkanister Autoreifen Kartoffelschalen Kaffeefilter Blechbüchsen Schuhsohlen Plastiksäcke volle Staubsaugerbeutel Zigarettenkippen, Dünger drüber, Gras gesät - also diese sanften Hügel, die Wellen von Grün, Donaubad, unsere schöne Riviera, dass das alles nicht echt war, dass da drei Meter tiefer ein riesiger Müllhaufen drunter lag.

Ins Gedächtnis eingebrannt. Dauerhaft im Gehirn verankert, jederzeit abrufbar. *Sah man dir als Baby schon an.* Daran sah man nämlich, wie intelligent ein Kind später in der Schule sein würde; normal ließen Kinder sich viel leichter ablenken. *Da hast du überhaupt nicht reagiert; auch später, wenn du mit deinem Lausi beschäfigt warst und ich dir eins von den anderen Plüschtieren hingehalten habe, hat dich überhaupt nicht interessiert, da warst du so versunken* - Nirgends sonst in der Nachbarschaft. Hattest du nirgends sonst gekannt in der Nachbarschaft, ein Kind, das sich so von seiner Aufgabe gefangen nehmen ließ. Manchmal hatte ich mich gefragt, was dann wohl mit mir geschehen würde, wenn diese Intelligenz herauskam, wie so eine Muräne im Aquarium aus ihrer Korallenhöhle.

Der Geheimweg zur Ballwand. Hinter dem Gittertor begann die Hochleistungsabteilung mit der Ballwand. Nachdem Sie sich umgezogen haben, gehen Sie hier an den Sandplätzen vorbei, wo das Standardtraining stattfindet - wir haben ja hier zwei Abteilungen, wissen Sie, eine Abteilung für das Standardtraining und eine Abteilung für das Hochleistungstraining. Eine Akademie. Konnte ich für mich doch so vereinbaren. Eine Tennisakademie für hochbegabte Nachwuchsspieler und innerhalb der Akademie eben diese Hochleistungsabteilung, wo die jeweiligen Kursbesten selbständig bestimmte Schwierigkeiten trainierten.

Mhm, das ist schon eine Belastung, dieses außergewöhnlich hohe Trainingsniveau auf Dauer, das auf Dauer durchzuhalten. Den merken Sie den Spielern auch an, diesen permanenten Druck – zum Beispiel hier diese neue Schülerin, da hatte lange im Zweifel gestanden, ob sie den extrem hohen Anforderunen gewachsen sein würde, nervlich, extrem schlank, von daher natürlich hoch sensibel, aber wenn Sie einmal beobachten, diese Art, sich zu bewegen, ihre kurzen, energischen Schritte, oder wie sie jetzt die Klinke des Gittertors herunterdrückt, schlicht, kompromisslos. Kontinentalgriff. Da übertrug ich ganz unbewusst meinen Kontinentalgriff auf die Türklinke. Mit dem Kontinentalgriff hatten wir in der Akademie die besten Erfahrungen gemacht. Fingergrundgelenk des Zeigefingers an der diagonalen Kante des Griffs, in dieser Nahaufnahme sehr schön zu beobachten. Erst anderthalb Stunden später, aber schon in Fleisch und Blut übergegangen. Oder wie sie hier mit ihrer Tennistasche umgeht: disziplinierte, präzise Aktionen.

Sie beobachteten ja immer mit. Eine Akademie, wo man als Zusatzfach "Allgemeines Verhalten" belegen konnte. Wo man jede seiner alltäglichen Handlungen bewertet bekam. Auf freiwilliger Basis.

Sie bemerken jetzt zum Beispiel diese kurzzeitige Irritation angesichts der Tatsache, dass kein ganzes Feld mehr unbelegt ist, dass sich heute jeweils zwei Spieler ein Feld an der Ballwand

zu teilen haben. Bekanntermaßen eine der schwierigsten Traininseinheiten überhaupt: Präzisionsspiel, normalerweise der Abschlussklasse vorbehalten. Eine Trainingsmethode, die ein Höchstmaß sowohl an gegenseitiger Rücksichtnahme als auch an Ballbeherrschung verlangt. Eine kurze Irritation, unverkennbar. Ein Stutzen, ein Ausdruck der Verunsicherung. Und nun können Sie mitverfolgen, wie diese anfängliche Irritation überwunden wird. Wie die Schülerin sich fängt. Den Ball dreimal auftippen lässt, routiniert, beherrscht, alles wie immer. Nirgends sonst in der Nachbarschaft. Lange graue Schlappohren hatte er gehabt und lange Schnurrbarthaare und weiße Pfoten und ein flauschiges weißes Bäuchlein. Zwangshandlungen. Dreimal auftippen lassen. Zungenspitze an die Oberlippe. Rituale. Nichts als eine Macke des Spielers, sagen Sie. *Wieder so ein Spleen von dir.* Sagen Sie. Was aber in dieser Form nicht haltbar war. Ich hatte mich gezielt daraufhin beobachtet. Erwiesenermaßen. Die ganz Großen des Sports. Dreimal auftippen, zum x-ten Male die Bespannung prüfen. Zwangshandlungen. Pianisten vor dem Konzert. Ich hatte die Wirkung an mir nachgewiesen. Ich würde mein Laufpensum nicht einhalten können auf dem geteilten Feld. Ich konnte nicht crosscourt spielen. Immer nur von der Mittellinie bis zu Außenlinie und zurück. Ich würde nachher auf dem Nachhauseweg die versäumte Strecke nachholen müssen.
Konnte kein Mensch, permanent gegen den eigenen Biorhythmus arbeiten. Wenn man das mal untersucht hätte: Eine Studie, ob Schüler, die gut waren, inwiefern bei denen vielleicht einfach die mentale Leistungskurve besser mit der Unterrichtszeit korrespondierte. Die Biorhythmuskurven ermitteln und abgleichen gegen den Stundenplan. Dass zum Beispiel bei Schülern mit schlechten Noten die gelbe Kurve während der Klassenarbeiten unterhalb der Mittellinie verlaufen war. Und nicht aufgrund von Begabung oder Nichtbegabung.
Meterhohe Drahtgitter. Rappel-rappel, sooft die Gittertür ins Schloss schnappte. Diese, sozusagen, Gefängnishof-Atmosphäre an der Ballwand, die war zum Beispiel etwas, was viele Kritiker der Akademie ablehnten.
Twenty-eight twenty-nine thirty tirty-one thirty-two thirty-three - Das hatte sich in London so entwickelt. Genaugenommen in Pasing. Zäh, ausdauernd, präzise wie ein Uhrwerk.
Strikte räumliche Isolation von der Hauptanlage. Ein hochgradiger Stressfaktor. Dessen sind wir uns auch bewusst, dass wir uns hier an der Grenze des Zumutbaren bewegen.
Ich hatte ja schon immer alles Mögliche mitgezählt.
Aber anders wäre diese Trainingsform nicht realisierbar gewesen.
Beachten Sie, mit welcher Kaltblütigkeit.
Dass ich England weiterhin verbunden bliebe, symbolisch, durch das Zählen. Seit damals im Pasinger Stadtpark. Was sich später aufs Tennis übertragen hatte. Immer abwechselnd fünfzig Schritte laufen, fünfzig Schritte gehen. In Pasing, als ich im Pasinger Stadtpark laufen gelernt hatte. "Laufen gelernt", sag' ich jetzt im Rückblick immer, wissen Sie. Wegen des Doppelsinns. "Laufen lernen", wo man zunächst ja etwas Anderes darunter verstand, aber von der Bedeutung her für mich: 'auf eigenen Füßen', 'loslaufen können', 'nichts als ein Paar Laufschuhe und loslaufen'.
Nur bis zur Fünfzig. Und bei fünfzig dann wieder nur bis zur Fünfzig. Ob ich eine halbe Stunde durchhalten würde.
Das Äquivalent. "Da hatte in letzter Minute jemand abgesagt" bildete das Äquivalent. Aus deiner Sicht.
Sozusagen mein Lebtag alles Mögliche mitgezählt.
Eben nicht, weil ich angeblich *"schon wieder versuche, die Dinge zu zerreden"*. Ich versuche nur, es dir verständlich zu übersetzen.
Fourteen, fifteen, sixteen, seventeen, eighteen, nineteen, twenty, twenty-one - 150 war Vorgabe, 150 Schläge am Stück. One hundred and fifty. Bei zweimaliger Bodenberührung vor dem Return und bei Ausball zählte der Schlag nicht mit; zweimal Out gab einen Schlag Abzug.
Symbolisch verbunden, indem ich die Sprache fundamental in meinen Alltag integrierte.

Sixty-three sixty-four sity-five sixty-six
Um es eben noch mit anderen Begriffen zu verdeutlichen.
Die tausend Schritte später, die zweitausend, die dreitausend – nichts als Fünfziger. Ein Fünfziger nach dem anderen.
Seventy-sven seventy-eight seventy-nine
Es ging um die Vergleichbarkeit. Dass so, wie es jetzt mit meinem Kurs gelaufen war, dass dieser Verlauf für mich dem entsprach, wie du es erlebt hättest, wenn in letzter Minute wegen einer Absage noch ein Platz frei geworden wäre.
Eighty eighty-one eighty-two eighty-three
Eine ausgeprägte Stärke im Grundlinienspiel.
Ich hatte mich unsichtbar machen können.
Mathematisch wäre es der negative Betrag, dass man den negativen Betrag abzieht, aber weil du Mathematik ja prinzipiell abzulehnen pflegst –
Striche auf einem Maßband. Ein Strich neben dem anderen.
Ausgelöscht vor den "Leuten". Die "Leute" konnten jemanden nicht sehen, der im Pasinger Stadtpark dauerlief.
Ninety-five ninety-six ninety-six ... zählte nicht, zweimal aufgekommen ... ninety-six ninety-six ninety-six ninety-six ... ninety-six ninety-six ninety-six ninety-six ... zählten alle nicht, mehrmalige Bodenberührung.
Getilgt.
Damit eine Vergleichbarkeit gegeben war, trotz unserer völlig verschiedenen Art, die Dinge zu erleben. Wir erlebten ja völlig unterschiedlich, schon vom Alter her. So etwas wurde überhaupt viel zu selten berücksichtigt. Unterschiedliche Erlebnisqualitäten. Wo man eben nicht einfach sagen konnte: "Dies und jenes ist geschehen", also statt sich jetzt daran aufzuhängen, ob ich die paar Stunden oben in der Hochschulsportanlage oder in Unterföhring beim Sport-Scheck gewesen war, was nämlich von der Sache her überhaupt nichts änderte, wie lächerlich das im Grunde war, nur weil ich es jetzt auf der verkehrten Tennisanlage gelernt hatte, ja bitte, darauf lief es doch hinaus, dass ich fünfmal in Unterföhring gewesen war statt im Olympiazentrum, U6 statt U3, zwei Planquadrate,wenn du dir das auf der Karte anschaust, acht, neun Zentimeter, acht Zentimeter auf der Karte wenn der Kurs weiter links gewesen wäre, würdest du kein Wort darüber verlieren. *Für deine Sucht, da bist du bereit, jeden* ... – bestimmt nicht. Jeden Preis hätte ich nicht bezahlt. Bis hundertsiebzig Mark. Hundertsiebzig hatte ich noch vorher überlegt, hundertsiebzig als oberstes Limit. Da hätte ich mich dran gehalten. Ich hatte schon immer gut mit Geld umgehen können. Haushalten, damit war ich aufgewachsen. *Astrid hat nie wie ein normales Mädchen gelebt.* Von meiner Kindheit her. *Verreisen, ein Auto, solche ganz selbstverständlichen Dinge waren bei uns nie drin.* Wo wir beim Therapeuten geklärt hatten, dass das von meiner Kindheit her der Hintergrund gewesen war. Mein Vater, der Monat für Monat die Unterhaltszahlungen verschleppte. *Das war bei uns eine Katastrophe, wenn mal eine Glühbirne kaputt ging.* Diese ständige Anspannung, die sich die auf mich übertragen hatte. *Vielleicht habe ich da auch manchmal überreagiert.*
Oder wenn ich Netzbälle produzierte. Wenn er unterhalb der Netzlinie an der Ballwand auftraf. Die dann kaum noch absprangen hinterher.
Dass ich deshalb nie so unbeschwert hatte herumtoben können wie andere Kinder. Ständig vorsichtig sein. Ständig auf die Sachen Acht geben. *Wie wollen sie das einer Dreijährigen erklären?* Dass sie deshalb schon immer Probleme mit mir mit dem Essen gehabt hatte.
Wobei es ein fataler Fehler sein kann, wenn Sie versuchen, den Ball zu retten. Höchst wahrscheinlich werden Sie versuchen, den Ball zu retten. Dicht ans Netz vorrücken, in diesem Falle also an die Ballwand, und ihn sozusagen anschaufeln, behutsam mit der Vorhand. Lobs, behutsame Lobs mit der Vorhand. Weil sie glauben, ihn dadurch wieder unter Kontrolle zu

bringen. Damit riskieren Sie aber, Ihre sämtlichen bisherigen Punkte wieder zu verlieren. Lobs wurden nämlich auch abgezogen. Es war albern, Lobs zu spielen.

Fourty-nine, fourty-nine, fourty-eight, seven, six, five, four - jeder Schaufler einen Punkt Abzug.

Three, two, one, fourty, thirty-nine, eight, seven, six …

Und nach zweiundzwanzig Lobs in Folge war auch die Neuanfang-Option verwirkt. Bis zweiundzwanzig Lobs in Folge gab es die Option, abzubrechen. Bis zum zweiundzwanzigsten verkorksten Schlag hätte ich noch "Zurücksetzen" anmelden können. Eine Tennisakademie für Hochbegabte, so war's, und innerhalb der Akademie diese abgegitterte Zone, strikte Isolation, gezielt ausgewählte Höchstschwierigkeiten, Stillschweigen, eine integrierte zusätzliche Schweigeprüfung, dafür war dieses Codesystem vereinbart, eine Art Flaggenalphabet, so haben Sie es sich vorzustellen, Schiffe auf hoher See, die sich über weite Distanzen verständigen mit Hilfe eines multivalenten Codesystems, streng reglementiert. Welches übrigens auch jenseits des Courts genutzt wird im Rahmen des Allgemeinverhaltens. Bis zweiundzwanzig hätte ich "Neuanfang" signalisieren können. Über zweiundzwanzig war die Rücksetzungsoption verwirkt. Da mussten Sie weitermachen.

10
Eisenring, Wilhelm Eisenring

In Aalen, im Hallenbad in Aalen bei den Bezirksmeisterschaften, fünfter Platz über 100 Meter Brust. Meine erste Schwimm-Urkunde. Nun würde ich bald Olympiasiegerin sein. Diese mächtige Anzeigetafel. Daher hatte ich ich die Erinnerung gehabt, vorhin an der Ballwand, diese Anzeigetafel, über mir eine meterhohe Anzeigetafel, und dort läsen jetzt die Zuschauer meinen Punktestand ab: Fourty-nine, fourty-nine, fourty-eight, fourty-seven, six, five, four - jeder Schaufler eins runter. Vom Hallenbad in Aalen. Oder aus den Liveaufnahmen von Shane Gould. Konnte beides gewesen sein.

Schauspielausbildung hätte keinen Sinn gehabt, hernach spielte man eine einzige Rolle in einem einzigen Stück, womöglich eine Frauenrolle.

Der Anders Jarryd schlug absichtlich Lobs, wenn Boris gegen die Sonne stand.

Als wir in "Kabale und Liebe" gegangen waren, wie mich da angewidert hatte. Das berühmte Theaterstück. Luise Millerin. Unsterbliche Worte. So hätte ich später zu sein: Kaum hörbar, dem Ferdinand mit schwindsüchtiger Geste den Handrücken zum Kuss darbieten, ohnmächtig niedersinken.

Im Winter natürlich mit Handschuhen. Solche speziellen Handschuhe, die nicht abrutschten, für Bergsteiger. Für Bergsteiger musste es rutschsichere Handschuhe geben, in der Bergsportabteilung. Und dass ich mir einen kleinen Schneeschieber kaufte, zum Mitnehmen. Ich hatte einzukalkulieren, dass nicht geschippt sein würde. Da schippten nicht extra meinetwegen. Wer außer mir ging im Winter schon an die Tenniswand.

Hinter der Münchner Freiheit, in einem dieser Gässchen einen Raum anmieten. Da lagen jede Menge solcher kleinen Bühnen, Kneipen, Bars, ständig kamen da spät abends Leute vorbei, die würden sehen: Da steht eine Tür offen, da ist was los. Da machte jemand Theater. Schnee schippen mussten andere Leute schließlich auch. *Vielleicht lernst du dann endlich, dich wie ein normaler Mensch mit normalen Pflichten zu verhalten.*

"Kabale". Ich mit meinen neun, zehn Jahren ging in etwas mit "Kabale". Was Erwachsene nachts im Fernsehen sahen. Und wo Schiller doch sonst ein Dichter gewesen war, zum Auswendiglernen.

Ein halbdunkles Kabuff, das kein Schwein sonst haben wollte. Dadurch könnte ich mir dann auch die Miete auch leisten. Ohne Möbel, ohne alles. Keine Requisiten, kein gar nichts. Vom Ausstattungswust gereinigtes Theater. Auf einem der Fotos hatte Ryszard Cieslak einen Stuhl gespielt.

Das war es nämlich, was uns die ganzen Jahre gefehlt hatte. Was ich uns jetzt durch mein Tennisspielen zurückgegeben hatte. Dass wir die letzten Jahre praktisch kaum Gemeinsamkeiten gehabt hatten. Dauerlauf. Konntest du nicht nachvollziehen. Dass ich morgens nach dem Aufstehen meinen Dauerlauf brauchte. Dass der Tag sonst verdorben war. Kein Vorwurf. Konntest du gar nicht können. Aber Tennis hattest du gesagt, dass du mal Tennis gespielt hattest, hattest du mal erzählt.

Rückbesinnung auf den Urgrund der Schauspielkunst. "Armes Theater". Guckkastenbühne, Kulisse, Bühnenmaschinerie war Feigheit.

Deswegen ging ich nämlich, also auch deswegen, wenn ich mir das überlegte, da spielte nämlich die Atmosphäre eine ganz wesentliche Rolle, dass ich gerade hier oben zum Tennis ging. Dieselben Lichtverhältnisse. Eine Art Heimkehr. Dass ich wieder zu unserem früheren Verhältnis zueinander zurückgefunden hatte.

Es war revolutionär gewesen, die Millerin zu schreiben.

Wie bei Tiffany. Als hättest du als Angestellte bei Tiffany im Schaufenster das blaue Samttuch für die Diamanten ausgebreitet. Und auf die glattgestrichene Plastiktüte kam dann die Badetasche.

Es hatte mit dem aufstrebenden Bürgertum zu tun gehabt. Mit der Fallhöhe. Dass die Fallhöhe in einem bürgerlichen Schicksal groß genug sei für eine Tragödie.

Türkisblaues Frottee.

Ein revolutionärer Gedanke damals. Aber im Personenregister brachte er dann trotzdem den Präsidenten, bloß qua Ranges, an erster Stelle.

Zu Grotowksi gab es keine Alternative.

Die sie uns dann geklaut hatten. Wie wir vom Becken zurückgekommen waren und unsere Badetasche weg gewesen. Geldbeutel drin. Badekarten drin. Ausweis. Schlüsselbund. Zwanzig vor zehn. Für jetzt nachher, für jetzt um diese Zeit nachher, wenn ich mit Tennis fertig war, anschließend br2, und da danach brauchte ich im kommenden Wintersemester mittwochs und donnerstags noch je ein Seminar. Nochmal über "Tod und Erotik im Werk Arthur Schnitzlers".

Genau. In dieser Serie der nächste Autor. Eine Serie "Tod und Erotik", lauter Proseminare II, und jedes Semester ein anderer Autor. Anders war ein solches Thema nämlich gar nicht realisierbar.

Fourtythree, two, one …

Und in dieser Serie im Wintersemester die nächsten zwei Autoren, mittwochs und donnerstags.

… fourty, thirtynine, eight, seven, six - als würde es ohne Ende weiterzählen, unter Null, ins Bodenlose.

Eine Art Heimkehr. Dass ich zurückgefunden hatte, dass ich meine früheren Leistungen anknüpfte.

Ein Katalog. Einen Katalog erstellen: Welche Aspekte der Dichtonomie "Tod/Erotik" von den verschiedenen Autoren aufgegriffen und wem diese Aspekte sprachlich zugeordnet wurden. Im Prinzip meinten wir doch genau dasselbe. Die Rahmenbedingungen, darum handelte es sich. Die Rahmenbedingungen für ein erfolgreiches Studium, dass ich die brauchte, fürs Studium nämlich, konntest du beim Dauerlauf nicht nachvollziehen, aber Tennis hattest du mal gespielt, hattest du erzählt, dass man kontest du das nachvollziehen, dieses völlig andere Gefühl hinterher, dass man hinterher viel aufnahmebereiter war. Deswegen, bei meinen anderen Aktivitäten nämlich auch. Diese Überlegung steckte nämlich dahinter, hinter meinem Sport. Fürs Studium. Dafür die Bedingungen zu schaffen.

Noppenhandschuhe. Dass ich nebenbei auch endlich ganz normal gezwungen war, den Platz abzuziehen. Sozusagen. Sandplatzspieler hatten hinterher den Platz abzuziehen. Ich im Winter an der Tenniswand hatte vorher zu schippen. Bei Schnee spielte ich quasi auf Sandplatz.

Aufbauend auf unserem Schnitzler-Seminar. Mit unserem Schnitzler-Seminar hatten wir das Fundament gelegt, und darauf aufbauend.

Ein Planquadrat Unterschied. Ein Planquadrat, das war praktisch der einzige Unterschied, die räumliche Lage. Unterföhring statt Olympiazentrum Hochschulsportanlage. Sonst würdest du kein Wort darüber verlieren. Jeden Preis hätte ich bestimmt nicht bezahlt.

War ich bis dahin noch nie hingekommen, Unterföhring. Schon deshalb, mal etwas Anderes zu sehen, wenigstens München-Unterföhring einmal gesehen zu haben, und eine Ballmaschine, als ob das zu viel verlangt gewesen wäre.

Nur nicht wieder um elf in diesem angemieteten Seminarraum draußen am Ostbahnhof und danach um eins noch den ganzen Weg zur S-Bahn und S-Bahn bis Marienplatz und umsteigen und bis Giselastraße und bis dahin gab es keinen Vanillesahnequark mehr, wie an diesem Dreckstag nach Pfingsten.

Am liebsten hätte ich denen das Besteck vor die Füße geknallt. Komme zwanzig nach eins an, und die haben meinen Vanillesahnequark nicht mehr. Stehe vor der Mensa-Ausgabe wie gelähmt. Warte, dass sie die Schüsseln wieder hinstellen. Sie mussten die Schüsseln mit meinem Vanillesahnequark wieder hinstellen. *Vanillesahnequark*, hatte im Mensaplan gestanden. Der mit den 181 Kalorien. Auf den hatte ich seit Tagen gewartet. Auf den war ich vorbereitet. Auf die 181 hatte ich gespart.

Jeder Autor eine in sich abgeschlossene Einheit, also Sie können jederzeit zusteigen.

Meine Art zu spielen verkörperte das Ideal: Allein gegen die Ballwand. Sozusagen die Idee des Tennisspiels. Was sie in Wimbledon und Flushing Meadow spielten, war nicht wirklich Tennis. Wimbledon, Flushing Meadow, Davis Cup, da versuchten sie lediglich, einander das Spiel zu zerstören. Westphal und Edberg damals, einen Tag vor Weihnachten, die einander Asse um die Ohren dreschen, nachmittags beim Baumschmücken, nicht mal einen Christbaum hatten wir gehabt letztes Jahr, solche Dinge, das eben meinte ich mit "Gemeinsamkeiten". Oder der Jarryd mit seinen Lobs. Aber das war nicht Tennis. Hier, das hier war Tennis. Sehen Sie? Die liegende Acht. Bei der Ausholbewegung beschrieb der Schläger eine liegende Acht. Jetzt noch einmal "trocken", ohne Schläger demonstriert, sehen Sie? Vorschwung des Tennisschlägers von oben nach unten. Treffpunkt des Balls seitlich, leicht vor dem Körper. Das Handgelenk knickt nach innen, Schlägerfläche in einer Parallelen zur Netzlinie.

Wobei ja neuerdings gelegentlich die Auffassung vertreten wurde, die liegende Acht sei zu zeitraubend. "Früher" hatte der gesagt. Früher habe man die Vorhand strikt so gelehrt, mit der liegenden Acht. Hatte der Kursleiter beim Sport-Scheck in Unterföhring gesagt. Eine Ballmaschine hatten die gehabt, eine Ballmaschine, die einen Ball nach dem anderen ausspuckte.

Mit dem Tennis jetzt verstanden wir uns wieder. Wo einfach zuletzt zu wenig Gemeinsamkeiten da gewesen waren und deshalb dann, dass man sich nicht mehr verständigen konnte. Das war es nämlich, was uns die ganzen letzten Jahre gefehlt hatte: eine gemeinsame Basis, dass man einfach wieder verstand, was der Andere in Wirklichkeit mitteilen wollte. Es war einfach, dass wir uns bewusst machten, dass wir eigentlich dasselbe meinten. Dass sich zwischen uns nichts geändert hatte.

Lange Ballwechsel. Den Ball so lange wie möglich im Spiel halten. Ununterbrochen in Bewegung bleiben, hin und her über den Platz, in den Knien federn, darauf bezogen sich nämlich die 300/30 min. 300/30 min galten für sauber durchgespieltes Tennis; alles Übrige hatte ich hinterher von meiner Trainingszeit abzuziehen.

Werther. Danton, da besonders. Überhaupt bei Büchner. Dass die Seminarreihe sich im Wintersemester mit Büchner fortsetzen würde. Oder zum Beispiel auch mit der Mediävistik zusammen: mittwochs das Standardseminar für ab dem Dreißigjährigen Krieg, das begänne mit Büchner, und donnerstags das Kooperationsseminar "Minne und Vergänglichkeit im Werk Walthers von der Vogelweide".

Er konnte jeden Tag noch anrufen. Noch war Sommersemester. Er konnte warten bis zum offiziellen Ende des Sommersemesters und mich dann anrufen. Ob ich bei ihm assistieren wolle. Wie unter Verbindungsstudenten. Studienstiftler protegierten einander wie Mitglieder einer Studentenverbindung. Wenn der eine als Assistent untergekommen war, zog er den anderen nach. Jeden Dienstag hatte die Frage in der Luft gehangen.

Zehn Minuten schnurgerade vom Ostbahnhof an den S-Bahn-Gleisen entlang. Eine Straße in Texas. Kein Baum, kein Strauch. Die Gluthitze an den Hochsommertagen. Der Ralf war ein ganzes Semester lang täglich mit dem Zug nach Stuttgart. Vom Ostbahnhof in diesen Betonkasten da draußen. *2. OG: Bundesbahn – Verwaltung* auf dem Schild neben der Tür. Wir Germanisten als denen ihre gnädig geduldeten Untermieter. Da schaugt's, nacha' dürft's ihr gschaide Leit da eini.

Hunderte Studenten, denen es völlig schnurz war, die achteten überhaupt nicht drauf, die quatschten nebenher beim Essen, die hatten einen gekriegt.

Ich hatte ja nicht erwarten können, dass er auf mich zukam, nur weil wir uns vor drei Jahren beim Studienstiftlertreffen kennengelernt hatten. Ich hatte mich wieder in Erinnerung bringen müssen. Er musste sehen, dass ich noch in München war. Dass ich im Seminar saß, dass ich noch auf eine Stelle wartete. *Leider nirgends bisher.* Dazu, dass ich soeben aus London, dass ich mich von daher vor Ort noch nicht in diesem Maße, dass ich zum Beispiel mittwochs und donnerstags –

Dazu war der Marsch entlang der S-Bahn ideal gewesen: Vorüben. Den richtigen Ton treffen: überrascht, aber nicht erschrocken. *Für mich kommt das alles jetzt natürlich ein bisschen plötzlich ...*

Ich, mit 22 Jahren.

Wenn Sie es mir zutrauen ...

Beim Tennis hatte ich diese immanente Kontrolle, im Gegensatz zum Laufen und auf dem Fahrrad und beim Schwimmen. Laufen, Fahrrad, schwimmen, da haben Sie nicht diese gewissermaßen immanente Kontrolle. Weil nichts Sie zwingt, sich restlos einzusetzen.

Laufen, Fahrrad, schwimmen, da können Sie bescheißen nach Strich und Faden. Hatte ich immer wieder am mir beobachtet, dass ich beim Laufen, auf dem Rad oder beim Schwimmen zwischendurch langsamer geworden war. Mich zwischendurch ablenken gelassen, und prompt war ich langsamer geworden. Nicht, weil ich nicht mehr gekonnt hätte, sondern rein mental. Laufen, Fahrrad, schwimmen, da kam der innere Schweinehund. Wohingegen an der Tenniswand war ich gezwungen. An der Tenniswand zwang mich der Ball. Wenn ich mich an der Tenniswand gehen ließ, riss die Serie.

Er konnte zum Beispiel heute Nachmittag anrufen und wir würden uns für morgen nach meinem Tennis in seinem Arbeitszimmer im Institut verabreden.

Kriegsschiffe, Musikinstrumente, Heiße Öfen, VW/Audi NSU - sämtliche Quartette hatten wir in der Badetasche mitgebracht, und zwei oder drei von denen gab es nicht einmal mehr nachzukaufen. *Dann suchst du dir eben andere aus.* Solche wie die Gaststätte. Von den neuen Quartetten war wieder diese Fremdheit ausgegangen. Weiße Klapptische, Lagnesesonnenschirme.

G4 hatte in allem die höchsten Werte gehabt, außer Umdrehungen. Der gelbe Porsche.

Die unbemerkt gehabte Wiese am Pausenhof.

Ob wir nicht diebstahlversichert seien. Wir. Wo wir doch kaum was hatten.

Auf die Wiese zu kommen, zum ersten Mal wahrzunehmen, dass da noch eine Wiese war. Dass da eine Treppe nach oben führte aus einer Nische der Hofmauer; von unten vom Pausenhof hatte ich die Dächer der Wurfbuden gesehen, und erst jetzt hier auf der Schule, und erst jetzt beim Sommerfest: zwei schiefe Dächer, bunt bemalte Markisen, verfließend mit der Nachmittagssonne, die Viertklässler hätten Wurfbuden aufgestellt, Medaillen gebe es zu gewinnen - und dann war dort die Treppe gekommen und oben am Ende der Treppe eine Wiese, die Buden auf einer Wiese mit einem Zaun außen herum und am Ende einem einsamen Kastanienbaum.

Ich würde keine vollständigen Dramen spielen, nur einzelne Szenen. Jeweils einzelne Szenen herausgreifen, und die würden dann, isoliert vom ursprünglichen Zusammenhang einen eigenen Sinn entfalten.

Vollständige Dramen, da erreichte man nie diese Intensität.

Ryszard Cieslak. Jerzy Grotowski und Ryszard Cieslak. Die wichtigsten Namen, dass man die wusste. Die Leute kämen im Vorbeigehen rein und guckten ein paar Minuten zu und würden sehen, dass da jemand spielte, der nichts für sich zurückbehielt, der an die letzten Reserven ging. Alles Andere wäre Feigheit gewesen. Die würden sich später nicht einmal an eine konkrete Handlung erinnern, die nahmen nur einen namenlosen Eindruck mit von dieser wahnsinnigen Intensität.

"Eisenring, Wilhelm Eisenring." Den Satz hatte ich auf Anhieb beherrscht. Mit diesem einzigen Satz hatte ich dem Biedermann das Haus über dem Kopf angezündet.

Der Schlupfwinkel hinter dem Abstellgleis. Ich würde ein Buch schreiben: Die Gaststätte, die Wiese am Pausenhof, der krautig überwucherte Prellbock vor dem Abstellgleis - Orte, die man vorauskannte.

Fußboden scheuern von Hand kam auf 84. Auf jeden Fall verbrauchte es mehr als Gymnastik. Also dass ich sagte, es verbrauchte so viel wie Gymnastik. Eine Stunde wenn ich die Performance dauern ließ, kam ich auf 150 Kalorien.

Wir vertraten praktisch dieselbe Auffassung. Geläutertes Theater.

"Eisenring, Wilhelm Eisenring." Diesmal hatte es eine professionelle Aufführung werden sollen. Im zweiten Jahr ihres Bestehens würde die Theater-AG kein hausgemachtes Schülerkabarett spielen, dessen Texte zur Hälfte auf das Konto einer Zwölftklässlerin namens Helble gingen, sondern ernsthafte Literatur.

Kriechgänge durchs Gestrüpp. Kurz nach der Eisenbahnbrücke, anderswo kam man doch gar nicht runter. Oben auf der Stadtmauer lang bis zu Eisenbahnbrücke, da musste die Steige gewesen sein.

Cieslak. Jerzy Grotowski, Ryszard Cieslak. Auf einem der Fotos hatte er einen Stuhl dargestellt. Eine Szene als Stuhl und die übrigen Bilder im Schneidersitz, einen Lendenschurz um die Hüften.

Wer von denen hatte die Rolle damals eigentlich bekommen? *Eisenring, Wilhelm Eisenring.* Henning wahrscheinlich. Der Cellospieler. Von der Körpergröße her musste Henning am besten gepasst haben. Stundenlange Debatte, wo die Aufführung stattfinden solle, bei uns am Humboldt im Musiksaal oder lieber im Hans-und-Sophie-Scholl, von wegen Parkplätze und Große Aula.

Gewickelt wie in eine Windel. Ein Hindu in Trance. Ein Komapatient.

Wer die Plakate entwerfen würde. Am besten jemand aus dem Kunst-Leistungskurs.

Peinlich. Beschämend. Und gleichzeitig dieser Drang, wieder und wieder hinzusehen. Ein Stuhl sein, ein Gegenstand ohne Bewusstheit. Totale Selbstentäußerung.

Gerade deshalb doch, weil Wilhelm Eisenring Jahrmarktsringer ist. Wir hätten Max Frisch völlig neu interpretiert. *Eisenring, Wilhelm Eisenring,* Jahrmarktsringer, mit mir besetzt. Ein Reiseprospekt pränataler Erinnerungen.

Eisenring, Wilhelm Eisenring. Wir bräuchten noch eine Zweitbesetzung, im Krankheitsfall. Und ich könne die Rolle ruhig auch lernen, falls die Zweitbesetzung krank würde.

Eisenring, Wilhelm Eisenring.

11
Wie man Jahrhunderte zählt

Der muffige Geruch alter Bücher. Kellerschrak. Verstaubt, vergilbt, vergessen.
Nicht einer hatte es geblickt.
Die beiden Fettflecken im Falz gingen auf mein Konto.
Hundertfünfzig Jahre Schillerforschung, und nicht einer hatte es geblickt.
Kuchenkrümel ins geliehene Buch und hinterher Fettflecken, das war so ungefähr das Letzte.
Die Kehrseite der Genialität: Anomalien. Man konnte außergewöhnliche Menschen nicht
nach gewöhnlichen Maßstäben messen. Kuchen ins Buch krümeln, aber dabei
Zusammenhänge erkennen, die in hundertfünfzig Jahren Schillerforschung niemandem
aufgegangen waren.
Lesen Sie doch mal genau, Herr Professor! Gleich am Anfang, erster Akt, erste Szene,
Domingo zu Karlos:
> Ich stand und sah das junge stolze Blut
> In seine Wangen steigen, seinen Busen
> Von fürstlichen Entschlüssen wallen, sah
> Sein trunknes Aug' durch die Versammlung fliegen,
> In Wonne brechen – Prinz, und dieses Auge
> Gestand: Ich bin gesättigt.
Und nur ein paar Zeilen weiter unten:
> Dieser stille
> Und feierliche Kummer, Prinz, den wir
> Acht Monde schon in ihren Blicken lesen,
und wieder ein paar Zeilen tiefer:
> Sie sollten
> Nur mit des Hasses Augen sie betrachten?
> Bei ihrem Anblick nur die Klugheit hören?
Na, dämmert's langsam? Wovon hier permanent die Rede ist?
Mit dem Kontrollabschnitt des Leihscheins ließen sich die Krümel aus dem Falz fegen.
Hundertfünfzig Jahre Schillerforschung, und keinem war aufgegangen, dass es im "Don
Karlos" ständig um Sinneswahrnehmungen ging. Sinneswahrnehmungen und ihre
kommunikativen Funktionen.
HEL- Mit der linken oberen Ecke, wo der Nachname hinkam. HEL- wieso sonderbar? Sie
meinen, wegen der Großbuchstaben? Mhm, typisch für mich. Seit London trage ich meinen
Namen in Versalien auf den Leihscheinen ein. Ich hatte meinen Nachnamen als unfair
empfunden den Engländern gegenüber. "Helble", wissen Sie. Ist auf Englisch ja praktisch
nicht aussprechbar. Ich empfinde das als unfair, wissen Sie, wenn ich jemanden zwinge, dass
er sich beim Lesen einen Namen vorstellt, den er nicht aussprechen kann. Dass man so einen
Namen dann wenigstens nicht noch in Sauklaue auf den Leihschein schmiert.
441 pro 100 g. Rund 4,5 je Gramm. Das Helle zuerst. Das Dunkle für nachher am Ende zum
Sattwerden.
Fairplay. Wenn ich schon "Helble" hieß.
Durch den Kakao, von dem her. Je höher der Kakaoteil, Kakao machte unheimlich satt.
Dass die sahen in der Library: ich war mir dessen bewusst, und ich war bereit, von mir aus
meinen Teil beizutragen.
Ein tadelloser Marmorkuchen. Um die Hälfte reduziert aus dem Wühlkorb, weil das
Haltbarkeitsdatum zwei Wochen zurücklag. Aber tadellos.
Man musste halt den Mut haben.

Weißer Benutzerschein, gelber Durchschlag, Perforationslinie. Name, Adresse, Bibliotheksstempel, Datum, eigenhändige Unterschrift. Ich wäre ohne die StaBI ausgekommen.

Darüber war ich mir ja im Klaren. Dass ich hier nicht mehr in London studierte. Aber es war einfach fairer gewesen, den Engländern gegenüber.

Deswegen machte Schokolade im Vergleich durchaus nicht so übermäßig dick, reiner Volksglaube. 100 Gramm Schokolade enthielten zwar vergleichsweise viel Kalorien, aber bei Schokolade erzielen Sie mit einer geringen Menge bereits einen Sättigungseffekt.

HEL- HEL- HEL- jedes einzelne Exemplar. Eigenhändig unterschrieben und mit Fettflecken verschweinigelt.

Man durfte sich nicht zu gut sein. Die waren sich ja zu gut, alle. MHD abgelaufen, da wurde das Zeug nicht mehr angerührt.

Ich hatte den Germanisten mehr zugetraut.

Die Leute waren sowas von strohdumm.

Ich hatte damit gerechnet, dass sie es bereits wussten.

Schokolade besaß einen hohen Sättigungskoeffizienten. Darüber dachte nie einer nach. Schaumzuckerkonfekt zum Beispiel. Geradzu klassisches Beispiel: Schaumzuckerkonfekt, viel weniger Kalorien als Schokolade, fiel jeder drauf rein. Schaumzuckerkonfekt 350 pro 100 Gramm, Schokolade 565. Fiel jeder drauf rein. Schaumzuckerkonfekt, leicht und luftig.

Ich hatte eine so hohe Meinung von der Germanistik gehabt. Die Werke der großen Dichter deuten.

Hieß ich schließlich nicht mit Fleiß.

Ich hatte erwartet, dass die Interpretationsleistungen auf der Hochschule viel besser sein würden als früher bei uns auf dem Gymnasium. Viel mehr. Viel schneller.

"Professor Harms selbst am Apparat?" Lächerlich, sowas vorher zu üben. Wie in der Schule. Zeigefinger in die Wählscheibe, langsam, ganz langsam drehen und währenddessen in Gedanken vorausüben, wie ich gleich den Vortrag über "Don Karlos" zusammenfassen werde, den ich im Rahmen des nächsten Studienstiflertreffens halten will. Hier vor mir lagen die Beweise.

Unter völliger Missachtung der viel höheren Verzehrsmenge. Schaumzuckerkonfekt machte nicht satt, dadurch kam man auf viel größere Mengen. Wenn man das mal untersucht hätte, die durchschnittliche Portionsgröße, zum Beispiel eben speziell im Vergleich Schaumzuckerkonfekt versus Schokolade: Schaumzuckerkonfekt, Fruchtgummi, Gummibären, diese Kategorie, verglichen mit Schokolade. Mit Massivschokolade, also nur solche ohne Füllung. Ermitteln, wie viel jeweils spontan von Versuchspersonen innerhalb eines festgelegten Zeitraums verbraucht wurde.

Wo nämlich zutage gekommen wäre, dass bei Schaumzuckerkonfekt durch die wesentlich höhere Verzehrsmenge, wenn man das grafisch dargestellt hätte, im zeitlichen Verlauf, dass der Anstieg der Kurve zwar flacher war, nämlich bezogen pro Gramm, also als Funktion der Verzehrsmenge, aber dass im Zeitverlauf, wenn man das gegeneinander abgetragen hätte, Schaumzuckerkonfekt versus Schokolade, aufgrund der Verzehrsmenge, weil nämlich die Verzehrsmenge im Zeitverlauf überproportional anstieg, konnte man sich ja vorstellen, bis zu einem Grenzwert, da hätte man den Grenzwert bestimmen können, wo die Kurve für die Verzehrsmenge bei Schaumzuckerkonfekt so weit über der Verzehrsmenge bei Schokolade drüber lag, dass die Menge mal dem Nährwert pro 100g insgesamt größer war. Nämlich beim Schaumzuckerkonfekt.

Ich hätte so gut wie den ganzen Karlos als Belegstelle abschreiben können.

Hell und dunkel an den Krümel genau trennen. Das Helle bis Unterkapitel 2.2. Den Kakaoteig erst anschneiden, wenn "2.2" über meiner nächsten Seite stand. Erst "2.2", bis dahin war das Dunkle für den Verzehr gesperrt.

Bei Mutschler in Deutsch hatten wir pro Gedicht vier oder fünf Belegstellen gefunden.

Rührteig. Porös. Winzige Höhlen, vom Backpulver. Kalkstein hatte solche Höhlen. Poröses Gestein. Die Schwäbische Alb war Kalkstein. Unsere Schwäbische Alb hier war Jurakalk.Wandern.

Vier oder fünf Belegstellen. Die ganze Klasse gemeinsam.

Die bisherige Forschung war ja eher propädeutisch aufzufassen gewesen. Historische Quellen, Entstehungsgeschichte – Materialsammlungen. Fleißarbeit. Unverzichtbar, zweifelsohne. Elfmal HELBLE in Groß. Werke, die in die Bayerische Staatsbibliothek gehörten.

Hundertfünfzig Jahre Schillerforschung, Müller-Seidel, Benno von Wiese, die ganz großen Namen, und dann kam ein Niemand, ein Melkmädchen, ein Hosenmatz, sah unbefangen hin und traf aus dem Stand ins Schwarze.

Beschämend. Wenn's nach denen gegangen wäre, wäre der ganze Marmor einfach verkommen.

Es nahm gar kein Ende. Wort für Wort, so gut wie.

Ab und zu lag eine abgelaufene frische Vollmilch dazwischen. 33 Pfennig der Liter. Aber da spielte ich nicht mehr mit. Frischmilch hatte einen anderen Geschmack, Frischmilch ersetzte nicht meine 1,5% h-Milch, ich hätte sie also zusätzlich einplanen müssen, ein Liter Vollmilch 660, wären an zwei aufeinanderfolgenden Tagen - für 240 eine halbe Stunde Fahrrad, also zweimal 240 gab 480 bis 660 fehlten 180 also Zweidrittel von 240 also zwei Zweidrittel mal eine halbe Stunde Fahrrad, eine Stunde zwanzig Minuten Fahrrad zusätzlich an zwei aufeinanderfolgenden Tagen wären das zusätzlich gewesen, das konnte keiner verlangen.

Eigentlich war es rein zufällig so gekommen, wissen Sie. Eigentlich hatte ich nur Schillers "Resignation" interpretieren sollen. Es war ein Hauptseminar, und in diesem Hauptseminar waren wir daran gegangen, ein neues Paradigma zu implementieren: *"Literatur um die Jahrhundertwende"*, nämlich für die deutsche Literatur um 1800.

Wahnwitz. Herzugehen und die deutsche Literaturgeschichtsschreibung über den Haufen zu werfen. "Klassik" und "Romantik" waren demnach ja völlig falsch. Jahrzehntelang, in sämtlichen Deutschbüchern, in sämtlichen Lexika hatte es so gestanden: "Klassik" und "Romantik". Was in Wirklichkeit alles Jarhundertwendeliteratur war. *"Wort und Sinn"*, Kindlers, Reclam - würde man alle neu drucken müssen.

Vielleicht war es doch nur h-Milch gewesen.

1800, das bevorstehende 1800. Der Wechsel, von 1799 nach 1800. Die Jahreszahl. Die bevorstehende Jahreszahl. Als neues Paradigma, wissen Sie, und in diesem Rahmen hatte ich mir zum Ziel gesetzt zu zeigen, dass Schillers "Resignation" ein Jahrhundertgedicht war. Dass es die Kriterien für ein Jahrhundertgedicht erfüllte. Dass sich auf die Jahrhundertwende bezog, wissen Sie.

Um sieben wenn wir anfingen. Neunzehn Uhr bis neunzehn fünfundvierzig Vortrag Don Karlos, zwanzig null Obermenzing ab, zwanzig elf Hauptbahnhof, zwanzig dreißig, kurz vorher, Body Up an, bis vierunddreißig umziehen, zwanzig fünfunddreißig wäre ich an der Beinpresse.

Vom Wortmaterial her. Vom Wortmaterial her nachzuweisen, dass "Resignation" die Jahrhundertwendeerfahrung artikulierte.

Konnte ich nicht mehr genau rekonstruieren aus der Erinnerung. Diesen satten, süßlichen Geschmack. Vielleicht doch h-Milch.Vielleicht einfach dieser typische h-Milch-Geschmack, dass es daher gekommen war. Von dem h-, also wegen hocherhitzt, dass es davon her gekommen war. Dieser Erhitzungseffekt, wo die Milch dann so süßlich wurde dadurch. Dass ich da nur zu sehr erschrocken war in diesem Moment, um den richtig interpretieren zu können.

Wobei ich in letzter Konsequenz noch über Feilchenfeldt hinausgegangen war. Nämlich "Jahrhundert" in sekundärem Verständnis.

Ich hätte fragen müssen. Einfach im Ruhetal anrufen und fragen, was für Milch sie bei der Ausrichtung einer Konfirmandenfreizeit zum Frühstück servierten. *"In diesen großen Kannen, kennen Sie ja. Die man sich dann selber übers Müsli gießt."* Wo der Tischnachbar sagte, es sei fettarme h-Milch, und man verließ sich darauf. *"Och, nur so, aus rein privatem Interesse."* Wo man dachte, das sei toll: Milch, ultrahocherhitzt, 1,5% Fett, 49 kcal/100 ml, h-Milch, die es zuhause nie gab, nur 49 statt 66, wie satt die machte. *"Also nur die in den großen blauen Kannen, nur für's Müsli die, gell. Nicht, dass wir da jetzt von etwas Verschiedenem sprechen."*

Auf einer erweiterten Begriffsebene. Also "Jahrhundert" in einem erweiterten Sinne aufgefasst, und ausgehend von diesem erweiterten, sozusagen sekundären Jahrhundertbegriff hatte ich *"Resignation"* auf entsprechende Belegstellen hin analysiert.

Man hörte sich reden.

Also nicht primär, nicht direkt "Jahrhundert" oder "Jahr", nicht unmittelbar, sondern indirekt, im weiteren Sinn. Sekundär in Bezug zu "Jahrhundert".

Man ging darin auf.

"Lenz", "Mai", "Ewigkeit" – das Wortfeld. Das Wortfeld "Zeit": Zeiteinheiten, zeitliche Ausdehnung, nachfolgend auch im Grenzbereich zur räumlichen Ausdehnung: "kurz", "endige", "jenseits der Gräber" –

Man lebte darin.

Sämtliche Indizien der Reihe nach, Stück für Stück vollständig herausgeschrieben.

Schillers Werk.

"Verjährung" weiter unten. "Die Mumie der Zeit". "Sechstausend Jahre" - hier zum Beispiel wieder besonders augenfällig: "sechstausend Jahre". "Jahre", explizit.

Wissenschaft.

Geradezu plakativ.

Für den Fall, dass es zwei verschiedene Sorten gewesen waren. Konnte ich nicht mehr genau rekonstruieren. Ob da vielleicht auch kleinere Milchkannen auf den Tischen gestanden hatten. Schwere Eichentische. Sechs, acht, ein Dutzend schwere Eichentische, zum Hufeisen zusammengerückt. Ein Hufeisen aus Eichentischen und auf dem Hufeisen die verdammten Milchkannen.

Man kam nicht los, das Thema war zu faszinierend.

"Jahre", explizit, dazu die Ausssage, dass diese Jahre gezählt wurden. Wie man Jahrhunderte zählt. Sechstausend Jahre, wie: "1800".

Die fähigsten Köpfe diskutierten abends weiter.

Zur Ankunft am Vortag Träubleskuchen und Kaba. Zimmerverteilung. Heimregeln.

Schnitzeljagd durch den schon dämmernden Wald. Hinterher am Lagerfeuer Disput über das zweite Hauptstück von Luthers Kleinem Katechismus. Würstchenstöcke, kohlend in den knisternden Flammen. Lied um Lied aus der *Mundorgel* und Pfarrer Mayer selber hatte die Klampfe gespielt.

"Sechstausend Jahre hat der Tod geschwiegen" - lehrbuchmäßig.

Täglich mit dem Zug von Ulm nach Stuttgart.

Kulminierend im Schlussvers: *"Was man von der Minute ausgeschlagen, / Gibt keine Ewigkeit zurück"* - typisch für Schiller übrigens, die Kontrastierung von Gegensatzpaaren: "Minute" versus "Ewigkeit", finden Sie laufend bei Schiller, dieses Gegensatzdenken, dieses Denken in Extremen, hier kombiniert mit dem Zeit-Motiv, also man sah eindeutig, wie versucht worden war, die Problematik gewissermaßen in geballter Form umzusetzen.

Der Waldhang war ein gesichtsloser schwarzer Riese gewesen.

> Ich glaube, daß mich Gott geschaffen hat samt allen Kreaturen, mir Leib und Seele, Augen, Ohren und alle Glieder, Vernunft und alle Sinne gegeben hat und noch erhält; dazu Kleider und Schuh, Essen und Trinken, Haus und Hof, Weib und Kind, Acker, Vieh und alle Güter; mit allem, was not tut für Leib und Leben, mich reichlich und täglich versorgt, in allen Gefahren beschirmt und vor

allem Übel behütet und bewahrt; und das alles aus lauter väterlicher, göttlicher Güte und Barmherzigkeit, ohn all mein Verdienst und Würdigkeit: für all das ich ihm zu danken und zu loben und dafür zu dienen und gehorsam zu sein schuldig bin.

Überall bei Schiller zu belegen, in der Lyrik, in den philosophischen Schriften - eine unglaubliche Primitivität im Grunde genommen, gedanklich: schwarz-weiß, gut-böse. Hätte Goethe nie gemacht.

Rot und weiß karierte Deckchen. Tee, Kakao, Müsli, Brotkörbe, Butterschalen, Marmeladegläser, Honiggläser, Milchkannen. Konnte ich nicht mehr rekonstruieren, vielleicht, dass es zwei Arten von Milchkannen gewesen waren.

Man musste gewissenhaft sein. Nicht voreilig von "erwiesen" sprechen. Die Gegenprobe machen.

Keine Kritik an Ihnen, die war auch völlig in Ordnung, ich müsste nur für mich die Sorte wissen, also wirklich rein privat, ich meine, es gibt ja im Grunde nur zwei Möglichkeiten: entweder h-Milch oder Kondensmilch, und da bräuchten Sie mir nur zu sagen, welche von beiden, ich meine, man kann ja zum Beispiel Kondensmilch für seinen Tee verwenden, wird ja viel gemacht, Kondensmilch statt Sahne, aber man konnte auch Milch verwenden. Einach h-Milch. 1,5%. *Und Sie bräuchten jetzt nur zu sagen, speziell für die Konfirmandenfreizeiten* - dass es vielleicht doch nur h-Milch gewesen war.

Ich glaube, daß ich nicht aus eigener Vernunft noch Kraft an Jesus Christus, meinen Herrn, glauben oder zu ihm kommen kann; sondern der Heilige Geist hat mich durch das Evangelium berufen, mit seinen Gaben erleuchtet, im rechten Glauben geheiligt und erhalten; gleichwie er die ganze Christenheit auf Erden beruft, sammelt, erleuchtet, heiligt und bei Jesus Christus erhält im rechten, einigen Glauben; in welcher Christenheit er mir und allen Gläubigen täglich alle Sünden reichlich vergibt und am Jüngsten Tage mich und alle Toten auferwecken wird und mir samt allen Gläubigen in Christus ein ewiges Leben geben wird. Das ist gewißlich wahr.

Stichprobenartig erheben, ein wie hoher prozentualer Anteil der Gesamtwortmenge in anderen Werken Schillers auf zeitassoziierte Begriffe entfiel. In seinen dramatischen Werken beispielsweise. Voilà.

Punkt sieben wenn wir anfingen. Uns vorher dahingehend verständigen, dass ich mich vor der anschließenden Diskussion verabschiedete. Um die Meinung der Teilnehmer nicht zu beeinflussen. Die wären natürlich gehemmt, sich kritisch zu äußern, wenn der Autor der Studie ihnen direkt gegenübersaß.

Auf dem Gymnasium waren wir effektiver gewesen. Wir hatten bei jedem Werk die korrekte Deutung gefunden.

Ich hätte fragen sollen. Einfach im Ruhetal anrufen und fragen: "Was war das für eine Sorte Milch?", statt beim Horten mitten im Supermarkt loszuheulen, das Regal mit der Kondensmilch anzustarren und Rotz und Wasser zu heulen, weil in diesem Moment der grauenvolle Verdacht in mir hochkriecht, diese hier, die könnte die Milch von neulich vom Ruhetal gewesen sein. Kondensmilch, 10% F.i.Tr., 175/100 ml. Wo ich eine ganze Schale voll davon über mein Müsli gekippt hatte.

Dass die Diskussion ausdrücklich den anderen Mitgliedern der Studienstiftlergruppe vorbehalten bliebe. Was ja dem Regelfall entsprach. Über Literatur diskutierte man ja im Regelfall auch in Abwesenheit des Dichters. Und in einem dritten Schritt könnte ich mich wiederum mit den schriftlich dokumentierten Ergebnissen der Diskussion auseinandersetzen, im Sinne eines vertiefenden Folgeprojekts. Eine Art Rezeptionsgeschichte meiner Magisterarbeit.

Die im Ruhetal hätten bloß an ihren Kühlschrank zu gehen brauchen. *"Do hend mr nix wia h-Milch drenna"*, und ich hätte mich konfirmieren lassen können. Mit ganzem Herzen. Ich war nicht konfirmiert worden. Ich war nicht bereit gewesen. Ich hatte die Seele noch voll Kondensmilch.

12
Verfolgungsjagd

Bezüglich der Personencharakterisierung war der Don Karlos ein Meisterwerk. Die Gestik, die Wortwahl, die Grammatik – da stimmte aber auch alles. Wie Karlos dem Marquis im Kerker die Hand drückte - fünfter Akt, erster Auftritt, Karlos im Kerker, fest überzeugt, der Marquis von Posa, der einzige Mensch, dem er vertraut, dem er restlos vertraut, habe ihn verraten, ihn fallen lassen - Auftritt Posa, Karlos gewahrt ihn, erschrickt, besinnt sich, drückt ihm die Hand, Ende Zeile 1, Anfang Zeile 2:

> Du kommst sogar noch zu mir?
> Das ist doch schön von dir.

- völlig verständlich in dieser Situation. Die Hilflosigkeit, wissen Sie, die Hilflosigkeit, die in diesem Sarkasmus zum Ausdruck kommt. Die ohnmächtige Wut. Da versuchte er, in seine Worte alle Niedertracht hineinzulegen, derer er fähig war. Aber das brachte ja nichts. Das machte alles nur noch schlimmer.

Vor dem Mündlichen ansagen: *"Ich möchte auf Eins geprüft werden."* Eine 1 für den Don Karlos und eine 1 in der Klausur, dann stand ich auf 1,0. *"Ich möchte auf Eins geprüft werden."* Sodass die externen Gutachter Bescheid wussten: Ich stehe auf einer glatten Eins. Versauen Sie mir bitte nicht meine glatte Eins.

Dann drehten sie's irgendwie hin, dass ich im Mündlichen auch eine 1 bekam. So lief das bei Magisterprüfungen.

Beispiel Domingo: Dem königlichen Beichtvater Domingo waren akustische und visuelle Kommunikation zugeordnet. Gleich in I,1: "Brechen Sie dies räthselhafte Schweigen", "Ich stand und sah das junge stolze Blut", "Sein trunknes Aug", "Auf einmal rief's", "Ein dumpfes Murmeln dringt bis zu dem Ohr" - Sie sehen auch wieder die Dichte von Belegstellen -, wobei sozusagen in der waagenrechten Spalte, also wenn man die grafisch dargestellt hätte, diese Zuordnungen, eine senkrechte und eine waagerechte Spalte, dann war in der waagerechten Spalte das, was gesehen wurde, grundsätzlich mehrdeutig, zweifelhaft, kann ich Ihnen zeigen, ich habe die Stellen herausgeschrieben, und "Ohr", "hören" et cetera hatte grundsätzlich einen Beiklang von Erregung, Unbeherrschtheit, auch, in diesem Kontext natürlich hoch brisant, von Verführung. Und Domingo changierte da. Er passte sich seinem jeweiligen Gesprächspartner an. Also da haben Sie dieses Intrigante, dieses Fähnchen-nach-dem-Wind-hängen, das wurde, sozusagen, fassbar in der Zuordnung der Kommunikationskanäle.

Oder, anderes Beispiel: die Prinzessin Eboli, zweiter Akt, achter Auftritt

> KARLOS
> <u>Ich höre</u> - **VORSICHT! - akustisch, ist nicht sein Erfahrungsfeld! ...**
> Auf einer - Laute jemand spielen - <u>wars</u>
> <u>Nicht eine Laute?</u> ... **daher Unsicherheite**
> (Indem er sich zweifelhaft umsieht.)
> Recht! dort liegt sie noch -
> Und Laute - das weiß Gott im Himmel! - <u>Laute,</u>
> <u>Die lieb ich bis zur Raserei. Ich bin</u>   **Hören, Akustik = Versuchung,**
> **Verführung**
> <u>Ganz Ohr, ich weiß nichts von mir selber,</u> stürze **Hören = auch**

Identitätsverlust??
Ins Kabinett, der süßen Künstlerin,
Die mich so himmlisch rührte, mich so mächtig
Bezauberte, ins schöne Aug zu sehen **wieso sehen? passt nicht zu Karlos --
später klären** !

Der Hintergrund, ich weiß jetzt nicht, inwieweit Sie das im Kopf haben, der Hintergrund ist,
dass die Prinzessin Eboli den Prinzen zum Rendezvous in ein Kabinett bestellt hat, wobei
Karlos denkt, diese Einladung sei von Königin Elisabeth gekommen, und nun erwartet die
Eboli ihn in diesem Kabinett und singt und begleitet sich auf der Laute, um ihm ihre
Anwesenheit zu signalisieren. Hier besonders markant die erotische Komponente:
"Raserei", eine unbeherrschbare Emotion, und die wird in Karlos ausgelöst durch eine
akustische Wahrnehmung. Wobei die Prinzessin sich permanent in diesem
Wahrnehmungsbereich bewegt. Wenn Sie da genauer hinsehen, finden Sie unentwegt Bilder,
Metaphern aus dem Umfeld "Hören", das heißt, dieser Wahrnemungsbereich, und damit eben
auch die erotischen Konnotationen, der korrespontiert mit ihrer Persönlichkeit.
Eine Art Matrix, wenn man das grafisch dargestellt hätte: Vertikal die Zuordnung einer Figur
zu einem oder mehreren Kommunikationskanälen, horizontal die Zuordnung dieser Kanäle zu
bestimmten Gefühlen oder Verhaltensmustern.
Ich würde meine Schiller-Ausgabe mit zur Vorbesprechung nehmen. Mit den unterstrichenen
Belegstellen; fast den ganzen Text hatte ich unterstrichen.
> Dein todtenblasser Blick hat mich verstanden ... Die muntern Augen der
> Prinzessin quälen/ Mich schon den ganzen Morgen ... *(vor der Königin
> niedergeworfen)* ... Und Carl darf diese theure Hand berühren! ... Was für ein
> Schritt – welch eine strafbare,/ Tollkühne Ueberraschung! Stehn Sie auf! ...
> hier will ich ewig knien ... Hört Ihr? ... Ihr prüft mich mit den Augen? ... Ich
> entdecke/Ein brennend Auge, das um Schlummer bittet
"Inwieweit haben Sie sich bisher mit der Sekundärliteratur..." - hatte ich, mich damit
auseinandergesetzt. Mit der Sekundärliteratur, die es nicht gab. Entstehungsgeschichte.
Historische Quellen. Materialsammlungen.
Ulm-Böfingen waren lauter DDR-Länder.
Das Meiste würde ich in der Vorbesprechung nur antippen können. Die Komik zum Beispiel
auch. Wenn man genauer las, stieß man im Don Karlos auf hinreißend komische Elemente.
Herzog Alba namentlich, Herzog Alba war der Witz. Herzog Alba begriff nichts. Herzog
Alba war, in eigenen Worten, notabene, erster Akt, achter Auftritt: "Gottes Cherub vor dem
Paradies". Halbtier, sozusagen, von animalischer Stärke als Soldat, aber unfähig zu
kommunizieren. Nonverbale Signale vermochte er nicht zu deuten, beispielsweise in II,3:
> **Alba.** Mit den Geberden eines Wüthenden
> Sah ich ihn eben diesen Saal verlassen.
> Auch Eure königliche Majestät
> Sind außer sich und scheinen tief bewegt –
> Vielleicht der Inhalt des Gesprächs? **Gedankenstrich, Fragezeichen** !
Auf die folgende Entgegnung Philipps "Der Inhalt / war Herzog Alba" fiel ihm keine
Antwort ein. Fragezeichen häuften sich in seinen Reden, an einer Stelle im Stück - konnte ich
nachschlagen, hatte ich extra markiert - lautete sein Text schlicht: "Wie?". König Philips
Gründe, ihn unverzüglich nach Flandern zu beordern, schätzte er wenig später ebenfalls
verkehrt ein, wenn er nämlich Karlos dafür dankte ("Wem sonst, mein Prinz, als Ihrer
gnädigen/Verwendung bei des Königs Majestät/Kann ich es zuzuschreiben
haben?") - ziemlich genau das Gegenteil dessen, was dem tatsächlichen Verlauf des
Gesprächs zwischen Karlos und Philip entsprochen hätte. Oder wenn Sie den zweiten Akt
aufschlagen, II,10, Alba/Domingo:
> Hören Sie weiter – Carlos hatte heut'
> Gehör beim König. Eine Stunde währte

Die Audienz. Er bat um die Verwaltung
Der Niederlande. Laut und heftig bat er;
Ich hört' es in dem Kabinet
An dieser Stelle nicht wegen des Hörens, da finden Sie für Alba übrigens keine ganz
eindeutige Zuordnung zu einem Kommunkationskanal, Alba "steht" grundsätzlich, sagt er
selbst, auch wiederum ganz auffallend: "ich stehe", "alles steht bereit" und so weiter, kann ich
Ihnen auch noch zeigen, sondern an dieser Stelle wegen seiner ungeschickten Art sich
auszudrücken: "Hören Sie", nächste Zeile "Gehör", eine Zeile tiefer "Audienz", übersetzt also
nochmals "hören, hörend", und zwei Zeilen weiter "ich hört' es". Wie Schiller da in
klassischen Versen dermaßen viel sprachliche Unbeholfenheit unterbrachte - sagenhaft.
II, 1 war der Abschuss. II,1, wenn man das vor diesem Hintergrund las -
    "Dieser geht nach der Haupttüre, durch welche Karlos gekommen war. Dr
    König winkt ihm nach einer andern"
- also, der brachte es sogar fertig, falsch von der Bühne abzugehen.
Die Gegend am Eselsberg, Amselweg, Drosselweg. Vögel.
Ein Meisterwerk. Oder natürlich auch insbesondere die Bedeutung des Körperkontakts für
Karlos. Ich kannte das ja, ich konnte das beurteilen. Ich hatte das auch, diese Angewohnheit,
anfassen zu wollen, die Hand des Anderen zu fassen, wenn man besonders dringend
miteinander sprach, Halt zu suchen an dieser Hand. Der Griff nach der rettenden Hand, wenn
Sie so wollen.
Kanzog war der Einzige, der als Betreuer in Frage kam. Der Rest waren alles Privatdozenten.
Wo ich meine Seminarscheine gemacht hatte, die waren alles PDs.
    Was seh' ich? Sie hier? So allein, Madame?
    = PHILIPS ERSTE WORTE IM STÜCK! (I,6)
    Von diesem unverzeihlichen Versehn
    Soll man die strengste Rechenschaft mir geben.
    (I,6)
    Sein Blut ist heiß, warum sein Blick so kalt? (I,6)
    Das Siegel meiner königlichen Gunst
    Soll hell und weit auf Eurer Stirne leuchten.
    Ich will den Mann, den ich zum Freund gewählt,
    Beneidet sehn. (III, 12)
An König Philip ließ sich das System wunderschön zeigen. Philip und das Optische, sein
Element. Nicht nur von der Zahl der Belegstellen her, sondern vor allem auch wegen der
Bedeutung, die Philip selbst dem Sehen und dem Auge beimaß. Er ging sogar so weit, in IV,7
die eigene Identität über seine Augen zu definieren.
    KÖNIG (nach einem tiefen Stillschweigen)
    Nein! Es ist dennoch meine Tochter - Wie
    Kann die Natur mit solcher Wahrheit lügen? (!)
    Dies blaue Auge ist ja mein! Find ich
    In jedem dieser Züge mich nicht wieder?
    Kind meiner Liebe, ja, du bists.
Lauter PDs. Bis auf den mit den Metaphern.
Philip Optik, die Prinzessin Eboli das Ohr, Karlos die körperliche Berührung, Königin
Elisabeth hatte primär mit Briefen zu tun. Und wer sich auf einen ihm wesensmäßig fremden
Kanal begab, verlor seinen Horizont.
    Karlos:
    Wer kommt? - Was seh' ich? - O ihr guten Geister!
    Mein Roderich!
Frappiert, nicht, Herr Kanzog? Zeile 1: *"Was seh ich?"*. Karlos, dem generell der Tastsinn
zugeordnet ist, hier rekurriert er ausnahmsweise aufs Optische, und prompt liegt er daneben.
Da schätzt er den Marquis völlig falsch ein, an dieser Stelle. Werden wir sofort sehen im
weiteren Verlauf des Dialogs:

Karlos.
Ist es möglich?
Ist's wahr? Ist's wirklich? Bist du's? O, du bist's!
Ich drück' an meine Seele dich, ich fühle
Die deinige allmächtig an mir schlagen.
O, jetzt ist alles wieder gut! In dieser   [schönster Satz der Weltliteratur!!]
Umarmung heilt mein krankes Herz. Ich liege
Am Halse meines Roderich.
Marquis.   Ihr krankes,
Ihr krankes Herz? Und was ist wieder gut?
Was ist's, das wieder gut zu werden brauchte?
Sie hören, was mich stutzen macht.
Dass er seinen Freund nach der langen Trennung in die Arme schließen und am liebsten nie
mehr loslassen möchte - völlig verständlich. Darauf so kalt zu reagieren - "stutzen", "mit
Bestürzung" weiter unten noch -, dazu hatte Posa kein Recht. Zumindest hätte er ihn – ja was,
einfach noch ein wenig im Arm halten müssen, trösten müssen. Diese, sozusagen,
Elternfunktion einfach wahrnehmen müssen.
Karlos.
Warum von Ihrem Herzen mich so lange
Verstoßen, Vater? Was hab' ich getan? - [EBEN!]
Zweiter Akt, zweite Szene. Eine unglaublich intensive Passage im Folgenden. Und auch hier
wieder: absolut nachvollziehbar. Da versucht Karlos, ich weiß jetzt nicht, inwieweit Sie das
so, sich mit dem König zu versöhnen, eine Versöhnung zu erzwingen, musste man eigentlich
sagen, werden wir im Verlauf der Szene noch sehen, ein Kampf um Liebe mit allen Mitteln,
sowohl verbal als auch durch Körperkontakt, unglaublich intensiv, das konnte ein
Außenstehender kaum nachvollziehen, wie realistisch Schiller diesen Dialog gestaltet hatte.
Schlimm bin ich nicht, schlimm wahrlich nicht – wenn auch
Oft wilde Wallungen mein Herz verklagen,
Mein Herz ist gut –   GENAU !!
Und wenn Sie nun lesen, wie der König reagiert: *"Dein Herz weiß nichts von diesen Künsten.
Erspare sie, ich mag sie nicht.", "Laß mich und steh auf!", "Unwürd'ger Anblick! – Geh aus
meinen Augen.", "Weg aus meinen Augen!"* – ich kannte das ja, das war fast wörtlich
wiedergegeben. Da war es unvermeidlich, dass Karlos die Beherrschung verlor.
Wer ist das?
Durch welchen Missverstand hat dieser Fremdling
Zu Menschen sich verirrt? – **DAS frage ich mich auch manchmal !**
Fachwissenschaftlicher Austausch gehörte dazu. Austausch mit Schiller-Fachleuten in der
ganzen Welt. Archive in Weimar und Marbach.
Mit Falz oder ohne Falz. Offsetdruck, Walzendruck, Wasserzeichen.
Früher, als ich klein war, hattest du oft geweint. Wenn es wieder Ärger gab mit meinem
Vater. *Wir ziehen das gemeinsam durch.* Irgendwie war es dann doch jedesmal weiter
gegangen.
Hatte ich mich damit auseinandergesetzt. Brauchte ich nicht, was die in Stockholm und
Chicago über Don Karlos sagten. Wollte ich nicht, was die über Don Karlos sagten.
Eine Art Filmphilologie. Nonverbale Signale, damit war meine Arbeit im Umfeld der
Filmphilologie anzusiedeln. Nonverbale Signale, und nun konnte man diese nonverbalen
Signale genau wie Wörter, genau wie eine Sprache – von links unten nach rechts oben. So
gegenwärtig, als sei es keine zwei Wochen her gewesen: der abgedunkelte Hörsaal, vor die
Wandtafel eine Leinwand aufgespannt. Landstraße in der Totalen, auf der rechten
Straßenseite ein Automobil, das in Links-Rechts-Richtung das Bild durchquert. Kanzogs
"Filmphilologie", die erste Universitätsvorlesung meines Lebens. Die Stunde der
Weichenstellung. Das Vorführgerät surrte. PKW verschwindet im Off.

Der mit den Metaphern war aber Mediävist gewesen.

Mehrere Sekunden leere Landstraße, dann von links ein zweites Automobil.

Der Knufflige neben dem Projektor, eisgraues Haar, knitzes Augenzwinkern hinter schattigen Brillengläsern, der da mit einem Lichtzeiger im Bild herumschwirrte - so also sah ein Professor aus.

Dass man nachfolgend auch die Abweichungen geklärt hätte. In meiner Dissertation würde ich noch gesondert darauf zu sprechen kommen. Überschneidungen zum Beispiel. Solche Phänomene. Dass man die aufarbeitete. Wo Schiller unterschiedliche Kommunikationskanäle sich überschneiden ließ.

> Sechs Jahre
> Hatt' ich gelebt, als mir zum ersten Mal
> Der Fürchterliche, der <u>wie sie mir sagten</u>, mündlich, **verbal**
> Mein Vater war, <u>vor Augen kam</u>. Es war **Optik**
> An einem Morgen, wo er stehnden Fußes
> Vier Bluturtheile <u>unterschrieb</u>. Nach diesem **Schrift**
> <u>Sah</u> ich ihn nur, wenn mir für ein Vergehn **Optik**
> Bestrafung <u>angekündigt ward</u>. **wahrsch. mündlich, verbal**

Oder hier:

> Die Königin auf das <u>Getöse</u> öffnet **akustisch**
> Das Zimmer, wirft sich zwischen uns und <u>sieht</u> **Optik**
> <u>Mit einem Blick despotischer Vertrautheit</u> **Optik**
> Den Prinzen an. – Es war ein einz'ger <u>Blick</u>. – **Optik**
> Sein Arm <u>erstarrt – er fliegt an meinen Hals</u> – **Geste/Körperkontakt**
> Ich fühle einen heißen <u>Kuß</u> – er ist **Körperkontakt**
> Verschwunden.

Oder hier, nach der Ermordung des Marquis:

> **Carlos** *(empfängt ohne Bewußtsein die Arme des Königs – besinnt sich aber plötzlich, hält inne und <u>sieht ihn genauer an</u>).*
>   <u>Dein</u>
> <u>Geruch ist Mord</u>. **Extremsituation: Körperkontakt + sehen + Einbeziehung des Geruchssinns !**
> <u>Ich kann dich nicht umarmen.</u> **äußerstes Extrem: Carlos kann NICHT MEHR UMARMEN !!!**
>   *(Er stößt ihn zurück, alle Granden kommen in Bewegung.)*
> Nein! Steht nicht so betroffen da! Was hab'
> Ich Ungeheures denn gethan? Des Himmels
> Gesalbten <u>angetastet</u>? Fürchtet nichts.
> Ich <u>lege keine Hand an ihn</u>. Seht ihr
> <u>Das Brandmal nicht an seiner Stirne? Gott</u>
> <u>Hat ihn gezeichnet</u>. **Umschlag Carlos' vom Berühren ins Optische -> Nähe zum Wahnsinn**

"Bei der Pilzbuche". Böfingen, mitten unter den DDR-Ländern: "Bei der Pilzbuche". Mitschreiben. So gut ich im halbdunklen Hörsaal eben hinterherkam.

Übrigens, wenn Sie für einen Moment zurückblättern - nur um zu zeigen, dass nicht nur ich das behaupte, dass vielmehr die Figuren selbst im Drama das so sehen, dritter Akt, zweite Szene, da wird die Deutung nonverbalen Ausdrucks vom Grafen Lerma geradezu als "Standardverfahren" der Kommunikation definiert:

> Darf ich es wagen, Ihre Majestät,
> An ein kostbares Leben zu erinnern,
> <u>An Völker zu erinnern, die Spur</u>
> <u>Durchwachter Nacht</u> mit fürchtender Befremdung
> <u>In solchen Mienen lesen würden</u> -

Ganze Völker gingen sozusagen nach dieser Methode vor. Die verbale Sprache hingegen kam schlecht weg. Das von Dritten gehörte Wort war "Gerücht", "Verleumdung", "unglaublich" -

kann ich Ihnen zeigen -, Elisabeth schalt den Prinzen für seine "verweg'ne Sprache", und dieser selbst und dieser selbst beschwor in III,15 die Prinzessin Eboli, "etwas Unerhörtes" zu tun, "was vor dir kein Weib gethan - nach dir kein Weib mehr thun wird" - im Klartext nichts Anderes, als ihn "zwei Worte" mit der Königin sprechen zu lassen.

Peil. Dietmar Peil. Für den ich "Wir Kinder vom Bahnhof Zoo" von Christiane F. untersucht hatte. *"Die Metaphern vom Bahnhof Zoo"* - so einen Titel bekam der als Mediävist selten zu sehen. Wo sich gezeigt hatte, dass die Metaphern der drogenabhängigen Jugendlichen gerade nicht der bildhafte Ausdruck des Gemeinten waren. Dass im Gegenteil als Metaphern Abstrakta verwendet wurden. Oder in den einschlägigen Sätzen hatte dem Adverb das Bezugswort gefehlt oder was ich damals konstatiert hatte.

Kanzog war etwas bei der Studienstiftung. Vertrauensdozent. Kanzog war Vertrauensdozent der Studienstiftung. Ich in meiner Situation. Dazu war er da als Vertrauensdozent. Ich war ein Härtefall. Dazu war er da als Vertrauensdozent, dass ein Stipendiat im Härtefall – zur Geigenstunde, ohne zu wissen, ob ich überhaupt welche nehmen konnte. In Söflingen draußen. Endhaltestelle. Geigenkasten, Häkelmütze, über den vereisten Klosterhof, dann schnurgerade den Blaukanal entlang. Beim Wechsel aus der I. in die II. Lage durfte kein Bruch zu hören sein. Mit dem Daumen gleiten. Gefühlvoll.

Wie am Ufer die Krähen aufflogen.

Vertrauensdozent und berechtigt, Magisterarbeiten zu betreuen. Dazu war er da.

Das ziehen wir gemeinsam durch.

So würde es laufen.

Wir waren immer Härtefall gewesen. Oxford gegen Cambridge. *Das ziehen wir gemeinsam durch.*

Wie unter Verbindungsstudenten. Ihn daran erinnern, dass ich in seiner Vorlesung gewesen war. Er konnte zum Beispiel sagen, ich solle ihm übernächsten Montag meinen Entwurf über König Philipp ins Fach legen.

Er meinte es ja gut, der Marquis. Es ging ja nur darum, Karlos vor dem Scheitern zu bewahren. An seinem Idealismus, seiner Naivität. *"Warum dem Schlafenden die Wetterwolke zeigen, die über seinem Haupte hängt?"* IV,6. Völlig verständlich. Aber das hätte er ihm doch wenigstens andeutungsweise erklären können. Seine Hoffnungen, seine Pläne für Flandern, die hätte er ihm erklären können, und welche Rolle er, Karlos, darin spielte. Würde ich mich ja damit auseinandersetzen. Ich würde ein gesondertes Unterkapitel einfügen. Genau: ein gesondertes Unterkapitel, im Anhang vielleicht. Oder einen Exkurs. *"Anhang I - Exkurs: Zur Frage der Sekundärliteratur".* Mit Klammern dahinter. Dass man zeigte, man verstand etwas vom Thema, man brachte das erforderliche Hintergrundwissen mit.

Versiegelte Bücher. Hundertjährige Schildkröten. Archive in Weimar und Marbach. Sachlich. Dass es sachlich aussah.

Der Marquis von Posa hätte offen sein müssen, Karlos gegenüber. War er gegenüber König Philipp ja auch. Im Lauf des Stücks erfuhr der König wahrscheinlich mehr über Posas Gedanken und Gefühle als der Prinz.

    O, könnte die Beredsamkeit von allen
    Den Tausenden, die dieser großen Stunde
    Theilhaftig sind, auf meinen Lippen schweben ...

Völlig verständlich, der Versuch, die Kluft zwischen ihnen durch Rhetorik überbrücken zu wollen.

    Geben Sie
    Die unnatürliche Vergöttrung auf,
    Die uns vernichtet!

Genau: Diese mit allen Mitteln aufrecht erhaltene angeblich gottgewollte innere Stabilität, diese - wie nannte Posa es später? - "Ruhe eines Kirchhofs".

    Ein Federzug von dieser Hand, und neu

Erschaffen wird die Erde. Geben Sie
Gedankenfreiheit. – *(Sich ihm zu Füßen werfend.)*
"Gedankenfreiheit" war mehrdeutig. Auf die Szene im Drama bezogen, hieß Gedankenfreiheit
lediglich "Glaubensfreiheit". Respektive "Konfessionsfreiheit". Ob den Protestanten in
Flandern die Verfolgung erspart bliebe. Aber natürlich war "Gedankenfreiheit" von Schiller
aus im übertragenen, im allgemeinen Sinne zu verstehen. *Was kann ich mir erlauben?*, hast du
immer gesagt. *Zuallererst denke ich nach: Was kann ich mir in meiner Position erlauben?*
Gedankenfreiheit setzte Unabhängigkeit voraus.Unabhängigkeit setzte voraus, dass man
taktierte, dass man sich anpasste, zumindest solange, bis man eben auf der passenden Position
angelangt war.
Kannte ich. Durchaus nachvollziehbar. Und dass der Marquis glaubte, das Beste für Karlos zu
tun, wenn er vorübergehend über dessen Kopf hinweg entschied. Vorübergehend.
Vorübergehend, bis Karlos diese problematische Entwicklungsphase überwunden hätte, die
Liebe zur Königin, die durch Philipps Heirat zu seiner Mutter geworden war, diesen
irrationalen, ketzerischen Verstoß gegen die Konventionen.
Der Marquis hatte das Beste gewollt, sicher. Warum dem Schlafenden die Wetterwolke,
sicher. Aber: Warum eigentlich nicht? Weil Karlos sich vielleicht geweigert hätte. Weil dem
zum aktuellen Zeitpunkt seine ganz privaten Sehnsüchte vielleicht wichtiger gewesen wären.
Und da wurde der Marquis untreu. Vorübergehend. Da missbrauchte er Karlos als Werkzeug,
um seine eigenen Träume zu verwirklichen.
Dienstags, 10 -12 s.t. Mit dem Schnauzbart. "Metaphorik. Proseminar II (in Zusammenarbeit
mit dem Fachbereich Mittelhochdeutsche Literatur)".
Hätte man direkt einmal zusammenstellen müssen: eine Studie, wie viele Zeilen der Marquis
von Posa im Verlauf des Dramas wem gegenüber von seinen Empfindungen sprach.
Wo er wusste, dass meine Zukunft davon abhing. Den Entwuf über König Philipp und meine
Literaturliste zum Beispiel, bis übernächsten Montag.
Stille. Dunkel. Der Knufflige hatte den Projektor angehalten. Alles höhee Semester, sah man
denen an. Sich als Erstsemester gleich auf Film zu spezialisieren, das wagte sonst keiner.
Ohne Schablone erzielte man nie ein vollkommen regelmäßiges Schriftbild.
Deshalb war ich ja zuletzt zu Feilchenfeldt gegangen. Feilchenfeldt war Lehrstuhlinhaber.
Deshalb war ich ja extra letztes Semester bei Feilchenfeldt ins Seminar gegangen. Weil ich
mich nicht hatte protegieren lassen wollen. Hauptseminar bei Feilchenfeldt, Hausarbeit über
Schiller, Thema der Magisterprüfung: Schillers "Resignation" unter dem Aspekt der
Jahrhundertwendeliteratur. Bingo. Nicht wegen Stipendiatin der Studienstiftung. Ein völlig
neutraler Magistervater. Soweit hatte ich ja schon alles zusammen: Lehrstuhlinhaber,
Nachweis der wissenschaftlichen Befähigung, Abschlussprojekt. Auf Leistungsbasis.
Hörsaalbeleuchtung ein. *"Was haben Sie eben gesehen?"*
Schillers "Resignation" als Jahrhundertgedicht, sämtliche Indizien der Reihe nach:
"Verjährung", "Die Mumie der Zeit", Stück für Stück, "sechstausend Jahre" wie "1800", und
es war noch immer so unvorstellbar, geradezu absurd, dass ich jetzt nicht in seine
Sprechstunde gehen und mich bei ihm anmelden konnte. Dass das ausgeschlossen war.
Meiner Note wegen. Dass ich aufgrund meiner Note für die Seminararbeit ausgeschlossen
war.
Ich hatte eine Skizze angefertigt. 1. Automobil, 2. Automobil, Pfeil für die Fahrtrichtung.
Dass es anders nämlich nicht funktionieren würde.
Semiotik des Films. Von einer "Semiotik des Films" hatte er gesprochen. Das war, was ich
meinte: Im Don Karlos realisierte Schiller eine Art Semiotik des Sehens, des Hörens,
bestimmter Gesten – ich würde meinen Schiller mitnehmen, dann würde es ihm sofort
einleuchten.

Schillers "Resignation" als Jahrhundertgedicht, die beste Seminararbeit, die ich je verfasst hatte. Weil ich jetzt die Schlüsselfrage kannte.

"Semiotik des Films", "Was haben Sie eben gesehen?" - wörtlich mitgeschrieben.

Mindestens mit "gut". In der allerersten Sitzung: Er betreue nur Studenten, deren Seminararbeiten er mindestens mit "gut" bewertet hätte. Um gleich in der allerersten Sitzung rauszukehren, wie groß der Andrang sei, wie gottweißwieviel Studenten sich sämtliche zehn Finger danach leckten, gerade bei ihm, Feilchenfeldt, ihren Magister zu bauen.

Der Trugschluss, dem auch ich anheimgefallen war: dass ich an eine Verfolgungsjagd gedacht hatte. Unwillkürlich: der Zweite hinter dem Ersten her.

Betraf mich ja nicht mehr, mindestens mit "gut". Vom Wortmaterial her. Vom Wortmaterial her hatte ich's eindeutig zeigen können. Dass *"Resignation"* vom Wortmaterial her eindeutig ein Jahrhundertgedicht war. Das war das Ziel gewesen, das hatte ich erreicht, sogar noch darüber hinaus, sekundär, auf erweiterter Begriffsebene, kulminierend im Schlussvers. Dann bekam ich meine Arbeit zurück, und darunter stand *"rite"*.

"Das heißt", musste man fragen. "Das heißt" war der Schlüssel. Immer nochmal und nochmal. Hatte ich im Jahrhundertwendeseminar gelernt. Wo andere nämlich auf halber Strecke stehen blieben. Daher mindestens mit gut, gleich in der allerersten Sitzung, nicht rausgekehrt, rausgekehrt sicher auch, aber eben nicht nur rausgekehrt, sondern vom Niveau her, eine Frage des Niveaus, wo andere Dozenten längst gut sein ließen, da noch einen Schritt weiter zu gehen.

Unwillkürlich: Der Zweite versucht den Ersten einzuholen. Jagd. Wettkampf. Räuber und Gendarm, Jäger und Gejagter, Anführer und Rudel, Lemming und Lemming. Dass wir darauf programmiert waren, narrative Bezüge herzustellen.

Dass wir eine Verfolgungsjagd sahen, wo nichts war als zwei beziehungslose Objekte auf einer Landstraße.

"Narrative Bezüge". Der exakte Wortlaut. Die Wortfelder. Wo andere nämlich auf halber Strecke stehen blieben. Die Vorlesung auf einer erweiterten Begriffsebene zu verstehen.

"Ein Film würde nicht funktionieren, wenn die Automobile sich entgegengesetzte Richtungen bewegen würden", hatte ich unter meine Skizze notiert. Auto von links + Auto von rechts war kein Film.

13
Werk, Epoche, Autor

Konnte doch auch gar nicht sein. Mit dem Autor, hatte es geheißen. Da hatte es einen Passus gegeben in der Prüfungsordnung, mit dem Autor. *"Sie wissen ja, dass Sie für Ihre Klausur ..."* Der Autor fürs Mündliche. Dass für's Mündliche der Autor, für's Mündliche einen Autor, für's Schriftliche eine Epoche, wobei der Autor für's Mündliche - verlangt war Hausarbeit, zum Beispiel über ein bestimmtes Werk, schriftliche Prüfung, mündliche Prüfung. Werk, Epoche, Autor.

Anoraks, Wollschals, Pelzmützen, Mäntel.

Die Hausarbeit zählte am meisten. Hausarbeit zählte zwei Drittel. Hausarbeit zählte die Hälfte und davon dann Schriftliches zwei Drittel und fürs Mündliche, da der Autor.

Stallwärme. Ich mitten in der Herde.

Fürs Mündliche nämlich.

21.12. Winterwanderung

So hatte der Passus in der Prüfungsordnung geheißen.

Treffpunkt 19 Uhr s.t. auf dem Verbindungshaus

Je nachdem aus welcher Epoche die Hausarbeit war. Beziehungsweise welche Epoche die Hausarbeit behandelte, aus welcher Epoche das Thema, also auf welche Epoche man sich bezog, je nachdem von welchem Autor, also wann das Werk erschienen war, wenn man ein bestimmtes Werk behandelte, aus welchem Zeitraum, wann das Werk erschienen war, und dass man dann den Autor fürs Mündliche entsprechend, um alles abzudecken.

Anschließend gemütlicher Ausklang beim Glühwein
Mitten in der Herde. Fell an Fell, Atemwölkchen, Sternhimmel.
Werk, Epoche, Autor.
Ich hatte mich der "Vandalia zu Prag" angeschlossen. Farbentragend, nichtschlagend.
Zweieinhalb, drei Stunden bestimmt, am Ende eine einsame Waldhütte.
Fest in der Universität verwurzelt.
Fußstapfen im Schnee.
"AUF dem Verbindungshaus", sagten sie unter Korpsstudenten.
Als das Christkind das letzte Kreiselpeitschchen stahl.
Beitreten nicht. Nicht beitreten, aber Teilnahme am offenen Programm.
Der Spielzeugstand auf dem Weihnachtsmarkt, wo den drei Kindern ein einziges Peitschchen übrig geblieben war.

Offenes Programm: Interessierte aller Fakultäten sind herzlich willkommen
Kreisel und Peitschchen. Solche Kreisel von anno dazumal, die man mit einer Peitsche antrieb.
Werk, Epoche, Autor.
"AUF dem Verbindungshaus in der Kaulbachstraße."
In Gedanken notieren: Kahle Stämme, von Taschenlampen angefunzelt.
"Fuxenstunde", mit x.
Die im Lichtkegel der Taschenlampe verzerrten Dimensionen: Zweigspitzen als Stolperfallen, Abgründe zwischen Baumwurzeln.
Werk, Epoche, Autor.
Denen gerade noch ein Peitschchen übrig war, und das Christkind kam an den Spielzeugstand und zog einfach dieses letzte Peitschchen aus dem Köcher, und die ganze Zeit wusste der Leser, dass es das Christkind war, aber die Kinder am Spielzeugstand wussten es nicht.
Hinterher, nach dem Wandern, wurde es ernst.
Ich konnte mich nicht über alles ein und dieselbe Epoche prüfen lassen.
Beim Glühwein, um den geht's euch doch nur.
Möglichst viel abzudecken. Das leuchtete ein, darauf konnte man sich verständigen.
Wie war die Geschichte eigentlich weitergegangen? Da fand ich den Faden nicht mehr.
Jedenfalls dass sie am Ende belohnt wurden. Weil doch das Christkind selbst.
Wenn sich in letzter Sekunde herausstellte, dass es ein Irrtum war. Eine Verwechslung.
Die Stämme im Lichtkegel der Taschenlampen, der Schnee, der unter den Sohlen knirschte - die ersten Notizen für meinen ersten Roman.
Daran hielt ich mich: Fürs Mündliche ein Autor, fürs Schriftliche eine Epoche.
Daher würde man fortan gewiss nie mehr, denn man wusste nie, ob nicht etwa das Christkind.
Daran hielt ich mich.
Ich wollte es beschreiben können. Wie es im Detail ablief. Eine Erzählung über einen Studenten.
Der Typ gerade neben mir - damit zum Beispiel einzusteigen, wie er neben seinem Freund den Parkweg entlangstapft. Als Fritjof H., dreiundzwanzigjährig, in seiner Vergangenheit ein etwas menschenscheuer und zaghafter Heranwachsender, sich entschloss, ... so begänne das erste Kapitel, und dieser Freund wäre ungefähr der gleiche Typ wie der jetzt neben mir, stämmig, behäbig, ein gutmütiger Bär, der Typ genau, den man sich als Angehörigen einer katholischen deutschen akademischen Verbindung vorstellte.

Differenzen bestanden ja nur hinsichtlich des Schriftlichen. Mündliches war klar. Mein Autor für's Mündliche war Kafka.
Ein Maschinenbaustudent, Maschinenbau, Elektromechanik, Maschinenbau, irgend so etwas Technisches, das hing dann auch vom Klang ab, wie sich das las, und aus dessen ersten Gespräch mit seinem Freund, der Mitglied dieser Alemannia war oder Teutonia oder Cheruscia, das mit den ganzen Namen entschied ich dann noch, erfuhr man, dass er eigentlich hatte Theologie studieren wollen, dass er eigentlich gar nicht technisch veranlagt war, aber weil sein Vater, sein Vater lehnte Theologie ab, der Vater war Atheist geworden, als er im Krieg seinen Bruder verloren hatte, da würde ich ab und zu Rückblenden einschieben, wie auf jeder Familienfeier die Fotos dieses Bruders herumgereicht wurden, immer dieselben Fotos, dass dieser Bruder vielleicht auch Maschinenbau oder Elektromechanik oder was eben studiert hatte oder hatte studieren wollen, genau, dass deswegen, weil es dem Bruder nicht mehr vergönnt gewesen war, deshalb sollte der Held des Romans nun sozusagen den Traum der Familie erfüllen mit dem technischen Abschluss, und später ein Kapitel auf dem Verbindungshaus, wo sich der Absturz zum Trinker anbahnte.
"Sie wissen ja, dass Sie für Ihre Klausur eine andere Epoche als für das Thema Ihrer Hausarbeit ..." - Meine Hausarbeit, sprechen wir doch über meine Hausarbeit! Ich hatte eine überwältigende Entdeckung gemacht. Ich hatte "Don Karlos" gelesen. Ich hatte sicherstellen müssen, dass Schiller nicht zu oft "Jahrhundert" schrieb. "Die Räuber", "Die Verschwörung des Fiesco zu Genua", "Kabale und Liebe", "Don Karlos", "Wallenstein", "Maria Stuart", "Die Jungfrau von Orléans", "Wilhelm Tell", "Demetrius" – eins nach dem anderen. Bis "Don Karlos" alles Prosa, "Don Karlos" das Erste in Versen.
  Die schönen Tage in Aranjuez
  Sind nun zuende. Eure königliche Hoheit
Textinterpretation. Erklären Sie. Benennen Sie. Ein nacktes Linienblatt, das mich anstarrt. Kein Schlüsselwort. Suchen nach einem Schlüsselwort. Ganz automatisch, in jedem Gedicht, in jedem Drama wieder: suchen nach einem Schlüsselwort.
  Ich stand und sah das junge stolze Blut
  In seine Wangen steigen, seinen Busen
  Von fürstlichen Entschlüssen wallen, sah -
Die Hitze, die mich überkam, wenn die Beute gezuckt hatte. Der Geschmack des Blutes. **sah** unterstreichen. Mit Bleistift. Eine Vermutung, nichts als eine Vermutung.
  Sein trunknes Aug durch die Versammlung fliegen,
  In Wonne brechen – Prinz, und dieses Auge
  Gestand: Ich bin gesättigt.
Eine Woge, die näher kam. Mit Bleistift, fast ohne aufzudrücken. Bis dahin nichts als eine Vermutung.
  Dieser stille
  Und feierliche Kummer, Prinz, den wir
Zeile 16 ff. "Jahrhundert" ließ sich bis hierher nicht belegen, aber darauf kam es nicht mehr an. Das hier war ein neues Thema. Das hier war meine Magisterarbeit.
Ich hatte die Stellen herausgeschrieben, der Reihe nach: *"sah", "trunknes Aug", "und dieses Auge / gestand", "in Ihren Blicken lesen", "Träne"* - nämlich "sehen/Auge" in sekundärem Verständnis, auf einer erweiterten Begriffsebene - *"als ich das Licht der Welt erblickte", " Sie sollten / nur mit des Hasses Augen sie betrachten?"* Also nicht primär, sondern das Wortfeld, das Wortfeld "Optik". *"Bei Ihrem Anblick nur die Klugheit -"* Eine große Sache. Eine ganz, ganz große Sache. *"Bei Ihrem Anblick nur die Klugheit hören"* – Eine ganz, ganz große Sache. Sehen Sie's, Herr Professor? Lesen Sie doch mal genau! Dass es im "Don Karlos" um Sinneswahrnehmungen ging. Sinneswahrnehmungen und ihre kommunikativen Funktionen. Sehen, hören, in der folgenden Szene zwischen Karlos und dem Marquis von Posa kam der Köreprkntakt als sogar ganz wesentliches Medium der Kommunikation hinzu: *"Ich drück' an*

meine Seele dich", erster Akt, zweiter Auftritt, *"ich fühle/ Die deinige allmächtig an mir schlagen"*, gleich darauf: *"in dieser /Umarmung heilt mein krankes Herz. Ich liege /Am Halse meines Roderich"* – hier hier zum Beispiel besonders augenfällig: *"Ich liege am Halse"*, explizit. Das hieß: Karlos selbst begriff diese körperliche Kontaktaufnahme im Sinne eines Sprechaktes. Das hieß: Im Don Karlos realisierte Schiller eine Art Semiotik des Sehens, des Hörens, bestimmter Gesten. Und zwar mehrdimensional, in Gestalt einer Art Matrix: Vertikal die Zuordnung einer Figur zu einem oder mehreren Kommunikationskanälen, horizontal die Zuordnung dieser Kanäle zu bestimmten Gefühlen oder Verhaltensmustern.

Keilerköpfe an den Wänden. Deckelkrüge. Gaudeamus igitur". "Als die Römer frech geworden". "O alte Burschenherrlichkeit ". "Ergo bibamus!"

Vom Wortmaterial her. Vom Wortmaterial her hatte ich nachweisen können, dass Don Karlos ein Schauspiel über nonverbale Kommunikation war.

In der Besäufnisszene würde klar, dass hier ein Insider sprach. Jemand, der das selbst miterlebt hatte. Jemand, der nicht nur schrieb. Jemand, der Ernst machte.

Ich hatte die Stellen herausgeschrieben: *"sah"*, *"trunknes Aug"*, *"und dieses Auge / gestand"*, *"in Ihren Blicken lesen"*, der Reihe nach, sämtliche Indizien, Wort für Wort, so gut wie, es nahm gar kein Ende mehr.

"Astrid." - Ein Bär namens Gerhard. - "Aus Ulm." - Im Schriftlichen auf jeden Fall Klassik. - "Germanistik im Hauptfach." Ich belog mich. Für den und die übrigen Burschenschaftler war ich *"Offenes Programm"*. Astrid aus Ulm, die Interessierte von der germanistischen Fakultät. Ich hatte alles nochmal quergelesen.

Interessiert, nicht beigetreten.

Der Ampelübergang sah ganz ähnlich aus. Die rot-weiße Sperre, die Ampel mit dem Poller daneben, der flachgetretene Schnee, wie da, wo wir vorhin in den Englischen Garten abgebogen waren.

Also im jetzt Mündlichen schon wieder Schiller wäre blamabel gewesen.

In London hatten sich die Straßen auch wiederholt. Die unvermeidliche Straßenecke mit dem Pub. Die Straßenecke mit dem Pub, ein Stück Gegend dazwischen und wieder die Ecke mit dem Pub.

Schiller, Goethe. So weit war ich noch vor der Unterstufe gekommen. Obwohl doch normalerweise nicht mal Erwachsene die Standhaftigkeit aufbrachten, sich freiwillig bei Goethe von der ersten Gedichtstrophe bis zum Schlusssatz der Farbenlehre durchzuwühlen. Herbstnachmittage. Drachen steigen lassen auf der Stoppelwiese und hinterher, vom Wind durchgepustet, mit dem vergilbten kleinen Reclam auf die Couch im Wohnzimmer gekuffelt. Kein bisschen dröge, obwohl doch. Goethe vor allem. Schiller auch. Schillers "Glocke". Schiller war Zweitbester. Die hatten alles schon gesagt.

Von mir aus brauchst du über Weihnachten nicht nach Hause zu kommen.

Da war alles darin enthalten. Schiller nicht ganz so, aber der "Faust", das Große Welttheater. Greater London. Die Finchley Road, die überhaupt nicht mehr aufhörte. Die ganzen drei Trimester war ich nie über Greater London herausgekommen.

Sämtliche Werke vom Wohnzimmerschrank, und alles nochmal quergelesen.

Königstraße, Kaulbachstraße. Wir wanderten zurück zum Verbindungshaus.

Tatsächlich verhielt es sich so, dass die Durchquerung des Englischen Gartens zu keiner Zeit durchführbar, dass vielmehr jegliche dahingehende Erwägung allein ein Affront gegen die Gebote des gesunden Menschenverstandes gewesen wäre - vermöge dessen ausgeklügelter, zur Zeit seiner Anlage als Bravourstück gefeierter Architektur, die ... ich konnte sie von den Pyramiden herleiten.

Ich konnte schreiben, der geheime Ur-Grundriss des Englischen Gartens enthalte Pi, wie die ägyptischen Pyramiden. Die ägyptischen Pyramiden enthielten Pi; die Architekten der ägyptischen Pyramiden hatten mit Kreisscheiben gemessen, deshalb enthielten die Pyramiden

Pi, mitnichten ein okultes Phänomen, wie Esoteriker und Parapsychologen ehemals spekulierten, sondern einfach durch die Kreisscheiben. So detailliert brauchte ich die Stelle ja nicht auszuführen.

Mich einfach auf die Klassik vorbereiten. "Andere Epoche" war lediglich eine Empfehlung. "Andere Epoche" war die empfohlene, weil von der Prüfungskommission favorisierte Wahl. Eine thematische Einschränkung, wodurch sich der Magisterkandidat im Gegenzug eine Bonus hinsichtlich Anzahl und Schwierigkeit der Fragen erwarb. Mir würden sie mehr Fragen stellen. Darunter solche speziellen Fragen, die in den Richtlinien allgemein als zu schwierig für eine mündliche Magisterprüfung eingestuft wurden. Darüber war ich mir im Klaren, das hatte ich unter den gegebenen Voraussetzungen zu akzeptieren. Verschärfte Fragen, weil ich den offiziellen Emfpehlungen nicht nachgekommen war.

Einen Bussard, Blödsinn. *Bussard* hatten die meinen Drachen genannt. Völliger Blödsinn. Die hatten ihn falsch etikettiert. Mein Drachen war ein Falke gewesen. Nichts wussten die. Konnte doch auch gar nicht sein. Der gekrümmte Schnabel, das gescheckte Gefieder, die im Sturmflug knatternden Schwingen. Ein Turmfalke an einer reißfesten Drei-Meter-Nylonschnur, mit knatternden Schwingen aus Transparentfolie.

14
Die Vorgeschichte der Augenbewegungen

Abb. 12:
Studien zur Anatomie italienischen Schokoladenkonfekts.

Eine ganze Haselnuss, unter der Haselnuss Nougat mit Nussplittern, Schokoladenglasur. Schritt eins: Nuss aus dem Nougat lösen und für später beiseite legen.
"Ein Übergriff auf die Integrität der Baci-Praline", würden Negt/Kluge sagen. Darunter das Foto einer Straßenschlacht, Polizisten gegen Demonstranten. Textblock:
"Wechselseitiger Übergriff auf die körperliche Integrität als Ausdruck der Diskrepanz zwischen Besitz und Nichtbesitz von Produktionsmitteln."
Die waren verrückt. Dreizehnhundert Seiten über *"Geschichte und Eigensinn"* - eine einzige Parodie. Die nahmen x-beliebige historische und naturwissenschaftliche Illustrationen, und deren Aussage bogen sie in ihrem eigenen, marxistisch angehauchten Sinne zurecht. Bierernst aufgemacht, aber im Grunde eine einzige Parodie.
"Seite 16
Abb.: Ein Foto
Seite 17
Abb.: Augen haben das nebenstehende Foto mehrere Minuten betrachtet.
Zweidimensionale Wiedergabe der Augenbewegungen nach Yarbus, Eye-movements and Vision, New York 1967. Die Augenbewegungen sind spontan. **Das Auge arbeitet.**
Aber es tut dies nicht linear. Die Augenbewegungen haben ihre Vorgeschichte."
Kaubewegungen sicher auch.
"Eisengießen. Die Vorrichtung erinnert an ein Kranschiff aus Backstein. Den Bug bildet der Blasebalg. Im Vordergrund Esse und Gießanlage ohne Umbauten. Imaginär aus lauter Zweckmäßigkeit."
Völlig an den Haaren herbeigezogen.
"Plan für die Unterbringung von 451 Sklaven auf dem 350-Tonnen-Schiff Brookes. Der Plan ist unrealistisch, weil auf diese Weise alle Menschen sterben."

Bodenloser Leichtsinn. "Baci" besagte ja nichts. "Küsse". "Küsse" hätten ebeno so gut innen Likör sein können. Neunzehn Zwanzig-Gramm-Likörkugeln, lächerlich klein, innen so ein alkoholisches Wundsekret, das mir sofort über den Teller liefe beim Anschneiden. Statt ein korrektes Geschichtsbuch zu schreiben. Der Reihe nach. Die realen Abläufe. Geröstete Nüsse gehörten ans Ende. Geröstete Nüsse hatten dieses schwere Aroma, das blieb dann im Mund, damit kam ich über die Zeit.

> *Abb 12:*
> *Apparatur zur nichtinvasiven Bestimmung des Sauerstoffgehaltes im Blut.*
> *Internistischer Zaubertrick. Während der konservative Mediziner sich in Ist-Zuständen verzettelt, bedient sich der Homöopath des dynamischen Effekts der Provokation.*

Nachher im Studio würde ich nur zwölf Wiederholungen an der Beinpresse machen, diesmal endgültig.

> *Die provokative Eigendynamik allerdings verläuft nicht linear.*
> *Anm.: Was wollt ihr von mir? Mehr als 100% Sauerstoff kann der Körper nicht aufnehmen.*

So denken zu können. 1278/1300 Seiten lang.
Likörkalorien. Fünfzig, sechzig Kalorien mit einem Zungenwischer weg wie nix.

> *Abb. 39 a/b:*
> *Stempel des Mindesthaltbarkeitsdatums auf Konfektschachteln. Die linke befindet sich innerhalb der Mindesthaltbarkeitsfrist, rechts wurde das bereits abgelaufene MHD teilweise mit einer Sonderangebotsauszeichnung überklebt.*
> *Die grellrote Marke überklebt das alarmierte Gewissen.*

Und zwar setzte ich das jetzt, hier zuhause, gezielt und mit Überlegung, so fest. Es ging nicht darum, ob mir nachher im Studio zufällig danach war oder nicht danach war. Es ging darum, was ich jetzt aus der Distanz objektiv als physiologisch sinnvoll erkannte.

> *Schwarzer Kasten: Kritische Ergänzungen zur Mindesthaltbarkeit*
> *Der psychodynamische Auftrag des MHD besteht in der Immunisierung gegen das Schuldgefühl beim Verzehr von Nahrungsmitteln. Unter Termindruck handelt der Mund nicht spontan. Er gehorcht. (Gehorsam als Akt der Selbstbefriedigung.)*

Ich hatte es jetzt oft genug mit den fünfzehn durchgezogen. Ich wusste, dass fünfzehn zu viel war. Ich würde mir das jetzt endgültig für nachher im Studio klar machen. Nachher im Studio ich konnte ich mich dann auf jetzt berufen.

> *Tabelle:*
> *Einteilung von Nahrungsmitteln anhand verzehrstechnischer Eigenschaften in die Katergorien: "Was geht?" - "Was geht nicht?" Die Zuordnung beruht auf Expertenwissen, dessen Erwerb jahrelange akribische Beobachtungsarbeit voraussetzte. Anders als bei spekulativen hermeneutischen Studien, haben wir es hier mit Wissenschaft zu tun.*

Irgendwann musste doch Schluss sein. Jeden Morgen beim Aufwachen als Erstes der Gedanke an abends, die Beinpresse, und ob ich's wieder machen oder besser vielleicht mal nicht machen sollte, so ging's doch nicht weiter.

> *Vollmilchschokolade: +*
> *Zartbitterschokolade: -   zu hart, bricht beim Schneiden*
> *Vollmilchschokolade mit ganzen Haselnüssen: -   Nüsse splittern unterm Messer;*
> *Haselnüsse: 700 (690) kcal/100 Gramm,*
> *Trauben-Nuss-Schokolade: - -   Rosinen nicht schnittfähig, nicht lutschbar,*
> *Schokoladenstück nach deren Entfernung amorph, wie einstürzener Kohleflöz;*
> *chaotischer Anblick, beängstigend*

Bodenloser Leichtsinn. Die nächsten siebzehn Male br2 hätte ich an der Kette dieser Baci gelegen. Zeit schinden. Laangsam, gaanz laangsam auswickeln. Das Silberpapier betrachten. Silberpapier mit blauen Sternen. Die blauen Sterne auf dem Silberpapier zählen.

Silberpapiermeditation. Hohe Schule der Wahrnehmung. Das Silberpapier quadratisch zusammenfalten. Oder ob ich sie mit etwas Anderem kombinieren sollte, mit dem Marzipanbaumstamm, neun Gramm von jedem anstelle einer ganzen Praline. Die Hälfte der Füllung umgießen in einen Deckel. Den Schraubdeckel von einer Sprudelflasche aus dem Altglas und da hinein beim Anschneiden die Hälfte, um das Desaster einigermaßen aufzufangen. Halb/halb würde aber wiederum bedeuten, es wären doppelt so viele Vormittage. Also es verringerte sich zwar der akute Stress pro Einzelereignis, dafür verlängerte sich proportional die Dauer der nervlichen Gesamtbelastung.

Abb. 202:
Eieruhr und Ei. Der archimedische Punkt, in anderen Worten: das Ei des Kolumbus, liegt in der Gewohnheit, sich weniger Zeit verfügbar zu machen, als zur Aufnahme eines Kalorienüberschusses nötig wäre.

Zwölf, endgültig. Es sei denn, ich wäre heute wirklich ganz außergewöhnlich gut in Form. *"Geschichtliche Organisation der Arbeitsvermögen". "Deutschland als Produktionsöffentlickeit".* Auf solche Konstruktionen zu kommen.

Abb. 300:
Schiller beim Eintauchen der Schreibfeder. Wenige Sekunden im Tintenfass unterbrechen den Schreibfluss für genügend lange Zeit, um die Formung eines von der ursprünglichen Schreibabsicht abweichenden Gedankens zuzulassen - das Werk nimmt einen völlig anderen als den ursprünglich vom Dichter beabsichtigten Verlauf.

Sowas konnte durchaus vorkommen. Oder er hatte einen Satz beendet, der länger hätte werden sollen, einfach weil die Tinte nicht reichte.

Knappheit der Produktionsmittel als Bedingung gedanklichen Mehrwertes.

Vielleicht hatte ich meinen Entwurf hier über Schiller auch nur deshalb gerade so und nicht anders geschrieben, weil ich meinen Bleistift gerade so und nicht anders in der Hand hielt. Vielleicht schrieben wir alle anders, als wir schreiben würden, wenn wir unsere Bleistifte anders festhielten. Ich sollte längst unterwegs sein.

Abb. 334:
Staatsbibliothek, Leihschein
Links oben eingetragen das lesende Subjekt, Autor und Buchtitel in der Mitte unten. Der Entleiher sieht auf den Autor herab.

Festhalten, war nicht das schon eine spezifische Situation? Eine Form von Gewaltanwendung? Wir interpretierten gewaltausübend.

Abb. 370:
Kochbücher im Regal neben Schillers Dramen. Sowohl produktions- als auch rezeptionstechnisch handelt es sich nicht um verschiedene Kategorien. Das Gehirn arbeitet. Es sucht nach dem Schlüsselwort. Die Analyse platzt, wenn das S-Wort fehlt.

Zwölf Wiederholungen, endgültig, und ich konnte ja notfalls später immer noch die drei fehlenden anhängen.

Bildungshunger und biologischer Hunger sind vor Gott gleichwertig.

Gutenachtlektüre zurechtlegen fehlte noch. Ich kann das nicht, wissen Sie. Rund um die Uhr an Schiller denken. Niemand konnte das. Hätte man einmal untersuchen müssen, wieviel Prozent der Gedanken bei jemandem, der den ganzen Tag über seinem Forschungsmaterial saß, sich in Wahrheit auf andere Themen bezogen. Anhand der Augenbewegungen beispielsweise. Ein Abschweifen des Auges als Indikator für eine Ablenkung der Aufmerksamkeit. Wo sich sehr wahrscheinlich gezeigt hätte, dass die gar nicht bei der Sache waren. Diese Täglich-von-Ulm-nach-Stuttgart-Studenten.

Abb. 388:
Exemplar der Kundenzeitschrift "Bäckerblume". Während das minutiöse Auswerten der Kochrezepte unter den Höhepunkten der Woche rangiert, löst der Blick auf die Witzseite

Schamgefühle aus: "Auf diesem Niveau bin ich also angekommen." Diese Aussage verweist sowohl auf eine Vorgeschichte als auch auf die (relative) Geborgenheit in deren unablässiger Reproduktion.

Unterwegs, hier draußen auf dem Weg zum Sport, oder im Schlaf, da verfestigte sich das Gelernte.

Abb.456:
Zigarettenkippen auf einem Bürgersteig in München-Schwabing. Die Kompetenz, eine ausgebrannte Zigarette fallen zu lassen. Loszulassen, Macht aufzugeben.
Eine exakte Abgrenzung zwischen Machtverzicht und Ferkelei ist genauso wenig möglich wie zwischen befreit und ausgemustert.

Es war am besten so, wie ich mich jetzt arrangiert hatte: unter der Woche frühmorgens laufen, vormittags Rad, nachmittags schwimmen, abends Krafttraining, Wochenende laufen, schwimmen, Krafttraining, Rad.

Abb. 460:
Piktogramme am U-Bahn-Eingang. Zwischen Kopf und Körper der Ikonpersonen fehlt die Verbindungslinie.

Abb. 481/82 a-d:
Überfüllter Untergrundbahnsteig München - Marienplatz; zum Vergleich, von links: Warteschlange am Ausgabeschalter einer süddeutschen Mensa - Viehwagentransport Richtung Birkenau - Massengrab (Bildmontage, Rekonstruktion der Beerdigung Mozarts). Einsamkeit in der Menge. Kollektivisolation als parakapitalistische Spielart der Entwürdigung.
Nachsatz:
Es fällt auf, dass die Ablösung vom vitalen Gesamtzusammenhang in der Mehrzahl der Fälle nicht rückgängig zu machen ist.

Da hatte ich im Lauf des Studiums das optimale Programm entwickelt, von der Intensität her. Morgens nach dem Aufstehen zum Warmwerden, gegen neun das erste Leistungshoch nutzen, anschließende Erholungsphase, nachmittags die schwere Trainingseinheit und abends zum Ausklang die eher ruhigen Sachen. Erfahrungswerte. Jahrelange Selbstbeobachtung, Fehleranalyse. Daran müssen Sie feilen. Da hatte ich einfach auch günstige Voraussetzungen, vom Studium her, weil ich vom Studium her gewohnt war, systematisch vorzugehen, das war sicher auch mit ein Grund, weshalb sich das bei mir in so verhältnismäßig kurzer Zeit herauskristallisiert hatte.

Abb. 482:
München, U-Bahn-Ausgang Königsplatz, allseitig Ausstellungs- und Veranstaltungsplakate, Passanten, Gerüche, Stimmen (im Foto nur teilweise wiedergegeben). Die durch Nahrungsentzug geschärften Sinne bombardieren die Großhirnrinde mit einer Fülle von Informationen. Deren Verarbeitungskapazität ist aber bereits durch die Schwemme der aus dem Zwischenhirn eintreffenden Hungersignale erschöpft.

Abb. 494:
München, Königsplatz bei Nacht. Der Wunsch, in dessen melodramatischer Leere aufzugehen.

Man war wie gelähmt mit so viel Freiraum vor Augen.

Abb. 497 a – d im Uhrzeigersinn:
Rundgang durch die Pinakothek; Kursstunde im Tanzstudio; Stöbern in beliebigen Auslagen bei Karstadt/Stachus; Fingerübungen am Flügel des Studentinnenwohnheims. Phänotypen der Distraktion. Organisation der Ablenkung. Kultur als Ersatzmahlzeit.

Morgen wäre eine günstige Gelegenheit. Morgen war Wochenende, schwimmen vormittags, nachmittags ins Studio. Ausnahmesituation. Eine Herausforderung für den Organismus.

Wodurch dieser als Reaktion mehr Reserven mobilisierte, konnte man an sich selbst beobachten. Da wurde bei jeder Wiederholung automatisch mehr Energie freigesetzt, da erreichte man mit zwölf nahezu denselben Umsatz wie sonst mit fünfzehn.

Abb. 505:
Schwimmhalle. Frieren beim Schwimmen. Der motorisch aktive Körper bleibt gegenüber der Wassertemperatur passiv. Der Muskultaur gelingt es lediglich, Fortbewegungsenergie freizusetzen; ein thermischer Effekt wird nicht spürbar. In räumlicher und zeitlicher Hinsicht lassen sich drei Phasen unterscheiden: das auf wenige Minuten begrenzte Frieren im Umkleideraum vor dem Schwimmen, gefolgt vom halbstündigen Frieren im Wasser während des Schwimmens sowie das Frieren nach dem Schwimmen an beliebigen Orten, in beliebiger Dauer.

Heute folglich fünfzehn, aber vor dem Hintergrund, dass ich morgen und übermorgen nur zwölf brauchte. Eine völlig neue Motivation. Dass am Wochenende von nun ab gewissermaßen Dienstag und Donnerstag war, die Tage, wo ich früher zum Fechten gegangen war, die leichten Tage, die Joghurt-/Putenbrust-/Biskuittage, und unter der Woche wären die harten Tage am Abend. Mit dieser Vorstellung im Hintergrund.

Abb. 533+534:
Regelwidriger Mitstoß (links) und regelkonformer Ins-Tempo-Angriff (rechts) beim Fechten. Der Zeitunterschied zwischen unwillkürlichem erschrockenem Zusammenzucken, das durch Zufall zu einem nicht als gültig anzuerkennenden Treffer führt, und präzise terminiertem, gültigem Gegenangriff beträgt nur Bruchteile von Sekunden - in Einzelfällen zu wenig, um vom Auge des Obmanns mit Sicherheit zuverlässig wahrgenommen zu werden.
Die Möglichkeit, dass auch ein mittelmäßiger Fechter beim abteilungsinternen Semesterabschlussturnier die Bronzemedaille erringen kann, ist daher realistisch.

Die bronzene Nadel trug ich noch immer am Revers. Ich war Dritte.

Postskriptum:
Der Angreifer versucht durch eine Finte zu täuschen. Der Angegriffene stößt vor Schreck mit, weil er nicht fähig ist, die Täuschungsabsicht zu erkennen. Der Obmann, seinerseits unfähig, diese Unfähigkeit des angegriffenen Fechters zu erkennen, erkennt diesem einen Treffer zu.

Es war besser, dass ich aufgehört hatte, sowohl mit Fechten als auch mit Karate. Sämtliche Kampfdisziplinen wiesen diese strukturelle Schwäche auf: Zeitverluste durch Erklärungen und Warten auf die Reaktion des Übungspartners. Hoch interessante Hobbies, aber kein Sport.

Abb. 521:
Karate, Grundstellung. Die lachhafte Donnerbalken-Position mit gebeugten Knien und parallel nach vorn ausgerichteten Zehen ist zugleich die statisch günstigste. Blödheit stabilisiert.

Persönlichkeitsentwicklung. Insofern hatte mich das Karate enorm weiter gebracht.

Abb. 522:
Steppschuh. Die unter den Sohlen befestigten Eisen weisen nur geringfügige Abnutzungsspuren auf. Stepptanz zu lernen, kann ein Wunschtraum sein. Die Realisierung von Wunschträumen mit lediglich moderatem Verbrauch an kalorischer Energie grenzt jedoch an Selbstaufgabe.

Auch ein Entwicklungsschritt, rückblickend. Ich hatte es über ein Jahr lang mitgemacht, und ich hatte es gekonnt. Ich hatte bewiesen, dass ich es konnte. Flamenco ja auch. Ich hatte mich später dagegen entschieden, aber gewissermaßen freiwillig, nicht, weil ich es technisch nicht gekonnt hätte, sondern aus rein persönlichen Gründen.

Abb. 523:
Plaza de Toros, attackierender Stier. Darstellung stellvertretend für die Kunst des Flamenco-Tanzes, seinerseits stellvertretend für Selbstachtung und Emotion.

Es gelten die im vorstehenden Text getroffenen Abmachungen.
Abb. 524:
Anatomietafel. Jeder Körperteil hat seine Geschichte.
Trainieren, wie die bunten Segmente damals in der Wielandstraße trainiert hatten. Ganz zu
Anfang, das Violette und das Hellblaue an der Wand mir gegenüber. Muskeln, die das
wollten, denen das gut tat. Ein Körper, den man nur machen lassen brauchte.
Abb. 525: Entspannungsübung im Schauspielkurs für Studenten. Atemarbeit. Jeder
Atemzug hat seine Geschichte.
Glaube keinem, der dir sagt, er studiere Theaterwissenschaft, weil er Theaterwissenschaft
hatte studieren wollen. Theaterwissenschaft studierten die, die bei der Aufnahmeprüfung für
die Schauspielschule ihr Stichwort verpennt hatten. Theaterwissenschaft studierten die, die zu
feige waren, Schauspieler zu werden.
Später würde sich sowieso alles ändern. Wenn das Body Up endlich auch am Wochenende bis
22 Uhr geöffnet blieb. Da bestand schließlich Nachfrage. *"Organisatorische Anpassung des
Muskulaufbaus an die Gesetze des Freien Marktes",* würden Negt/Kluge geschrieben haben.
Angebot und Nachfrage. Die mussten auf die Nachfrage reagieren. Ging schließlich nicht nur
mir so; sämtliche Leute hatten am Wochenende mehr Zeit, um ins Studio zu gehen, die
fragten bei denen an, eine Überlebensfrage, die mussten auf die Marktlage reagieren.
Wie ein Gymnasiast, der Tiere liebte, nach dem Abi Veterinärmedizin studierte, um hinterher
kranke Kühe einzuschläfern.
Neujahr voraussichtlich. Mit ziemlicher Sicherheit ab Neujahr. Kurz vor den
Weihnachtsfeiertagen würde ein Plakat neben der Tür hängen: *"Ab 1. Januar neue
Öffnungszeiten".*
Abb. 600
*Kelloggsfamilie am Frühstückstisch. In den Schalen der Teilnehmer die jeweiligen,
solidargemeinschaftlich festgesetzten Mengen einer Portion Cornflakes. Die Zuweisung
des täglichen Energiebedarfs durch die Informationsmedien der Krankenkasse erfolgt
berufsabhängig.*
Gesucht wird: ein Beruf mit 6000, mit 8000, mit 10.000, mit unendlich viel Kalorien.

15
stümmelungen

hässlichkeiten
abstoßende
wrackteile
von sätzen
deren prädikat abhanden
gekommen
ist der
tag der abrechnung
mit
den klassischen
formen
entwesenten untergangs
"Abhanden", davon ließ sich noch etwas mit abgehackten Händen herleiten.
hand ab
schreibt

kein klasssisches gedicht

oder

ab

gehackte hände schreiben

oder

geschossene hände schreiben
kein klassisches gedicht
überlebt in dieser zeit
armageddon
stunde des krieges
den tod der götter

Oder so ähnlich.

den tod der ansehnlichkeit
gottes

Oder so ähnlich. Oben links, als eine Art Motto. Oben rechts Name, Semesteranschrift, Datum, links darunter die Verse als Motto und darunter in der Mitte der Titel:

"Exemplifizieren Sie den Begriff 'Ästhetik des Hässlichen' am Beispiel expressionistischer Literatur"

Hatte ich vorausgeahnt, wissen Sie, regelrecht das Schriftbild vor Augen gesehen: Kursive, Anführungszeichen, "exemplifizieren", wörtlich: *"Exemplifizieren Sie den Begriff ...".* Ich hatte die Klausur vorausgeschrieben, zuhause, Anfang Januar.

Bis heute Abend wäre ich fertig. Heute Abend würde ich praktisch bestanden haben.

vorliegend: versuch
expressionismusversuch
expressionismusselbstversuch
selbstexpressionismusversuch

Ich war zwölf, ich war in der Sechsten und Klassenbeste und Klassensprecherin, ich schrieb diese unverschämten Aufsätze, die einleitend die Legitimität der Fragestellung anzweifelten.

expressionismusexperiment
exemplifikationsexperiment
expressionismusemplifikationsperiment

Dass die Diskussion des Hässlichen als konstituierendes Element des Expressionismus trivial war, weil jede andere Ausdrucksform sich von der Sache her verbot. Dass sich ein Chaos lärmender Straßenbahnen, Pferdedroschken, Extrablattschreier, Soldaten, Fabrikarbeiter, Kohlen- und Kartoffelkarren nicht in Hexametern besingen ließen.

tachykardie der stadt erstickte beschauliches
ellipsen sparten.
zählungen. dichte.
lyrisches ego splitterte.

"Auf Eins geprüft werden", analog zu: "Auf unserem Verbindungshaus". Wonach man sich in beiden Fällen einen gleichartigen Bezug zu denken hatte. In "Wir Kinder vom Bahnof Zoo" war die Wendung *"jemand ist auf Drogen"* vorgekommen. Hätte man einmal untersuchen müssen.

aufbruch
aufbruch der sprache
sprache, aufgebrochen

Dass in gleicher Weise eine Klausur über die Ästhetik des Expressionismus, wie auch ganz allgemein über die Ästhetik einer bestimmten Epoche, nur dann angemessen sein konnte, wenn sie sich deren ästhetischer Mittel bediente.

gegenstand: expressionismus

> weltwirtschaftskrise, weltkrise, weltkrieg, kriegswirtschaft.
> rundherum, rundherum, wie die erde, schneller und schneller drehte sich die
> erde, rundherum, rundherum
> rundherum, wie die erde, rundherum, rundherum drehte sich die erde, schneller
> und schneller, rundherum, rundherum
> rundherum, wie die erde, rundherum, rundherum drehte sich die erde, schneller
> und schneller drehte sich die erde, rundherum, rundherum

Welche Version, konnte ich in der Klausur noch entscheiden.
"Very original" hatten sie meine Interpretationen in London genannt.

> schreie ersetzen
> die gefallenen
> silben

Dorther *brl*, bis zum jetzigen Tage.

> stümmelung
> zweiflung
> worfen
> nichtet

"nichtet" als Schlusswort, ohne Punkt dahinter. Jetzt gäbe ich ab. Eine Akademie für
Hochbegabte, und da könnte man sein Gehirn - nicht direkt abgeben, aber eine spezielle
Vorrichtung, ein Gerät zur Aufzeichnung und Entschlüsselung der Gehirnströme. Eine direkte
Übertragung des in Gedanken formulierten Konzepts an die Prüfungskommission. Spastiker
zum Beispiel. Rollstühle für spastisch Gelähmte, dieses Schaltpult an der Seite, diese
Tastatur, und der Betreffende trug einen entsprechenden Helm, der quasi Insektenfühler oben
am Helm, um die Tasten zu berühren, das Prinzip existierte längst, es gab diesen Affen, der
gelernt hatte, sein Futter auf Englisch zu verlangen, gab es längst, diesen Grundgedanken,
sich ohne Schreiben und Reden verständlich zu machen. Im gegebenen Falle natürlich keine
Auswahl aus einer begrenzten Menge von Begriffen, aber das Prinzip, kein Helm natürlich,
eine Weiterentwicklung, irgendein Sender, sodass die Prüfer mithörten, mitlasen, mitdachten,
was ich überlegte für die Klausur; spastisch Gelähmte, davon die Weiterentwicklung.

> vorliegend: klausur. abschluss. bilanz.
> sechs jahre dichtergräber durchwühlt
> marsch über wortleichen
> geschweifte klammern spannten wir um ihre sezierten kadaver
> gewissenlose gewissenhaftigkeit genauestes wissenwollender
> buben, käferbeine ausreißend.

Ich arbeitete viel mit solchen Kürzeln.

> nun: nachhall missbrauchter mausoleen
> goethegruftgestank
> geständnis:
> schuldig des wortmords in ungezählten fällen

Die Wörter überschlugen sich. Eins ergab das andere. Bis heute Abend vor dem Training
wäre ich fertig.

> wie keulenschläge ließen wir hölzerne vokabeln über die wehrlosen
> niederprasseln
> stolz, wenn die splitter, zur unkenntlichkeit zermahlen,
> die hermetisch dichten
> die hermeneutisch dichten
> die entkeimten
> die in säurebädern sterilisierten
> urnen füllten

Welche Version, entschied ich später.

Man brauchte eine Klausur nicht erst zum Zeitpukt der Klausur zu schreiben. Man schrieb sie voraus, wenn man noch Klassenbeste war, wenn man noch nichts verlernt hatte

städte maschinen

maschinenstädte stadtmaschinerie

marschiermaschinen

marschinenmärsche

menschmaschinen

marschiermenschen

Ungescheitert.

klausur: dokument

nachweis der manistischen fähigung

Weglassen der Vorsilben war ein typisches expressionistisches Stilmittel.

magisterzeugnis: demischer titel

scheinigung. stätigung. glaubigung.

Einen Bildband über den Expressionismus. *"Ulm, Stadtgeschichte"*, dasselbe in Grün. Mein Aufsatz sei trotzdem bewertet worden, er sei der beste in seiner Kategorie gewesen. Nur wegen Mindestalter nicht. Weil ich erst nächstes Jahr einen Aufsatz hätte einreichen dürfen. Begleitschreiben, Gratulation. *"Ulm, Stadtgeschichte"* in schwarzer Glanzfolie. Das bläuliche Münster. Ulmer Münster bei Nacht, bläulich angestrahlt, solche Bücher waren Wertgegenstände. Specker hieß der Mensch. Hans-Eugen Specker: "Ulm, Stadtgeschichte" . Sonderpreis. Einen Bildband über den Expressionismus, lächerlich, aber meinetwegen. War ja noch nirgends vorgesehen: eine Germanistikklausur in stilistischer Kongruenz mit der behandelten Epoche.

schützengräben

schützengräber

worte gruben grabworte

Drei Stunden Klausur im Hörsaal V, dabei hatte ich sie bis dahin längst fertig. Jetzt, ganz am Ende, kontrollierten sie doch wieder: Drei Stunden lang sitzen, dich drei Stunden nicht bewegen, hältst du das durch? Ich hatte es bewiesen, ich hatte sämtliche Scheine gemacht, und jetzt kontrollierten sie doch wieder. Irgendwer würde am Ende immer kontrollieren.

lot stand vor gomorrah und war frei und erstarrte im angesicht seiner

schrecklichen freiheit

(schrecklich, warum schrecklich?)

"Sehr gut gelungene Anspielung auf Döblins 'Berlin Alexanderplatz'", würde der Gutachter am Rand vermerken. Ich hätte den ganzen Roman gelesen haben müssen, nicht nur die ersten Seiten. *"Die Ermordung einer Butterblume"* hatte ich gelesen und *"Die Peinigung der Lederbeutelchen"*, Heimito von Doderer. In der Zwölften, Sommer in der Zwölften, Kreuzung Europastraße, die Schleife unter der Brücke, wo der Radweg die Schleife machte und auf der anderen Seite der Brücke weiterging Richtung Senden, auf dem Stück, wo der Radweg neben den Industriegleisen herlief. *"Peinigung der Lederbeutelchen"*, jedesmal an der Stelle fällt mir der Titel ein. Ein Wort ums andere, jedesmal in derselben Reihenfolge: "Peinigung", dann "der", dann "Lederbeutelchen Heimito von Doderer".

"Europastraße", als kreuzte ich hinter Neu-Ulm die Champs d'Élysées. Triumphbögen, Flaggen, Plenarsäle. Zwanzig Minuten vor unserer Haustür geschah Europa, wo führte die überhaupt hin, quer zu Richtung Senden, Jupiter in Stiergestalt.

Ich hatte nach Vergleichen gesucht. Ich hatte die Brücke beschreiben wollen. Tonnen von totem Beton, die Anmut darin.

Obwohl von der Richtung her, es passte richtungsmäßig überhaupt nicht zusammen. Wenn ich von rechts oben kam, wenn ich im Kopf nachzeichnete, wie die Kurve verlief, ich kam von rechts oben, drehte ab, führ dann praktisch wieder zurück, nach Norden, bis neben die

Gleise fuhr ich praktisch nach Neu-Ulm zurück, ich hätte wenden müssen, ich hätte die Gleise zur Linken haben und wenden müssen, dem Sonnenstand nach, am Stand der Sonne konnte man sich orientieren, nachmittags stand die Sonne im Westen. Wenn ich von Norden nach Süden fuhr, wo von mir aus gesehen dann die Sonne stand, daran konnte man sich orientieren. Die Sonne stand falsch.

Heimito von Doderer, *"Die Peinigung der Lederbeutelchen"* hatte ich gelesen, Alfred Döblin, *"Die Ermordung einer Butterblume"* hatte ich gelesen. Beide Sammelbände hatte ich gelesen: *"Gesichtete Zeit"* und *"Notwendige Geschichten"*. *"Gesichtete Zeit"* von 1918 bis 1933 und *"Notwendige Geschichten"* weiter bis 1945, *"Gesichtete Zeit"* war der Bessere. Wir hatten ja beide zuhause.

gabung
wiederundwiederabrufbares ankert im hirn

Alles aus dem Wohnzimmerschrank hatte ich gelesen: Goethe. *"Gesichtete Zeit"* stand auf der anderen Seite von Goethe. Auf der einen Seite Gottfried Benn, auf der anderen *"Gesichtete Zeit"*, *"Gesichtete Zeit"* war der Dunkelrote. *"Gesichtete Zeit"* musste bis '33 gewesen sein, "Gesichtete Zeit" klang älter, grauhaarig. Mäßigung, goldene Uhrketten. Und für ab '45 der modernere, sachliche Titel.

Neu-Ulm, Ludwigsfeld, Reutti, Hausen, Aufheim, Senden. Eine gute Stunde bis Senden, und wieder zurück. Einmal war ich in Senden ins Hallenfreibad gegangen. Wenn man's doch konnte.

Steinlestraße. Hatte ich auf dem Stadtplan gesehen, Hallenfreibad Senden Steinlestraße. Zum Baden gehen, alle gingen im Juli zum Baden. Radweg über Neu-Ulm, Ludwigsfeld, Reutti, Hausen, Aufheim. Im Sommer ins Freibad, im Winter könnte ich in die Halle. Ein Stündchen radeln, zum Abkühlen ins Bad und wieder zurück, genaugenommen viel weniger anstrengend nämlich von daher, eigentlich, als die ganze Tour am Stück. Nachdem ich jetzt auf dem Stadtplan gesehen hatte, dass es da war. Ich konnte nicht behaupten, ich hätte den Stadtplan nicht gelesen. Selbstredend nur 400 Meter, nur zum Abkühlen. 400 Meter waren nicht richtig schwimmen. Viermal hin und her. Viermal hin und her war nicht schwimmen.

Selbstverständlich nicht auf Tempo. Nur so zum Spaß, das musste nämlich auch mal wieder sein, kannte ich schon gar nicht mehr, nur zum Spaß schwimmen, schon von daher, dass ich weg kam von dem permanenten Mich-unter-Druck-setzen. 65 Rad 5 Umziehen 10 Schwimmen 5 Umziehen 65 Rad zurück. Ich konnte nicht mehr behaupten, ich wisse es nicht. Ich konnte nicht nach Senden fahren und dort feige umdrehen, ohne es wenigstens versucht haben. Ich hatte doch keine andere Wahl.

Gottfried Benn hatte ich alle vier gelesen. Das Dreieck grün, der Kreis rot oder der Kreis blau, das Quadrat rot und was war auf dem vierten Band gewesen, gelb und sternförmig, außer sternförmig in Gelb blieb ja nichts übrig. Den Benn hatte ich in München gekauft. Amalienstraße. Amerika, diese verlassenen Drugstores, genau solche Fronten. Gestreifte Jalousie, unten die Wühlkisten, hinterm Hauptbahnhof, eine ganz andere Welt. Meinen Kompaktbrockhaus und die Kassette Gottfried Benn, Ruhe oder was ging davon aus, dieses Design mit nur mit einer geometrischen Figur auf dem Einband. Ruhe, etwas Klassisches. Distanz. *"Er, Rönne, gefestigt, ein Arzt"*, genial, dieser Satz.

Ein verlegtes Dorf. "-i" lag im Schwyzerischen. Reutti.

Brecht hatte ich gelesen. Brecht hätte von "notwendigen Geschichten" gesprochen.

An alles ein "-i" anhängen. Schwyzerdütsch war einfach an alles ein "-i" anhängen: 's Bübli, 's Mädli. Reutti.

Stefan Zweig.

Schweizer sprachen langsam. Schweiz war überhaupt alles langsam. Niedlich. Schweizer Käse. Taschenmesser. Schweizer Markenuhren.

Arnold Zweig; in der Schachnovelle hatte Curd Jürgens die Hauptrolle gespielt. Simplicius simplicissimus war auch verfilmt worden. Was war noch alles verfilmt worden, die ganzen Kinderbücher: Gut gebrüllt, Löwe!, das Urmel, Kalle Wirsch.
Man hatte versucht, literarisch zu bewältigen.
Drei Zweikämpfe, sonst wäre Zoppo Trump neuer König der Erdmännchen geworden.
Überall die drei Prüfungen. In der ersten oder in der zweiten hatte der Bösewicht gesiegt, nun würde die dritte entscheiden.
Der Rütli-Schwur.
Verkürzte Sätze, fehlende Vorsilben, Siechtum, Aas. Weil sich das eben entsprach. Mit der Außenwelt.
Reuttierstraße. Statt "Reutti-er Straße". Reuttierstraße, wie "Tier" hinten hatte ich die immer ausgesprochen. Aussprechen wollen, mich aussprechen gehört. Sprach man ja nicht aus, Straßennamen auf der Karte, dachte man nur. Hörte sich zu irgendwem den Namen sagen. Irgendwem, irgendniemandem: *"Reuttier".*
Ich würde eine Kulturgeschichte dieses Motivs aus sämtlichen Epochen und Gattungen zusammenstellen. Ich würde zum Beispiel auch die Comic-Literatur einbeziehen.
"Auf den ersten Blick ein gewöhnlicher Rennwagen, aber wenn ich diesen roten Knopf hier drücke ..."
Gerd Gaiser: Die sterbende Jagd, Kurt Lütgen: Kein Winter für Wölfe. Lyrik des Ostens. Meine drei Briefmarkenalben. Die zweibändige Schiller-Ausgabe, *"Sämtliche Werke"*. Zum Brechen voll, der reinste Kraftakt, aus unserem Wohnzimmerschrank ein Buch zu entnehmen. Nächstes Jahr hätte ich eine Reise gewonnen.
In drei Etappen durch die glühende Sierra Mexikos. *"Der 'Narval' ist mein Lebenswerk. Er muss dieses Rennen gewinnen!"*
Die Sorte "Praliné" war eben neu auf den Markt gekommen. Das Praliné-Joghurt war ungefähr das Letzte gewesen, was ich noch bewusst miterlebt hatte. *". . . bewusst miterlebt habe"*, sag' ich jetzt im Rückblick immer, wissen Sie, natürlich nicht wörtlich zu verstehen, aber von der Bedeutung her für mich, die letzte Erinnerung der Zunge vor der Hungerzeit und kurz davor die Geschichte mit dem Bildband. Dass ich die Beste gewesen war, obwohl ich noch gar nicht hätte teilnehmen dürfen, dass die gar nicht wussten, was sie mit mir anstellen sollten. Das Praliné-Joghurt hatten wir noch gekauft, ganz neu, viel besser als was es sonst an Joghurts gab, da hatte ich noch nichts geahnt.
Ein Reuttier, zwei Reuttiere. Das Reuttier, des Reuttiers, dem Reuttier. Faultier, Trampeltier, Murmeltier.
Gesichtet, Herbstlese. Die maßgeblichen Texte, von Experten für wichtig befunden, dunkelrot bis auf oben den schmalen weißen Streifen.
Klabund hatte ich noch zusätzlich gelesen. Klabund hatte ich ausgeliehen. Dieser beklemmende Titel: *Morgenrot! Klabund!*
Gelbes Wollhaar, abstehende Ohren, um den Hals die Kugelkette des Königs der Erdmännchen. Wenn man Bücher hinterher las, sah man in Gedanken ständig Filmausschnitte. Man konnte ein Buch nicht mehr lesen, wenn man die Verfilmung gesehen hatte.
Ernst Toller konnte im Rahmen dieser Klausur unberücksichtigt bleiben.
    gabung
    horsam
    auf notreifer stirn
    stigma der unablenkbarkeit
kcal 129/100 g. Ohne dass ich dagegen Hass empfunden hätte. Mai '76, Grundrisse zum Ausklappen, Bäume in adretten Reihen, wo heute der Hauptbahnhof lag,
Morgenrot! Klabund!
Morgenrot! Klabund!

Morgenrot! Klabund!
Wie lange war das gegangen mit den gepeinigten Lederbeutelchen, drei, vier Wochen, ich war dann die andere Strecke gefahren, Thalfingen/Burlafingen, solche Muster, dass sich mit einer Straßenecke bestimmte Namen, bestimmte Wörter verbanden, hatte ich unglaublich oft, oder mit meinen Vokabeln fürs Latein; Lernen war für mich immer etwas sehr Persönliches gewesen.

    antwortlichkeit
    wissenhaftigkeit
    lastung
    selbstzüchtig kommandiert automanisches hirn exekution.

Die Krone der Schöpfung, das Schwein, der Mensch, Und ihr reicht Fraß, es in den Darm zu lümmeln, genial. Die beiden und der mit dem Rönne, ein Arzt.

    gemeinsames frühzerstückeln
    überholter kameraden
    nebelwerfer
    bohrten
    fallgruben

Von "Fallgruben" konnte man auch wieder überblenden, auf "Fallgruben überspringen" und von "übersprungen" wiederum auf die eigene Biografie. Da schloss sich der Kreis.
Ich dürfte froh sein mit dem Bildband. Allein eine solche Überreichung, anderthalb Stunden bestimmt, Festredner, Krabbensalat, anschließend für zwei Tage nach Berlin oder wohin konnten sie einen schicken für die beste Klausur des Prüfungsjahrgangs. Vorträge. Ein Kongress, die namhaftesten Vertreter fast sämtlicher bundesdeutschen Hochschulen, da bekäme man Freikarten für sämtliche Vorträge. Krabbensalat und Leberpasteten-Canapés. '78/'79 Neunte, '79/'80 Elfte. *"Die drei Sprünge des Wang Lun"*, noch ein Döblin. "Der hat einen Sprung in der Schüssel." Solche Querbeziehungen einmal systematisch zusammenstellen.

    schattensprünge
    im nacken
    nachbarschaften
    machen's ja auch

    schattensprünge
    im nacken
    rälfe, täglich pendelnd

16
Wo im August die 42 Schiffe hängen

"Und was werden Sie nun machen?"
Ehrung vor dem Auditorium maximum. Der Dekan der Fakultät, vier-, fünfhundert Studenten. Applaus. Ich, Klassenfotogrinsen, Blinzelkind. Diese Grimasse, die man auf Klassenfotos zog. Klassenlehrer fotografierten einen grundsätzlich gegen die Sonne. Dreihundert Studenten meinetwegen. Jedenfalls bestimmt nicht so, in Kanzogs Dienstzimmer in der Schellingstraße, die Urkunde auf dem Tisch, Papierkorb zu Füßen, Blubbern aus der Kaffeemaschine, Hupen vor dem Fenster, mittags halb zwölf, unter vier Augen.
Kommende Woche würde ich mir aus der Staatsbibliothek nochmal den Leisewitz holen.

Den Leisewitz müssen Sie selbstverständlich gelesen haben. Quellen. Den Leisewitz, selbstverständlich. Stammbäume. Vorfahren mit Berufen, Anmerkungen, Fußnoten. Die Fußnoten gleich als Erstes. Selbstverständlich hatte ich den Julius von Tarent gelesen, und der Julius hatte mir den Gefallen getan, unauffällig zu bleiben, unspezifisch und nichtssagend. Nun hatte Teil III meiner Magisterarbeit diese Beule: *Exkurs: Der Einfluss Johann Anton Leisewitz' – Schillers Rezeption des "Julius von Tarent".* Unverzichtbar. Hier war ich noch nicht weit genug gegangen.

Was ich machen würde, was ich machen würde. Ich promovierte bei ihm.

Der abgedunkelte Hörsaal. Erstes Automobil, zweites Automobil, Pfeil für die Fahrtrichtung. So sah ein Professor aus. Eine Semiotik des Films. Wenn der Julius zum Beispiel seinen Freund – merke! – Aspermonte im Ersten Akt, erste Szene gleich zweimal umarmte, das war natürlich unverkennbar. Die ganzen Belegstellen nochmal durchackern, der Reihe nach, ab nächster Woche. Schonmal die Figur des Marquis Posa als solche, da hatte Schiller natürlich zweifellos den Aspermonte von Leisewitz übernommen. *"Das heißt?"* fragen. Narrative Bezüge. *"Was haben Sie eben gesehen?",* wörtlich protokolliert. Wir meinten dasselbe. *Nonverbale Kommunikation in verbalem Kontext.* Fast der gesamte Karlos unterstrichen. Und jetzt promovierte ich bei ihm.

    Aspermonte. <u>Ich kann reden, Prinz, ich kann reden, aber Sie können itzt nicht hören.</u>

Schiller hatte den "Julius von Tarent" gelesen, und nun wollte er auch ein solches Stück schreiben. Den entstehungsgeschichtlichen Zusammenhang hatte ich nicht klar genug herausgearbeitet.

    Carlos *(liest das Geschriebene noch einmal. Entzückt und feurig).*   Engel
Des Himmels! Ja, ich will es sein – ich will –
Will deiner werth sein – Große Seelen macht
Die Liebe größer. Sei's auch, was es sei.
Wenn *du* es mir gebietest, ich gehorche –
<u>Sie schreibt</u>, daß ich auf eine wichtige
Entschließung mich bereiten soll. Was kann
Sie damit meinen? Weißt du nicht?
    Marquis.   <u>Wenn ich's</u>
<u>Auch wüßte, Carl, bist du auch jetzt gestimmt,</u>
<u>Es anzuhören?</u>
    Carlos.   Hab' ich dich beleidigt?
Ich war zerstreut. Vergib mir, Roderich.
    Marquis. Zerstreut? Wodurch?
Carlos.   Durch – ich weiß selber nicht.

IV, 5. Regelrecht abgekupfert. Eine hoch sensible Stelle übrigens. Der Moment, wo Karlos das Vertrauen in seinen - um es mit Karlos' eigenen Worten zu sagen: seinen Engel verlor.

"Ihre Hausarbeit hatte ich mit 'gut' bewertet."

Nun trug es sich einmal zu, daß die goldene Kugel der Königstochter nicht in ihr Händchen fiel, das sie in die Höhe gehalten hatte, sondern vorbei auf die Erde schlug und geradezu ins Wasser hineinrollte.

"Nachdem Sie mit Ihrer Eins im Mündlichen die Vier aus der Klausur wieder wettmachen konnten ... "

Die Königstochter folgte ihr mit den Augen nach, aber die Kugel verschwand.

".. haben Sie also insgesamt 'cum laude' bestanden."

Und der Brunnen war tief, so tief, daß man keinen Grund sah.

Unten vor der Buchhandlung blockierte wieder einer die Schellingstraße. Da hupten sie wie die Irren, wenn der Lieferwagen beim Frank in der Einfahrt stand. Als ob der der sich zum Vergnügen hinstellte.

Die Eins verdankte ich Kafka. Kafka im Mündlichen, obwohl der Autor fürs Mündliche auch wieder aus einer anderen Epoche hatte kommen müssen als als die Klausur.

Parkte sich mit der Kühlerhaube in den Hof und blieb einfach, bis zum Rückspiegel in der Uni, Arsch auf der Straße.

Expressionismus in der Klasur, trotzdem ließen sie mir Kafka im Mündlichen durchgehen. Kafka war kein Expressionist. Kafka war nicht verboten. Kafka war gar nichts. Zwischen den Stühlen, eine Epoche für sich, ein herrenloser Hund. Da gab's einen Film, *"Un chien Andalu"*, ein andalusischer Hund. Der andalusische Hund war Surrealismus. Dali zum Beispiel war Surrealist. Der die dickflüssigen Uhren malte, wie Spiegeleier. *124 kcal/Stk.*

Sodass ich rein formal berechtigt sei, eine Promotion anzustreben.

Kafka bedeutete immer genau das Gegenteil. Wir hatten eine Klassenarbeit über *"Die Verwandlung"* geschrieben. Wir hatten zur Vorbereitung *"Die Sorge des Hausvaters"*, *"Auf der Galerie"* und den *"Hungerkünstler"* gelesen. Wenn der Hungerkünstler starb, war das positiv.

"Wobei die Aussichten ..."

Der monströse Käfer in der "Verwandlung", damit entzog sich Gregor Samsa praktisch der Gewalt seines Chefs, symbolisch für Enge und Verlogenheit der bürgerlichen Existenz.

"... hier am Institut ..."

Das vollgeschriebene Konzeptpapier ganz zufällig ein Stück weit über die Tischmitte hinausschieben; Ursel würde ja wohl clever genug sein, meine Stichpunkte in Sachen Samsa mit eigenen Worten auszuformulieren.

"... angesichts der begrenzten Zahl an Assistentenstellen ..."

Es war, wie spiegelverkehrt zu lesen. Es verursachte ein Schwindelgefühl.

Er wisse von einer in höchstem Maße befähigten Germanistin, die mit einer glatten Eins abgeschlossen habe, die warte nun seit zwei Jahren.

Endlich hatte das Hupen aufgehört.

"War Ihr zweites Nebenfach nicht Kommunikationswissenschaft?"

Shannon&Weaver. Wir hatten mit der orangefarbenen Loseblattsammlung gearbeitet.

"Loseblattsammlung", sozusagen ein Fachbegriff. Sender A, Empfänger B, Störgrößen. Wie die Massenmedien funktionierten.

Dort verfüge man über eine zentrale Vermittlungstelle ...

Insider-Jargon, nicht wörtlich zu verstehen. De facto nämlich keine losen Blätter, sondern hinten geleimt.

"Praktikumsbörse" nenne sich diese Einrichtung.

Bei Licht betrachtet, war ich von jeher Journalistin gewesen. Das Wissenschaftliche nicht so sehr. Eigentlich hatte ich schreiben wollen. Ich hatte Praxiserfahrung. Ich hatte bei der Schülerzeitung mitgemacht. Journalisten, die wirklich großen Journalisten, hatten bei der Schülerzeitung mitgemacht. Wo man später deren Biografie las: "... hatte schon als Kind die Leidenschaft fürs Schreiben entdeckt und sich als Redakteur der Schülerzeitung profiliert." Langjährige Mitarbeit bei der Schülerzeitung, Preise für Aufsätze in Wettbewerben des baden-württembergischen Landtags für politische Bildung sowie des Bundestages. Eigentlich viel stärker als Gedichtinterpretation. Viel mehr realitätsorientiert.

Kommenden Dienstag würde ich in die Stabi gehen nach dem Leisewitz. Brauchte ich nicht mehr, nach dem Leisewitz gehen. HEL- HEL- HEL-, jedes einzelne Exemplar, eigenhändig unterschrieben. Brauchte ich alles nicht mehr. HEL- in Versalien. Ich hatte meinen Nachnamen als unfair empfunden, wissen Sie.

"... sich einmal dort zu erkundigen."

Leisewitz Prittwitz Zitzewitz Treppenwitz.

"... wohl vorteilhaft, einen alsbaldigen Einstieg in die Berufspraxis in Betracht zu ziehen." Lehrerin. Ich werde Lehrerin.

Mittwochnachmittag. Ein strahlender, wonnetrunkener Mittwochnachmittag im März. Wir haben Zahnstocher über Kreuz zusammengebunden, und nun wickeln wir bunte Wollfäden um die Zahnstocher. Mittwochs haben wir Nachmittagsschule. Mittwochnachmittags haben wir Handarbeit. Wir bauen ein Mobile, ein Mobile aus Holzstäben und Zahnstochern und bunten Wollfäden. Vier kleine Zahnstocherkreuze und ein großes Kreuz von zwei Rundstäben mit Holzkugeln an den Enden. Die Wollfäden werden schließlich quadratische Flächen bilden, und die Quadrate hängen wir an der Spitze auf, die vier kleinen unten und darüber in der Mitte die große.

Stille. Dunkel. Der Knufflige hinter einem langsam erkaltenden Projektor. "Ich wünsche Ihnen viel Glück."

Die Quadrate mit der helleren Farbe innen und der dunkleren außen sehen edler aus. Reif, erwachsen. Elegant. Ich habe für jedes zwei Töne derselben Grundfarbe ausgewählt: Himmelblau zu Preußischblau, Grasgrün zu Moosgrün, Zinnoberrot zu Karminrot, Gelb zu Orange. Frau Weber kippt die Fenster, Schuppen von Birkenknospen rieseln über mein Pult, und es fühlt sich an wie Ostern und als bekämen wir hinterher nicht einmal eine Note.

Draußen der lange weiße Korridor. Wo an der Wand die Kleiderhaken sind für Mäntel und Mützen.

Feilchenfedt hielt während der vorlesungsfreien Zeit fünf Sprechstunden, stand an seiner Tür.
Voranmeldung erbeten.

Über den Kleiderhaken die Sonnenblumen.

10. 02., 24. 02., unter 03.03. war die Liste schon voll.

Die Malaufgabe im September sind Sonnenblumen. Immer. Jedes Jahr. Jahr für Jahr im September, wenn die Schule wieder beginnt, malen wir Sonnenblumen, und unsere Bilder hängen dann draußen auf dem Korridor über den Kleiderhaken.

10. 02., 24. 02., unter 03.03. war die Liste schon voll.

Ich kann's nicht leiden, wenn von denen, die zuletzt kommen, einer seinen Mantel über meinen hängt. Wir sind 42 in der Klasse und an der Wand sind nur 40 Haken, und die als Letzte kommen, hängen ihre Mäntel einfach über irgendwessen Mäntel drüber.

September Sonnenblumen, Oktober Drachensteigenlassen. Bunte Rauten, an den Rauten die Schnüre, an den Schnüren Schleifchen. Die Wolke, die den Herbstwind bläst. November Häuser und kahle Bäume, und anschließend mit dem flach gelegten Bleistift dichter Nebel darüber. Dezember Weihnachtsbaum. Januar Schneemann. Februar das Konfetti hämmern die alle bloß so mit den Buntstiften aufs Papier. Statt richtig zu malen. März ist Ostern, obwohl Ostern fast nie schon im März ist, aber April ist das durcheinandere Wetter, Sonne, Regenwolke, Schnee, daher März Osterhase mit Korb voll Eier auf dem Rücken. Mai Maikäfer. Juni Sonne und das Thermometer, das dreißig Grad zeigt. Juli Sonne, Gewitterwolken, Regenstriche und der Blitz mit ganz gemeinen, heftigen Zacken, dass mir selber angst wird beim Zeichnen. August Schiff, Meer, ein Berg, Landesfahnen, weil die anderen in den Ferien verreisen, nur ich nicht wegen Geld.

10. 02., 24. 02., unter 03.03. war die Liste schon voll.

Anfang der vorlesungsfreien Zeit wurde erstmal nach Hause gefahren, und danach gingen sie in die Sprechstunde.

Blau-weiß-rot, grün-weiß-rot, rot-gelb-rot, die Schweizerische mit dem Krankenwagenkreuz, nur die Farben andersrum. Die Weiße mit dem roten Ball in der Mitte. Ich zeichne nur Flaggen, die es tatsächlich gibt. Über dem Schiffsschornstein Rauch und über dem Rauch die Wolken und über den Wolken eine Girlande gekrümmter kleiner Vaus. Dort oben fliegen die Möwen.

Voranmeldung erbeten.

In der Ausfahrt ein Klumpen Schneematsch.

Magister.

Skippy, das Buschkänguruh. Originalfotos aus der Serie auf dem Pappeinband, schwarz-weiße Seiten. Die nicht zuenden Zeichungen, der viele freie Platz. Am liebsten leer lassen. Am liebsten gar nichts ausmalen. Nicht mal berühren. Das T-Shirt hatte rot-weiß gestreift gehört und die Uniformhemden grau. Nicht über die Randlinien schmuddeln. Mittendrin auf der letzten Seite war der braune Filzstift verbraucht gewesen, und am Ende des Abenteuers hockte das halbfertige Känguruh, im Beutel ein wildes blasses Gekritzel.

Herstellung und Verlag:
BoD - Books on Demand, Norderstedt
ISBN 978-3-7392-3913-2